Colecção Literatura de Macau

U0869450

澳門基金會 FUNDAÇÃO MACAU
中华文学基金会

· 小说 ·

幸福来电

陆奥雷 / 著

作家出版社

澳门文学丛书

编委名单

主　　编：吴志良（澳门）　吴义勤　路英勇　李小慧

执行主编：李观鼎（澳门）　穆欣欣（澳门）

编委委员：黄丽莎（澳门）　张亚丽

统　　筹：梁惠英（澳门）　冯京丽

总 序

值此“澳门文学丛书”出版之际，我不由想起1997年3月至2013年4月之间，对澳门的几次造访。在这几次访问中，从街边散步到社团座谈，从文化广场到大学讲堂，我遇见的文学创作者和爱好者越来越多，我置身于其中的文学气氛越来越浓，我被问及的各种各样的问题，也越来越集中于澳门文学的建设上来。这让我强烈地感觉到：澳门文学正在走向自觉，一个澳门人自己的文学时代即将到来。

事实确乎如此。包括诗歌、小说、散文、评论在内的“澳门文学丛书”，经过广泛征集、精心筛选，目前收纳了多达四十八部著作，暂分两批出版。这一批数量可观的文本，是文学对当代澳门的真情观照，是老中青三代写作人奋力开拓并自我证明的丰硕成果。由此，我们欣喜地发现，一块与澳门人语言、生命和精神紧密结合的文学高地，正一步一步地隆起。

在澳门，有一群为数不少的写作人，他们不慕荣利，不怕寂寞，在沉重的工作和生活的双重压力下，心甘情愿地挤出时间来，从事文学书写。这种纯业余的写作方式，完全是出于一种兴趣，一种热爱，一种诗意追求的精神需要。惟其如此，他们的笔触是自由的，体现着一种充分的主体性；他们的喜怒哀乐，他们对于社会人生和自身命运的思考，也是恳切的，流淌着一种发自肺腑的真诚。澳门众多的写作人，就这样从语言与生活的密切关联里，坚守着文学，坚持文学书写，使文学的重要性在心灵深处保持不变，使澳门文学的亮丽风景得以形成，从而表现了澳门人的自尊和自爱，真是弥足珍贵。这情形呼应着一个令人振奋的现实：在物欲喧嚣、拜金主义盛行的当下，在视听信息量极大的网络、多媒体面前，学问、智慧、理念、心胸、情操与文学的全部内涵，并没有被取代，即便是在博彩业特别兴旺发达的澳门小城。

文学是一个民族的精神花朵，一个民族的精神史；文学是一个民族的品位和素质，一个民族的乃至影响世界的智慧和胸襟。我们写作人要敢于看不起那些空心化、浅薄化、碎片化、一味搞笑、肆意恶搞、咋咋呼呼迎合起哄的所谓"作品"。在我们的心目中，应该有屈原、司马迁、陶渊明、李白、杜甫、王维、苏轼、辛弃疾、陆游、关汉卿、王实甫、汤显祖、曹雪芹、蒲松龄；应该有莎士比亚、歌德、雨果、巴尔扎克、普希金、托尔斯泰、陀思妥耶夫斯基、罗曼·罗兰、马尔克斯、艾略特、卡夫卡、乔伊斯、福克纳……他们才是我们写作人努力学习，并奋力追赶和超越的标杆。澳门文学成长的过程中，正不断地透露出这种勇气和追求，这让我对她的健康发展，充满了美好的期待。

毋庸讳言，澳门文学或许还存在着这样那样的不足，甚至或许还显得有些稚嫩，但正如鲁迅所说，幼稚并不可怕，不腐败就好。澳门的朋友——尤其年轻的朋友要沉得住气，静下心来，默默耕耘，日将月就，在持续的辛劳付出中，去实现走向世界的过程。从"澳门文学丛书"看，澳门文学生态状况优良，写作群体年龄层次均衡，各种文学样式齐头并进，各种风格流派不囿于一，传统性、开放性、本土性、杂糅性，将古今、中西、雅俗兼容并蓄，呈现出一种丰富多彩而又色彩各异的“鸡尾酒”式的文学景象，这在中华民族文学画卷中颇具代表性，是有特色、有生命力、可持续发展的文学。

这套作家出版社版的文学丛书，体现着一种对澳门文学的尊重、珍视和爱护，必将极大地鼓舞和推动澳门文学的发展。就小城而言，这是她回归祖国之后，文学收获的第一次较全面的总结和较集中的展示；从全国来看，这又是一个观赏的橱窗，内地写作人和读者可由此了解、认识澳门文学，澳门写作人也可以在更广远的时空里，听取物议，汲取营养，提高自信力和创造力。真应该感谢“澳门文学丛书”的策划者、编辑者和出版者，他们为澳门文学乃至中国文学建设，做了一件十分有意义的事。

是为序。

2014.6.6

目　录
CONTENTS

故事容器

书写我城

序

分手的城市——陆奥雷的用情故事

一

坦白说，陆奥雷影响了我。

2015年初翻开陆奥雷首本小说集《板樟堂的倒数声》的时候，无端端有点小触动。他在序里说："这几年澳门的发展太快，好多童年时熟悉的场景不断在消失，让我越来越执着于要书写自己所能记得的澳门人、澳门事和澳门心情。"这可不是随口一说的承诺，陆奥雷确实一直在努力这样做。很惭愧，我从不曾将任何属于澳门的想象放进自己的小说。因为陆奥雷在序里的这番话，我才写下了第一个澳门故事《哪儿是这儿》。

不过，我还是受不了陆奥雷那个序。无论谁，只要在文章结尾处写下"是为序"这三个字的陈词滥调，我都会罗织两宗罪：要么懒，要么欠想象力。情况就好比中学生纪念册上写的"为学如逆水行舟，不进则退"，张爱玲的意见是"最叫人扫兴"。偏偏陆奥雷既非懒又非欠想象力，却以"是为序"这样的鬼话为序作结，怎不令人惋惜？

不止序，偶尔也会在陆奥雷的小说里遇到似乎仍未想好便赶收场的段落。《鱼》是一篇引人入胜的小说——但前提是读者必须无视作者供应的结局。主人公"我"遇上了一条会说话会思想的鱼，后者请求“我”去C岛取一件“男装唐服”，然后带到遥远的陈村，交给一个“名字普通得可能华人中有上百万甚至千万”的男子。于是，“我”辞去工作出门远游并履行鱼的托付。这是一个关于成长的冒险故事，寓言味十足。作者一路卖关子，读者却不虞有诈，追随“我”走上诱人的神秘之旅。几经周折，“男装唐服”的主人原来是一头惨死的牛。故事至此，恐怕所有读者都会有这样那样的疑问。可是，陆奥雷仅仅虚晃了一招“隐喻”便离场，撇下茫然不知所措的读者。下面是小说结束前作者借着“我”和旧同事Ivy的对话，试图解释这个“隐喻”，而我不得不盗用一句洋话作即时反应：“Oh，my God！”“虽然鱼和牛都有不同的性格和路，但最终都走在同一个终点。”“都会变成鱼蛋和牛丸，掉在火锅里被吃了。”“为什么是鱼蛋和牛丸？”“你不觉得吗？一旦被卷进某种命运里面，无论你选择什么，结果都一样。所以呀，要找个快乐的过程，变成鱼蛋和牛丸便没有以后了。”“我真服了你。那么我们不如说他们最终能走在一起，在锅子里再遇和相恋吧。”“那也是个凄美的结局。”要挑剔陆奥雷的小说不难，但我还有更重要的任务在身，不宜在此久留。因为比起这些鸡蛋里的骨头，他的小说有更多值得我们关注的好去处。

二

本杰明（Walter Benjamin）在评论波德莱尔（Charles Baudelaire）的作品时提到，人们可以把他的诗视作“一幅大城市的地图”。陆奥雷的小说又何尝不是？

陆奥雷一心要为澳门造像，他笔下的人物，经常出没于澳门有名有姓的街道及公共场所。若再加上他在小说里稍稍品题过的地点，其数量之多，令人咋舌。从议事亭前地、板樟堂、蔡高、水坑尾、塔石广场、疯堂街、北区的长街、松山、白鸽巢、南湾湖、西湾、中央公园、海滨公园、友谊大桥到信达城、雅明、文化中心等本地人日常生活的场域，再到大三巴、主教山、妈阁庙、海角游魂、观音像、融和门、旅游塔等“给外来者记住澳门”的景点，几乎足以撑起一幅简约的澳门市区地图。

很多陆奥雷笔下的故事，都与澳门息息相关。我们甚至可以大胆断言，没有澳门，就不会有陆奥雷的小说。对于澳门这座城市，陆奥雷的态度亦爱亦恨。陆奥雷经常在作品里评论澳门的社会现状，有时甚至相当尖锐，例如《2017》《我觉得，我是个发明家》等。不过，无论如何，陆奥雷并不会成为波德莱尔那样的城市敌对者、“煽动者”。陆奥雷笔下最常见的主角“我”，不是爱写作就是迷音乐，或者兼而有之。而更重要的是，“我”很享受城市的文化气息和生活，一点都不抗拒，对泡咖啡店尤其热衷。《逐梦者的天空》里的一个重要场景，便出现在氹仔一家名字叫作卡夫卡的咖啡店：五月初，我们五人便约定在氹仔布拉格街的卡夫卡咖啡店开会，一连十天从中午开始，每天机械性地坐到黄昏时分。与其说是开会，倒不如说是因为没什么事要做，喝喝咖啡消磨时间……我们伏在咖啡店的原木大长桌上，看着冰咖啡慢慢由冰冷复归常温；冰杯底的水印慢慢溢出，然后被木头吸收。从无到有，再从有到无，时间就这样慢慢地过去了。

这样的生活方式和生活态度，与30年代的上海作家简直如出一辙。试对比一下李欧梵在《上海摩登》里所引的例子：除了坐写字间，到书店渔猎之外，空闲的时期，差不多都在霞飞路一带的咖啡馆消磨过去。我只爱同几个知己的朋友，黄昏时分坐在咖啡馆里谈话，这种享乐似乎要比绞尽脑汁作纸上谈话来得省力而且自由。大家一到黄昏，就会不约而同地踏进几家我们坐惯的咖啡店，一壁喝着浓厚香醇的咖啡以助兴，一壁低声轻语诉谈衷曲。——这种逍遥自然的消遣法，“外人不足道也”。

上面是上海作家张若谷在散文集《咖啡座谈》里的一段文字。李欧梵认为，张若谷并不仅仅把咖啡馆当作城市生活的点缀和一个很好的约会地点，而是把它看成“现代性的重要标志”。迄今为止，陆奥雷至少有七篇小说提到咖啡店，无疑绝非偶然。把咖啡店视作“现代性的重要标志”，同样适用于陆奥雷，也同样适用于渴求“现代性”的新一代澳门人。这是一道宏大的课题，碍于篇幅无法在这篇短文里详加讨论，期望不久的将来会有有心人能为此多费笔墨。

三

爱情小说一直是陆奥雷创作的泉源。然而，读者需要问的问题是，在爱情小说几乎已经写无可写的情况下，陆奥雷能玩出新花样吗？

传统小说的爱情故事是以婚姻为基础的，奥斯汀（Jane Austen）大姐的小说堪称爱情典范。《傲慢与偏见》起首一段名气极响的讽刺话，即道出以婚姻为目的的两性关系：“一个富有的单身男子，势必需要一个妻子，这是人所共知的事实。”今日的小说家早就不玩奥斯汀那套老皇历了。陆奥雷是村上春树迷，不仅在作品里多次提到村上的大名，甚至还前往东京寻访偶像昔日开设的酒吧（Chez Vous）。比较一下村上的玩法显然别有意义。《挪威的森林》是一个围绕主人公“我”与其他三个女子阿绿、直子和玲子间的故事。“我”与这三个女子的关系，既是朋友又不只是朋友，既非恋人亦非非恋人。这个说法相当古怪，但却是最真实的写照。这种关系，没有任何传统的两性故事可以参照。总之，这一男与三女就处于这样一种模糊不清的状况。

陆奥雷受村上的影响似乎显而易见，难以撇清。村上春树习惯用第一人称“我”叙事，并表明自己对全知全能的叙事态度“感觉很不舒服”。同样，陆奥雷绝大多数小说亦是以第一人称“我”写成。村上是乐迷，陆奥雷也是。《挪威的森林》提到黑人爵士乐手柯川（John Coltrane），陆奥雷也让其在《错误》《孤独与那年烟花》里先后登场。是巧合？是英雄所见？还是陆奥雷一心要向偶像致意？

一味强调陆奥雷与村上的相似之处，很容易会忽略前者早已另辟蹊径的努力。除了少数例外，陆奥雷的爱情故事总离不开分手、失恋。若以分手为界，陆奥雷着墨更多的是分手后的痛苦和思念以及他日再重逢的喜悦，而非分手前的甜蜜或龃龉。相对于《挪威的森林》那种模糊状况，陆奥雷处理两性关系的具体做法有摆明车马的态势：先分手，然后永远思念。这样的例子，在陆奥雷的小说里简直多不胜数：

> 分手多年，她还深深地记挂着那个曾经与她生活在一起的人。朋友从笑她傻骂她笨，到最后建议她接受辅导，她只是默默地接受，总像接近失去能量的电动兔子般无力回应。
>
> ——《片段·遇见》

> 我以前经常会梦见她，即便分手了一段时间后，即便是现实生活中出现了另一些伴侣。但在梦里面，她依然存在着，并没有跟我拉开距离。
>
> ——《这一次，我一个人来到这里》

分手多年，我们已经很少联系。每次我以朋友的身份致电，你总显得有那么一丝拘谨与不安。是的，我永远是你的过去，你已经不希望这段历史再有后续的故事。以后我只能选择默默地留守在街角，我只能隐身于某个荧光幕的背后，我只能是你幸福的目击者，然后为一切看到的和听到的事，像雨水一样蒸发生活过多的水分。听到所有你的不幸，我会难过。听到你所有的快乐，我会难过。听到一切关于我们的从前、你的今天和我自己的孤单这刻，我便忘却自己身在何处，不再知道时间和温度。我依然停留在最后一次见到你的某条长街之中，我依然站在那里目送你的背影离去。清冷的长街凝固成泛黄照片，自此以后，我的时钟不再运行。

——《街角是个永远的目击者》

陆奥雷最终能否凭分手这招独步于爱情小说之林，还有待观察。不过无论如何，陆奥雷已走出一条属于自己的路，无疑是澳门文学之幸。

四

在围内小圈子多番催促之下，匆匆完成这篇快餐式评论，自然要面对各种可能防不胜防的风险，文责当然不肯自负。

是为罪。

梯亚

非常励志

逐梦者的天空

题记：

在黑夜里，我们用梦来发光。

——贺绫声《花样年华》

一　流逝的时光

那一夜，秒针的移动好像比平日缓慢，时钟停留在凌晨三点的刻度。他背上行装，走过酒吧大厅，有种人潮散退后的空虚感突然涌上心头。那时候，唱机放着 Miles Davis 的 *I Fall in Love Too Easily*。

他步出酒吧，沿着火车路轨行走在路上，就那样一直缓缓地走，像要把身体所有剩余的能量都消耗掉一样。他累得满头大汗、唇色苍白。他停下来，一个人坐在路边，看着无涯公路在眼前无限延伸。远方的天空，在日出前明暗难辨。

终于，天色亮透了，几朵白云在他头上缓缓地飘。他站起来，注视着那片渐渐明白的天空，一直抓住他双脚的手，似乎终于放开了。三十五岁的他感到自己终于能够再次起飞。

二　苍白的印象·一切源于这城市缺血的心脏

我把摄录机摆正，再确定了镜头里面白色椅子的位置、检查好各种设定，最后按下了录影键。然后，我走到镜头前坐下来，清一清喉咙。有那么一刻竟然忘掉了开场白呆看着镜头，脑海突然闪过这个夏天结束得有点太早的感觉。回过神来，看到镜头后面那几个和我一样穿着黑汗衫和牛仔裤的伙伴，又在偷笑了。我再调整情绪，抖擞着精神对着镜头。

“大家好，感谢你到场欣赏我们组的毕业作品。”

原本学校要求的是一个作品，也就是要给大家呈现我们每个人的技术和创意的东西。可是正如你所见，我们这个白色小屋，只有你旁边的一张大照片，以及你面前看见我出现的这台显像管电视机。这样绝不可能是一个毕业作品。当然，你知道我们都已经毕业了，用的是不同的作品，但是我们还是觉得需要给这作品展示的机会，因为这才是我们的毕业创作。我们为什么那么强调这是一个毕业创作？为什么非要以毕业为名，办这个展览不可呢？

也许，每个人一生中总得要做点什么傻事，到老了以后，记忆才不至于那么乏味吧？我们无法具体说明什么是“我们的城市”，大三巴？观音像？赌场？是这样吗？无论如何，这个展览的确是从老师给我们这个毕业创作课题而起的。创作期间，我们只是一直在思考人与城市的关系，想要消除人们，也包括我们自己在内，对这个地方的一些刻板印象。

这就是我们作品中想要寻找的答案，这就是我们思考的一些结果。

希望你们会喜欢。

随着 *I Fall in Love Too Easily* 的音乐响起，人们慢慢随旋律聚集在那个小小的白色方块前。这里面有老师、有家长、有同学、有朋友，也有一些素未谋面的人，他们耐心地看着电视机里面二十二岁的我。旁边的大型投影幕把场景放大，附近的人也慢慢被吸引过来。

音乐渐渐安静下来，故事要开始了。

三　2013年5月·暴雨中的梦游

记得学期初我们便分好了组，要一起做毕业作品。当时老师说，不管喜不喜欢，当你出来工作以后，就必须和不同风格的人一起完成方案。就算是个人发展，团队合作还是相当重要的，毕竟一个人的能力有限，如何在保留自己创作理念的同时与其他人配合、创造和谐，这将直接影响我们的作品最终发挥出来的价值。以人为本的理念，既要考虑自己，也要关注别人。因为每个人都是独立的个体，都有自己的想法，所以千万不要妄想有一个近乎完美的创作环境。要学会解决问题，总结出团队的共同理念，勇敢地朝着目标进发。

这段话，确实是经历创作这个毕业作品，我们才理解到的道理，在这里，我们必须再次感谢邹老师的指导。可是，我们五个人要到毕业展前不久、已经不得不勇往直前的时刻才正式开始这个创作，说出来大概会让老师气疯了吧？以前的学长前辈们做毕业展，都跟我们一样吗？

5月初，我们五人便约定在氹仔布拉格街的卡夫卡咖啡店开会，一连十天从中午开始，每天机械性地坐到黄昏时分。与其说是开会，倒不如说是因为没什么事要做，喝喝咖啡消磨时间，也好为毕业作品做点事而已。

我们伏在咖啡店的原木大长桌上，看着冰咖啡慢慢由冰冷复归常温；冰杯底的水印慢慢溢出，然后被木头吸收。从无到有，再从有到无，时间就这样慢慢地过去了。

不如大家先把自己的想法说出来吧，忘了是第几天，我说。绘画、雕刻、书法、摄影、录像，甚至是木工之类，虽然我们五个人都有相类似的手艺，但是风格的差异也是比较大，而且每个人都有各自的偏好。记得那天，天空黑漆漆的一片，就好像我把一个已经不能再放着不管的问题提出来，突然让气氛变得极其沉重。

样子长得像Prada平面广告模特儿的玉说，不如在旧城区找一些旧物古董之类处理下，然后在上面写诗。她提到自己以前和朋友做过的装置展览，把诗歌和这个城市结合在一起，用现代艺术来展示老城区的怀旧气氛，也是一种很地道、很有美感的展示方法。

我说，问题这不是一个个人展出，设计应该能把我们每个人的东西都有机地联系在一起，形成一个整体。就以城市面貌来说，碎石铺砌的街道属于这个城市，南粤渔港风情也属于这个城市，我希望这次展出不要太突出某一种观点，或某个人的风格。

君和月一直没有作声，其实我最担心的是他俩。我并不确定自己有没有话语权，因为在这里每个人都是平等的，我们都属于这片土地，没有谁可以支配谁。君的样子就像曹雪芹笔下的林黛玉，可是性格要更内敛一些，总是猜不透她在想什么。她喜欢绘画，风格偏向于童话，色彩丰富。月无论是创作风格还是长相，就是活脱脱一个中国古典风的病书生，柔弱而诗意，他是我们班中最特别的一个人。

贺长着一张大众脸，就像在麦当劳兼职的某个店员，虽然你们经常看见对方，知道他大概长什么样，但却从来没有想过问他叫什么名字，而且无论怎么努力去回想，也没法具体向别人形容他的特征。这样的一种情况，没错，就是很适合当特工和跟踪者的类型。他的才气，正好被这样的长相一直隐藏着。

贺说，只要有一个故事能把所有东西串联起来就行了，就算只是一个简单的画面，只要当中有故事，那么就能与其他东西产生联系。喜欢摄影的贺说完以后，我们所有人也像被镜头定格了一样，长久地把视线停驻在冰杯底的水印上。

外面开始下起大雨，程度像坚强的失恋者终于按捺不住的伤感。路边等待座位的情侣们，有些跑进了咖啡店，有些散了。没多久，外面便只余下豆大的雨打在地上。整个城市仿佛空无一人，仅留下一间咖啡店的温度。

“我想到一个故事。”贺低着头默默地说。

四　最初的自己·温黄色的隐喻

这是我最近在疯堂十号创意园听来的故事。那天我去看画展，刚好馆长也在那里。我听到职员谈起一男一女主动来找馆长，希望义务在创意园里面办书法课。我便好奇起来，一直在旁边听。

“是什么人？”馆长问。

“应该不是什么有名气的人吧，但他们说了很多自己的事情，还问可否跟馆长你见一面。我觉得他们挺有意思的，非常热血的两个人，馆长你要跟他们联系吗？”

我还以为馆长会拒绝，谁知道他接过号码就给那边打电话了。他说馆里面现在没有人，欢迎他们过来坐坐闲聊一下。我就想，怎么他好像没留意我就在旁边呢？没多久，大概就只有五分钟吧，我便听到一个男声进来打招呼。

那个男的大概三十岁左右，他说他是疯堂街的老居民。还记得我们小学上书法课的日子吗？听说现在不少学校已经没有书法课了。所以那个男人和他的女朋友，就特别想要让更多人接触书法。馆长说他们很支持传统艺术传播，如果有心推动书法，创意园可以提供场地。然后馆长就问那个人有没有什么经验、学历或作品，这样方便对外宣传。结果，那个男人就开始说起他的往事。

他说，他和他的女朋友的家都在疯堂街附近，从孩童时代两个人便经常碰面。后来上学了，大家也不约而同地被父母安排在创意园旁的教会学校念书。他们都喜欢看图书和画画，常常相约在其中一个人的家中看书，两家的父母也互相认识，算是相当熟络的老街坊。听他说，那里自从 1984 年以来便没有太大的改变，疯堂街一直非常安静，很适合作画和写字。

男人说，有一年他们一起被父母安排参加暑期的书法班，原本并不怎么觉得有意思，后来却爱上了。写着写着两个人便开始参加学界的比赛，从小学到中学，他们经常获奖，名次常常是交替的一前一后，他和她当时既是好友，也是竞争对手。刚上高中不久，男孩大概是有点喜欢上女孩了。毕竟到了青春期，他后来知道女方也有差不多的想法。

然而，他们又刚开始对书法技艺有了自己的见解，为此经常吵架。女孩子觉得书法可以做更大胆的尝试，除了传统的字体，也开始练习日式书法，还会结合其他现代艺术进行表现形式的尝试。至于男孩，则是坚持用最传统的方式，追求心的修炼和技艺的极致。

那段时间两个人的圈子越来越没有交集，联系越来越少。平常就算不相约也能经常见面的这几条街巷，便很少见到他们两个人再碰上了。男孩说他们有好多年没有接触，也许他自己出于面子，故意躲避、刻意不去打听女孩的生活。反正，连她大学时代搬出疯堂街，和朋友在外面合租房子的事，他也是后来才知道。他们的感情已经走到这样的一个地步了。

同时，男孩和女孩在大学时代开始醉心于其他事情，两个人也渐渐离开了书画界，有了各自的新生活。大学毕业以后，男孩进了一所中学教语文，为了方便上班也搬到学校附近的旧城区居住，离开了疯堂街。而女孩则在娱乐公司当秘书，刚好她毕业那几年，外资博彩公司初到澳门正处于开荒期，她抓住了机遇，几年后便跃升集团的高管了。去年，他们总算在度假村的电影院碰上面。男人说，那天两个人坐下来聊了很多，总算了却年少时的一个心结。然后，两个人便好像迫不及待要把分开的时光补上一样，感情发展得相当迅速和顺利。

“还在写书法吗？”男人说，这是他们久别重逢以后，女孩问的第一个问题。

“自发性写吗？连学校都不再特别鼓励书法课，写书法大概是一件不合时宜的事情吧。”当时男人是这样回答她的。

“这件事原来一直都放在我们心上，前不久我们逛街正好经过附近，书法这件事又被重新唤醒，而且女朋友的反应要比我更强烈。她说，不如我们重新开始写。回到家以后，她说她不要再上班了，她想在附近和朋友开咖啡店，她想写书法。她说，自己好长一段时间找不到生活的重心，再遇上我，就好像重新发现了自己一样，想要过另一种生活。”男人凝望着馆长的眼睛，非常坚定地说。

“她一直在说，想要寻回最初的自己。后来有一天，我在这里看到很多小朋友在画画，当时我就想，这个地方给我太多美好的回忆了，我的童年、我和她的故事、书法，这里是我们的根，这些成就了我们人生的东西，一直保守着我们最初的自己。回想到当时因为理念上的分歧而疏远，我就觉得特别的可笑。我连忙发短讯对女朋友说了三次对不起，还向她建议一起教小朋友写书法，希望用这个方法把我们的技艺、把我们的那份感情传给下一代。”

馆长，这样的想法你明白吗？当时那个男人是这样问的。大概馆长是相当受感动吧，也连忙说好。到后面因为有几个人进馆看展览，我也听得累了，便不动声色悄悄地离开了。

这样的一个故事，应该能把我们各自的东西、把我们的展览串连成一个比较整体的东西吧。

五　疯堂街的故事·光阴的虚耗

“你知道创意园的馆长是谁吗？”我问阿贺。

“漫画家亚正。”一直没有开口的阿月回答。

“我记得他有一幅漫画，里面画着一男一女背对着在画画，然后回过头与对方相视而笑。再听听你的故事，就觉得更有味道了。”

“你觉得按照这个故事组织毕业展，可行吗？”我问君。

她眼神有点迷惘，好像并没有很明白阿贺的故事。

“唔，我可以配合的。”

“书法这个点子得快点用了，再过几年，可能报废的不只是书法，而是书写。”玉笑着搭上话来。我们为此又乱说了一通有关绝种和退化的事情，自认为很有意义地浪费了大概三分钟的光阴。

然后我说，按照贺的故事去做吧，我想可以设计一个时光隧道，分成几个主题场景，按照剧情的发展，展示不同的风格，这样每个人的东西都能有机糅合到展览里面。

第一个主题区，可以设定为童年，用漫画为布景，讲他们在疯堂街生活的点滴，场景设置为午后的小客厅，我们自己做道具，那么每个人的手艺都可以在这个样板房里面得以体现。

第二个主题区，则以青年时代练习书法为主题，布景分成左右两边，一边写传统的中国书法，另一边写视觉效果较强烈的现代书法。我们活生生就有两个写得一手好字的同学在这个团队里，可以成为活道具驻守现场，一人一张写字枱，放在两边，即席挥毫，有观众来还可以即时表演“回过头相视而笑”的一幕。

说到这里，所有人似乎都有点想笑，但好像只有我真的笑起来。然后我说，过场、故事的文字介绍可以由我和贺来做。

最后，我们一起拍个短片放在最后的场区，为疯堂街做一组近照和旧照片的对比，再把贺说的事拍成一个简短的故事片，最后展示整个装置的制作过程。那么观众走到最后一个景区，看完投影片，应该会觉得这个展品相当完整吧。

“我们的主题是什么？”玉问。

“我们的城市。”贺说。

“真的能办得到吗？”月说。

君没有说话。

我们所有人又继续看着窗外的大雨，那天的咖啡店很冷清，我们也分不清当时是黄昏还是夜晚。我们这辈子从来没有看过那么大的雨。我想，要离开这样的困局并不容易吧。

“先研究一下可行性，或者这两天再想想其他点子吧。”

然而，就因为小城这一场百年一遇的大雨，一切都没有按我们的预期发展。

雨一直在下。我们吃了又饿，饿了再吃，一直待到咖啡店打烊。方案提出以后，我们再没有想到要说些什么话了，只是一直在店里听音乐、看雨。我默默地想着要为这个城市找一个主题，好让毕业展有一个较明白的故事线，可是各种各样杂乱的讯息不断影响着思绪。

活在经济条件、社会福利那么好的城市，我们选择搞艺术、做设计，意味的却是一个艰苦的未来，这心情本来就让人很纠结。当然，我们也会有心坚志定、很自豪的时候，因为我们没有放弃选择。在并无大事的城里，这就是我们的一场战役。反正，输了、混不好，我们便乖乖听话去赚钱，好好过以后的生活就是了。

这期间我们打过电话叫的士，可是计程车司机都不愿意来。能叫来的车，大家都得加很多“礼物”，就像打车是件见不得光的事一样。什么时候，澳门人变成这样了？从手机看即时交通讯息，雨水已把附近几条大街都淹没，部分地区水深及膝。社交网络也越来越多人上载各区的水浸情况。玉在网络上求救，咖啡店快打烊的时候，她的朋友终于来了，她和君被接走。

我和贺禁不住臭骂了一顿各民生事务部门的管理能力。

“手上有那么多钱，还是把这个城市搞得像个农村小镇一样，没有一个地方能弄出个模样来。”贺说。

“那不是挺好吗？跟以前的澳门一模一样。不久前我才看过一篇小说，里面写澳门人做了坏事要避风头，就是跑到氹仔来的。在澳门半岛被追杀，躲到氹仔、路环避难，现在想起来会觉得很不可思议吧？”月说。

“你哪里找到的小说？”我问。

“图书馆啊，找素材做毕业展览时发现的。”

贺说没有看过澳门有人写这种小说，他象征性地叫月帮他到图书馆里借。

我总怀疑这种话，过一天便没有人会再提起了。最后，大家都无话可说了，老板也过来跟我们示意要关门，我们便起来走到门外继续等。

没多久，贺的朋友也来了。贺冒着雨跳进车内，看着车厢还有位置，他的朋友便叫我们也挤进去，赶快回家。但事实上，我想空间大概只够多载一个人而已。于是，我让月先上车，骗他们说接我的朋友快到了。否则，按照月的性格，他还是会留下来陪我。澳门的好心人还是有的，至少我们对人的信赖还没有退化得很严重。

他们离开以后，我继续低头看手机。咖啡店老板走出来，问有没有需要送我一程，大概是看我没有雨伞也没有车来接非常可怜吧。正犹豫着不知该如何启齿之际，老板说没关系让他先把闸门锁上，然后顺路把我送回家就行了。

我说，好的，谢谢，这样不用客气的简短回答，比较容易说出口。

我跟着老板进入停车场，坐上他小小的墨绿色的手排档 Roadster，一开出大街，车窗已被雨打得几乎看不见前路，任水拨怎么抹，还是看不太清楚。他的车缓慢地行走着，还要不时避开那些封掉和改道的路，走走停停，好不容易才上了友谊大桥。雨也没有刚开始的时候大了，我们才终于安下心来。

六　变奏·生活不是非此即彼的选择题

“看你们这几天常常来店里面哦。”老板说。

“是啊，一起在准备 Project。不会影响你们生意吧？”我说。

“没有。”

我把我们的作品和展览的意念大概跟他说了，老板说他觉得展览的计划还是挺有意思的，还说他认识的一些搞创作的朋友，也许会有兴趣参与。

“这样不算作弊吧？有好的想法大家一起来完成，我想应该挺好玩的。”老板说。

那一刻我突然觉得，说不定方案真的有机会实现。虽然是一场突然而来极具破坏力的雨，但对我们来说也许就是一个幸运的转折点。

“我叫Jerry。明天你们还会来吗？也许客人不太多的时候我们可以谈一谈，我请你们喝我正在研制的一种新咖啡。”

“好呀！我叫Joe。”说完，我立刻把这消息发给群组的伙伴们。

我们的对话就在这里停住。Jerry扭开澳门电台听交通情况，我看着手机，上Facebook，刷微博，听朋友在微信和WhatsApp里面叽叽喳喳地说个没停，并不怎么想搭话，只是单纯想找点事消磨时间。电台很应景地播放了Blue Jeans的《下雨天》，连刘家昌和尤雅唱的《在雨中》都上场了，我好像被音乐一步一步地拉到更久远、更久远的过去。

有相聚　也有分离　人生本是一段戏
有欢笑　也有哭泣　不知谁能　谁能躲得过去
你说人生艳丽我没有异议　你说人生忧郁我不言语
只有默默地承受这一切　承受数不尽的春来冬去

断断续续经过的车灯、街灯与交通灯，就像节日的家居装饰，光和温暖始终无法持续。远处的娱乐场建筑群，依然亮着红红火火的灯光。音乐和雨滴平稳的节奏让我昏昏欲睡，就像一成不变的生产线、千人一脸的工厂，这样的画面让人感到极度沉闷，只想极速把这一切忘掉，倒头躲进厚棉被里面昏睡过去。就这样经过大桥，回到澳门半岛。路没那么堵了，我们的车速也可再快一点，开到刚好适合睡眠的程度。我闭上眼睛问Jerry：

“这个城市还有梦境与童话，对吧？我们的计划会不会立足点太高？”

“这得看你怎样理解做一个毕业作品的目的。你们这些年轻人，觉得该做就勇敢去做吧。过了某个年纪，想要干傻事就会越来越困难，越来越多顾虑。何况，你们是搞创作的啊。你们是要当艺术家的，不是吗？”

Jerry 的话突然让我回过神。

“比方说，我三十多岁，如果当初没有离开政府部门去开咖啡店，到现在这个年纪再想抛开一切，过自己喜欢的生活，就需要更大的勇气了。开咖啡店是我一生的梦想，是要继续做一份高薪的优差，还是试着去吃点苦、干些自己喜欢的事情？这样的选择题，对于当时二十多岁的我来说并不很困难。”

我看着窗外，正想着要说点什么，一道强光却突然往我脸上照过来。下一个瞬间，迎面撞来的汽车，让我再次回到昏睡的状态。

是我太累，进入梦境了吧？如果不是，那便麻烦了。

七　受伤的躯壳·病院中的生活剧场

醒来的时候，Jerry 在我身边，我们在公立医院的急症室。我问 Jerry 现在几点，问他刚才发生什么事。我摸摸自己的脸，看看四肢完好无缺，心里还疑惑着我和 Jerry 是否就那么死掉，已经到了另一个空间开展新生活。

凌晨十二点，Jerry 说我们被一个酒驾的年轻人开车撞到了，当时车从发夹弯的斜路往我们渔翁街那边失控冲过来，因为撞击力太大，坐在副驾的我又碰个正着，结果就昏过去了。Jerry 倒是无大碍。反正，没多久救护车便把我们送到医院。

护士看我醒了，便叫医生过来再帮我检查。因为我有晕倒过，而且我觉得膝盖有点痛，医生马上给我安排了脑部和膝盖的扫描。期间我给家里打了电话，也告诉了我的同学，说是遇上了车祸，没什么大碍，告诉他们自己会处理好。之后，我再向 Jerry 说了句不好意思，让他先回家。

Jerry 也相当无奈，连说不关我的事，我们都认定了这是天意。

“你不觉得这几年街上特别多名车和跑车吗？不知道是富二代还是娱乐场高收入的人驾驶，反正天天就是有人开着跑车醉驾、在马路上乱冲乱撞。我们被撞倒、成为主角，也是迟早会发生的事。这次没出人命，我们应该偷偷笑了。”

“他人呢？”

“他没事，你醒来以前，他便跟警察走了。警察也会给我们打电话，让我们到交通厅做笔录。”

说完，我们交换了电话号码，Jerry 便和我告别。后来，警察过来为我登记资料，就是做笔录的事情，还有向我了解一下意外的经过。我说我看到有车撞过来以后便没有意识了。

等了一段时间，护士把我送去做各种检查，急症室的医生拉一拉我的膝盖，很确定地说我是断了韧带，应该尽快做重建手术。他打电话跟待命的专科医生咨询情况，但那位医生似乎是千万个不愿意不想回来做检查和手术。医生向护士抱怨，大家也无可奈何，于是他们问我能不能自己走动。我说我勉强还是可以的，但真站起来的时候却疼得几乎要倒下来。

我心里想，他们不是有待命费有义务回来工作吗？是因为我的伤势并没有即时生命危险吗？我也没说什么，只是默默地坐在病床边，像听候发落的俘虏一样。

最后，医生又出去打了几通电话，终于回来跟我说当晚可住院，第二天早上做手术。他还说，我算比较走运，有医生愿意帮我，要不然走专科门诊的程序，这手术至少要等三个月。

幸运还是不幸？那一夜，我早已糊涂了。

总之，我连忙说感谢，毕竟按我以往到公立医院的经验，遇到比较主动帮助病人的医生就像中彩票。一般情况，多半是你主动求助也不会得到积极回应。

之后，我被护工推往住院部完成住院程序，我告诉家人具体情况，他们当晚来了医院一趟。我还在 WhatsApp 的群组里跟组员报告，大家有点担心毕业展的事情。

那夜，我被安排到一个三人间的中间床位，一躺下来好像没多久便到清晨。看到窗外有光透进来，我便按指示洗澡。因为膝盖还很痛，冲洗过程相当狼狈。没多久，护工便为我换上手术衣，要把我推到手术室。

又累又饿的我躺在病床上，看着天花板不断地移动，进电梯、出电梯，绕过几条弯道，最后到了手术室。麻醉师往我背上打了麻醉药，然后把气罩盖到我脸上。最后那一刻，手术灯的强光恶狠狠地照过我的眼睛，让我极度厌恶。没多久，我便模模糊糊地睡过去了。

醒来的时候，我的病床正被推往另一个病房。头部以下全身动弹不得，各种凌乱思绪袭来，想着想着又睡过去了。

再次醒来，已经过了黄昏。我发现自己回到原来的三人病房中。医生来查房的时候告诉我要再卧床一晚上。然后麻药渐渐消退，我就那样失眠了一整夜，这是我头一次有种求生不得、求死不能的感觉。

那天晚上，最初我以为是因为膝盖疼让人无法入睡，但渐渐我发觉医院的夜晚干扰极多，想要舒舒服服一睡到天亮并不是件容易的事。因为失眠加上身体动弹不得，我的听力在当晚似乎特别的灵敏。

在我右边跟我一样一直躺着的大叔，探病人潮过后没多久便睡过去了，鼾声很大。我想，也没有什么好抱怨的，明天只要比他更早入睡便行了。左边的床位由于有帘幕阻隔，一直不知道是什么人在里面，只是偶然听到他的呻吟声。

到深夜，左边那人的呻吟声越发强烈。他不断按呼叫铃，可是一直没有人理会。最后，有个护工阿姨来了，问他怎么样。那个人开口用英语说想要护士帮他转转身，但是护工没有听明白。

“是不舒服吗？护士姑娘一会儿就来。”护工阿姨用中文跟那个说英语的人说。

说英语的男人又重申了他的要求，一次又一次。

护工阿姨自言自语说：“作孽啊，又听不懂他在说什么。”

最后我忍不住说：“他是想转转身。”

“原来这样啊。”听到我的话，阿姨便给那人移动了一下身体。

“谢谢喔，年轻人。要不然沟通不了，真不知道怎么办。”

我自己也不太舒服，没怎么好气回应阿姨，只是微微一笑。阿姨走出病房以后，左边病床的人用英语跟我说了声谢谢。我有气没力地跟他说了句不客气。

第二天早上，我们病房三个人一直睡到医生查房的钟点，应该都是相当懒惰的人吧。护士把所有帘幕打开以后，我看到左边病床躺着的是个很老的外国人，戴着一副厚厚的眼镜，牙齿也全没有了，需要佩戴假牙。

虽然我的行动还有一点不便，但身体总算恢复知觉。我向家人和朋友报告情况，爸妈当天早上便为我带来了 iPad、耳筒和一些杂志。由于要尽快复原，医院很快便给我安排复康治疗，头几天都在病床上，由物理治疗师指导动作，试着把我膝盖的活动力唤醒。我旁边的老头和大叔估计也是差不多的情况，需要留在医院做术后复康。接下来十多天，我们都过着同一种规律的生活：早餐、复康锻炼、偷懒、休息、午饭、物理治疗，然后洗澡、晚饭、休息、睡觉。

大叔的妻子和女儿每天都来探望，但是老头没有。第二天由于他还没能下床，晚上也是由我来充当翻译，要止痛药、转身、拿尿壶，感觉到了夜里，除非有什么重大事情，护士都不怎么出现。通常就是拿着低薪的护工来帮忙，要真让护士来，他们总是显得很不耐烦的样子，这让我们这些病人感觉自己好像做了什么不好的事一样。非不得已，我们都不想劳烦护士。几天下来，大家就能确定哪一个护士上夜班会比较好，哪一个上夜班便倒大霉。每个夜里，同房的病人都需要互相帮助。当然，这短短十几天里，也有见过同房病人争执吵架。同一个空间，同一种身份，也有各种各样的心态。幸好我没怎样碰上坏事。

住院第二天，组里面的伙伴来看我，我告诉他们如无意外半个月便能离开医院，虽然得用拐杖行走，但不会影响我们的计划。伙伴们见我没什么事，也很放心。而我也借此机会跟他们说一下 Jerry 的事情，他们也因此有了不同的想法。因为还没有确定作品的方案，我建议他们可以每天黄昏时分到医院的休憩区一起商量，尽量在这一两天内决定。当天 Jerry 也跟我联系，我便邀请他来医院，跟我们一起讨论。

那天，来探望老头的只有一个神父，听他说就是在医院里面当辅导工作的。按照神父和老头聊天的内容，大约知道那个老头在澳门没有亲人，他的亲人都在美国。神父说跟进他个案的社工今天会过来，临走前还告诉老头明天会再来探望他。老头的回复相当亲切客气，每件事好像都能找出笑点。他说在医院过得不错，就是没糖果吃这点比较痛苦。他不明白为什么朋友都不让他吃，他都没有牙齿了，吃糖也不再会蛀牙了。

到晚上，我们都闲着没事干，老头拿出一个塑料袋，从里面拿出一个手机，大概是思量着要给朋友打电话吧。因为看不清楚液晶荧光屏的字，我看他坐在床上一边看笔记本一边看手机，眼镜脱了又戴、戴了又脱，还是没有理出头绪，便主动去问他有什么需要帮助，最后帮他联系上他的朋友。老头说这手机是朋友帮他开的，他一直没有用。

他对我说谢谢，连带这两天我一直帮忙当翻译，又感谢了一遍。我也笑说感谢他让我得到一次练习英语的机会。然后，我们便自我介绍，也说起进院的经过。我的情况三言两语就说完，倒是老头说得很有劲头，好像很久没有说过话一样，而我也是因为太无聊，又问了他很多问题。

老头的名字叫Kenneth，是个美国人，老家在加州。来了澳门三十多年，已经八十岁，以前在澳门中乐团当低音提琴手，现在已经退休。他一直住在路环的旧村屋里，前几天因在家里意外跌断了左腿，被邻居送到这里。他说他有一个女儿，来澳门以前便跟老婆离了婚。最后，我问他为什么要留在澳门不回去跟家人团聚。他说他习惯了澳门的生活。

后来，处理这位独居老人个案的社工来了，我们的谈论便停住。听到社工在劝他住进安老院，理由是他的家需要爬楼梯，而且他已是第二次在家里跌断腿。然而，Kenneth还是坚持想在自己的家居住。

他们在聊的时候，旁边的大叔也来跟我八卦，问我们叽叽喳喳在说什么。我就跟他说Kenneth是个退休音乐家，这位独居老人跌断腿云云，聊起后大叔也谈到他年轻时讳疾忌医，结果后患无穷，老来长短腿的问题开始严重，痛苦一直跟着他二十多年。他说现在是还清孽债，和过去做了断。听着大叔的话，我想到的不是某个人的一生，感觉更像个说理的寓言故事。但紧接着他开始喋喋不休地说到换关节有多痛、待在医院几个月有多苦闷之类，那想象便瞬间被打断了。

没多久，他的老婆和女儿又来给他喂汤，我才终于能静下心来，开 iPad 看书听音乐。

“这曲子叫什么名字呢？”听到音乐，旁边的 Kenneth 问。

“*I Fall in Love Too Easily*，Miles Davis 的演奏，你应该听过 Miles Davis 吧？”

“Miles Davis 我听过，这曲子我有印象，只是一直不知道名字。”

“你平常听什么音乐呢？”

“古典啊。不过我太太是玩爵士乐的。我们还一起去过 Miles Davis 的音乐会，不过乐风不像你放的这曲。”老头笑哈哈地说。

“哦，是哪一年？我看看有没有现场的录影。”

我在 Youtube 里试着找一些 Miles Davis 的现场录像，然后把 iPad 递给 Kenneth 看。

“会用吗？”我走到 Kenneth 的床边坐下来，教他用 iPad。

“噢，竟然有那么多好东西在里面。是这个！”Kenneth 默默地听着 In A Silent Way 的现场演出。周遭的色彩像退回到 20 世纪 70 年代，医院仿佛被搬到千里以外的加州荒漠上。这一夜，我感到自己正开着蓝鸟跑车，向着 Miles Davis 在演奏中的某个酒吧奔去。

八　梁山伯与祝英台·远方的乐章

我们的生命就像乐曲一样，从安静到喧哗，从简单到繁华，然后一切重归起点，最后悄然静下。是这样吧？

我这一辈子好像都没有什么特别的才能。“因为长得高大，所以应该可以往体育方面发展”，年少时，父母和学校都想往这个方向来培养我。但我确实没有运动能力，而且一点兴趣也没有。试过很多项目，结果都让人非常失望。后来父母让我学低音大提琴，我才知道这个世界上至少有一件事，我是真的有兴趣做，而且乐此不疲。

当然，我并不是那种很有天赋的人，只是纯粹很喜欢弹琴而已。像我老婆听了一个简单旋律便可以即兴扩展成一个乐曲的天赋，我没有。我只能看着乐谱，一个音一个音地弹奏。她在酒吧演奏爵士乐，我在乐团当乐师，因为偶然的机会谈起了恋爱。那时候，刚好我任职的交响乐团要缩减人手，我没有获得续聘，朋友便把我介绍给我太太的五重奏。每晚，我们在酒吧里演奏到凌晨，慢慢就恋爱了。没多久便结婚，生了一个女儿。

当时，我已经三十二岁。因为一直没有办法找到古典乐团的工作，我只能继续在酒吧谋生。妻子是乐团的领班，她是真心喜欢爵士乐，而且她的钢琴演奏已渐渐获得音乐界认同，现在已是殿堂级的爵士钢琴家了。那段日子，我总是觉得很累，特别是女儿出生前后那段日子，试过想要留在家中不要再到酒吧演奏，但最后还是被大家说服。现在回想，如果当时决心留在家中，也许没多久我便会得抑郁症而自杀。

偶然，我也会因为演奏上的问题和太太吵架，她总是不太满意我的表现，觉得我可以做得更好。就这样一起生活了三年，有一夜心情真的掉进了谷底。那天晚上酒吧里人很少，感觉就像只有我和妻子两人在黑暗的密室里演奏一样。我能感觉到弦和琴键发出的每个音，像地震一样摇动着整个身体，直达心脏。这是一个呼吸极度困难的晚上，我演完那首 *My Foolish Heart* 以后，说真的演不下去了，然后妻子就把当天的节目提早结束，她在后面再独奏了几个曲子。我记得离开酒吧的时候大概三点钟左右吧，当时我在酒吧听到的就是你刚才放的那一曲。我不知道这曲子，记得这曲也跟演奏爵士乐无关。事实上除了自己要演的曲目以外，基本上我都不听爵士乐。

我对妻子说，我想自己出去走走，让她自己先开车回家。她默默地看着我，不知道该说些什么话。没等她回答，我便离开酒吧，一直往回家的路走了。就那样一直沿着回家的路走，我也不知道那条路有多少公里。当时脑袋只有一个念头，就是一直走下去。走到天亮，我望着天空，突然觉得这辈子活得好失败，觉得生活不能再那样下去了。

我跟太太离婚。从那时候起，她的音乐事业便做得越来越好，我应该是做了一个正确的决定吧。我到过几个城市打零工，什么工作也做过，完全离开了音乐圈子。

直到有次偶然在路上听到一个店里播放的小提琴协奏曲《梁祝》，体内的能量像突然重新被唤醒。我把唱片买下来，后来再读了这个中国民间故事，就更喜欢了。期间，我重新联系了一些音乐界的朋友，知道澳门准备要成立乐团，需要一些乐师，于是就在别人推荐下来到澳门。这既是因为自己向往中国文化，也是因为这个机会能让我重新返回音乐界。我在澳门中乐团，一待就是二十年。虽然加入的并非交响乐团，但是这次没有任何抗拒感，我非常希望接触到新的事物。

八十年代初我便离开了美国，此后就再没有回去。我跟妻子和女儿有保持联络，女儿长大以后也来澳门探望过我好几次，我觉得这样足够了。你问我喜不喜欢澳门？我喜欢生活在这里。我在澳门找到了自己喜欢的生活方式，能够做自己喜欢的工作。这里的生活环境和节奏，比起其他一直强调竞争、强调力争上游的城市要好。在芸芸众生之中，像我前妻一般优秀的人，也许只占很小一部分。更多的人，大概就像我这样平凡吧。不过，努力完成工作，干自己喜欢的事情，按自己的步调享受存在于这个世界的每一刻，这样的想法应该没有错吧？我在中乐团演奏自己喜欢的音乐，退休后在音乐学校教育小孩子，看着这里的孩子一个一个走出澳门，创出一番事业，我觉得这样的人生很不错啊。也许这个世界不会有人记得我，但我庆幸自己还能有这样的一个选择的机会。

一旦你感到这个世界在逼迫你成为某个特定的类型，那么快乐就不再是那么容易和简单的事了。你会有这样的想法吗？

九　曾经出现的一群人·一些力量正在我身边聚集起来

Kenneth 说完以后，我点点头。

“但是现在的澳门跟过去不同了。”

“退休以后，我很久没有到市区了。变化是一定有的，我觉得只要能把好的部分保留下来就行了。”

Kenneth 说起过去在澳门的生活，练琴、演奏、写信、作曲，到朋友家里聚会、到湖畔散步，偶然接待从远方到来的朋友，开着带兜摩托车穿梭在这个城市的小街道中。他说，明明是很小的一个城市，到什么地方都觉得特别的远，一天下来能做的事情并不多。日子特别得悠闲，风景特别得安静。他一直说着，眼睛散发着亮光，像有一列火车沿着他眼角的皱纹，驶往从前。

我们谈到了很多消失的风景，然后试着在网上找些澳门老照片来看。我下载了《梁祝》的协奏曲，一边放给他听，一边在 Google 里输入他的名字看看会找到什么。老头躺在床上听着，哼唱起了《化蝶》的一段。他的名字在搜索器里找到的条目不多，但正如他所说，确实有一个八十年代末被他接待过的旅行家，他在游记中提起了老头的名字。

我递给 Kenneth 看，帮他把荧光幕上的文字放大。他戴起眼镜，一字一字很慢地读着。老头说他忘记了。

我问 Kenneth，他算是澳门人吗？

“有澳门身份证，能够拿政府福利。”Kenneth 笑着说，“会听一点点中文，但那么多年还是不会说。算是澳门人吗？”

“很多人也有澳门身份证。”我想了一下说，“但一辈子视这里为家的人，特别气质上像澳门人的人，却并非一样的多。”

那一夜，我想了很多事情。我们这里历来都是移民城市，很多人跟老头一样，是在人生的某个时间节点移居到澳门。然而，他们终其一生也许只当这里是个中转站，时时刻刻准备要往下一个目的地出发，或想着要回到自己心中的家乡。他们会愿意告诉别人自己来自何地、是什么地方的人，广东人、福建人、上海人、葡萄牙人、菲律宾人……澳门人这种称呼，更像是一种时势使然的中间产物，或像是通往下站的某种凭证。

到今天，澳门还是这样吗？

“你不觉得这几年，即使像我们这样土生土长的人，也想离开这里、寻找下一个目的地吗？有些人是迫不及待想要来这里生活，有些人是无可奈何地想要离开这里。也有一些人是走到天涯海角，还是会思念着，最后还是会回来这里。”Jerry 说。

隔天的傍晚，贺、月、玉、君和 Jerry 都来到了医院。我们在休憩区开始谈起毕业作品的事情。在此之前，我跟他们讲完了老乐师的故事。

“其实就是一种在家的感觉。你在这里有没有一种在家的感觉，这个城市有没有给你一种在家的感觉。无论你走多远，离开多久，无论你生活在怎样的状态，如果你有这种家的感觉，它就会牵动着你。相反，你就只是一个过客。”贺说。

我们开始试着寻找更多关于这个城市的故事，每个人轮流说，每个人都聚精会神地听。里面有我们父母辈从祖居地离乡背井来到澳门白手兴家的故事，有上一代因赌博妻离子散家破人亡的惨事，也有已经渐渐式微的老行业生态、旧城区老街坊的生活方式，以及已经不复重现的旧风俗和节庆。

饭后，休憩区来了越来越多的人，有男有女，有老的有年轻的，有推着轮椅的、撑着拐杖的，有头上包着绷带的，也有家属、情侣，站着的、坐着的……他们陆续在我们身边聚集起来，有的听、有的说，莫名其妙就跟着一起聊、一起笑。第二天傍晚，Jerry 也带了一些朋友来，其中一位诗人在现场为我们朗诵他的作品。聚集的人越来越多，就好像一种病毒在扩散。

素材多了，我们不断调整方案，里面展现的脸谱也越来越多，像幻灯片一样在我们的脑海中不断闪现。这个作品的规划越来越大，远远超出我们的预期，但我们每一个人，在各种故事的鼓励下，却对完成作品下了更大决心。

“就算无法赶及毕业展，我还是要把这个展品完成。”贺是这么说的。

确实，如果按照全计划来做，绝对没办法赶及五月底毕业展前完成。于是我们分头行事，独立把“两个在旧城区一起长大的孩子”的环境装置做好，先把毕业的事情应付了，然后再继续计划内的其他内容。

我们分配好工作，画草图、找材料、做道具、找资料、拍摄，Jerry 和他的朋友帮忙进行音乐、装饰和部分插画、文字。我由于有段时间需要待在医院，还得常常到医院进行复健，因此主动参与文字和部分简单的平面设计工作。

到最后，这一切实际已跟毕业作品无关，而是一次因毕业创作而起，为我们即将步出校园而做的一份纪念。而且，这可说是对我们创作观有着非常重大影响的一次创作。

十　致敬一种精神·抒情曲的合奏

留院的第六天，老头回家了。前一晚，他把电话和电子邮件地址给我，说是以后有空可以给他写信，他家里有电脑。

他再一次感谢我，我也说感谢他的故事给我带来那么多灵感。其实那几天一直想要为老头做点事情，也许是这阵子做毕业作品大脑发热吧，总觉得这老头的故事，有一种很强的牵引力。

那天晚上，我给澳门中乐团的音乐总监彭家鹏先生写了封信，想要告诉他这个老头的事情。因为彭家鹏先生也是近年才到澳门领导乐团，估计也不认识这类元老乐师。当然，我也不知道像老头这类愿意落地生根的乐师在澳门会不会很多。写信的那刻，只是纯粹觉得老头的故事，应该让更多人知道。而且，在现今社会，有人愿意在一份工作待上一辈子和有一份工作愿意给你干一辈子，两者并存的概率就像停产的老爷车，只会越来越难遇见。这也是一份很值得重视和被记住的文化遗产吧？

"澳门有很多人，默默地为这个城市添砖加瓦，终其一生热爱着这片土地。亲爱的总监先生，也许老先生在你们行内、在澳门也是寂寂无闻的人，但他在传达我们一直深信的某种传统精神，我们的一种信仰。这些年来，有人把澳门当作救生圈，有人把澳门当作后花园，也有人把澳门当作转乘站，他们来到这里，只为索取。但老先生，却在这里找到希望和梦想，并以此为家。"

"写这封信给你，只是希望你能知道这个故事。中乐团也在传承着一种中华传统文化，不是吗？希望有一天，你们能以此为灵感，为我们创作和演绎更多属于这个城市的作品。"

第二天，窗边的病床再没有老头的呻吟声和笑声了。黄昏时分，我把自己干的这件无聊事和朋友分享，并请贺帮我把信寄出。

我继续在医院生活，起床梳洗、早餐、复健锻炼、偶然偷懒、午饭、治疗、晚饭、家人和朋友探望、聊天、休息、睡觉，从病房的走道来来回回，离不开这些条条框框，一切都有既定法则的单调生活，就像我们身处的这个城市，日复一日地运转着，没有一刻停止，也没有多少机会脱出原来的秩序。是这样对吧？在这个没有大动荡的时代，有什么东西能推动我们那样日复一日地前进呢？生活本身是单调乏味的，但我们的内心却不是这样。我们眼里所见、耳边所听、身体各种触觉，接收到的东西千变万化。只要我们抓紧其中的一点光，勇敢地朝着那一点点的希望求索，也许便能轻易地打破刻板的生活，为生命带来新的体验。

出院那天，贺和月来接我。我逐一和照顾我的医生、护士和护工姨姨道别。我跟照顾我的美女治疗师说，要给她送花。治疗师小姐却说免了。"干点有实际作用的事情嘛，给我们院长发封感谢信，让他知道哪些人在悉心照顾病人，知道哪些人有在善待病人。如果这样的感谢信累积够多，也许才可以跟干得不好的医护人员区分开来。过去，我们澳门人太习惯沉默，默默地受挫、默默地受惠。到现在懂得发声，却只知道抗争和批评，忘掉了赞美的价值和意义。”

治疗师的那段话，一直深深地印在我的脑海。

回家以后，五月最后的几天冲着毕业展的事情，我几乎又昏倒过去。勉强完成了毕业的事情，没有觉得特别好或特别不好，反正一直迷迷糊糊的五月总算过去了。紧接着的六月，我们便继续朝着尚未完成的创作目标进发。

作品因为在制作过程中发生的这些事，音乐人、录像艺术家也慢慢参与进来，制作的过程远远比我们预期的复杂和困难，每一天都有各种各样的问题要解决。但是，这过程却更坚定了我们的初衷、我们的信念。回过头看，很多事只要下定决心，所有困难都不过是一转眼的事，很容易便过去，就像一段快播的影片。然而，也因为过程转瞬即逝，记录的事情更刻不容缓。所以在制作过程中，我们一直坚持着记录、不断地记录。离开校园后，在我们进入职场之前的最后一个夏天，绝不能让它白白浪费掉。

看展览，大部分人都关注成品，不会太在意创作过程。但正如你所见，我们这个团队并不是这样。我只想让大家知道这一切生成的前因后果，我相信，比起单纯欣赏成品的美，更值得细味的应该是我们过程中发掘出来的东西。也许我们的东西并不是最完美，但我们有很强的信念，觉得这些行为对这个城市是有价值的。我们的艺术品能够为生活带来积极的互动。

你知道吗？六月底，我们真的收到澳门中乐团的来信，署名是音乐总监。信里面附了两张他们乐季闭幕的音乐会门票，他说要感谢我的来信，并让我代为邀请老头出席他们的音乐会，当晚乐团将会为老头演奏《梁祝》的乐曲，音乐会名为《经典·流传》。

想不到吧？我立刻打电话给Kenneth，可是他家里没人接。然后我用手机给他电邮地址发邮件，就是迫不及待想要让他知道这件事。我给贺打电话，让他们看看能不能把当晚音乐会的部分拍摄下来，把这个故事也加进作品里面去。后来，团队里面所有人，还决定一起买当晚的门票，希望见证这一场奇遇。

后面好几天，我都没有收到Kenneth的邮件和回电。我开始担心这位牙齿全掉光的白发老人，也许已经死掉了。团队成员都有点沮丧，当然也更巩固了我们活在当下、及时寻梦的信念。过了好多天，我们的毕业礼也过去了。七月初的一个晚上，终于收到Kenneth的电邮回复。

他说他出院以后，突然想回加州一趟，觉得如果就那么死掉，至少得回到成长的地方看看，也许回去后便会想留在那儿安老。于是，他女儿便从美国过来把他接回去。他回到美国跟他的前妻见了一面，他说回到老家并没有什么陌生感。但待的时间一长，又开始觉得无聊。结果，看了我发的这封信，他最后还是跟女儿说，要回来澳门生活。他说，自从退休以后已经很久没有听音乐会了，他会在音乐会前回到澳门，会在音乐会当晚和我们见面。

我告诉他当晚可以送他到文化中心，请他回来后跟我们联络。我把电邮发出去以后，便期待着当晚发生的一切。最初我会想，如果我没有给老头发电邮，他会选择一个人回到澳门吗？到最后回顾这一切，那封电邮也许只是一个鼓励他做决定的“机遇”而已，有些事、有些命运，都是自己一早已经决定好的。机遇，只是让决定变成更合情合理的事而已。

音乐会在七月底举行，也就是今天展览开幕的几天前。事前我跟乐团联系，请他允许我们在演出当晚进行拍摄，当然老头完全不知道这件事。

七月中老头回到澳门，他给我打了电话，也给我发了他路环家的地址，让我在演出当晚把他接过去。

看到吧？老头也是非常隆而重之，就像要参与当晚演出一样穿上了黑西装、黑西裤和黑皮鞋，这让他的头发显得特别白。他戴上假牙和眼镜，站起来高大挺拔的身体，依然非常有艺术家的风范。我提早在黄昏时分接他，他很早就在家楼下等着，大概因为行动依然不便，从楼上一个人走下来并不容易吧。

我们在文化中心附近吃了西式简餐，老头的心情和胃口都相当好，大概是很久没有这样跟人约会了。其他团员很早就在综合剧院内准备，已经在岗位上待命。差不多演出前半小时，我带着老头到主礼嘉宾席先坐好，他很开心地东张西望。

观众开始陆续到场，很多到场的人都向老头打招呼，有他以前乐团的同事、有他的朋友、有他的学生。

“好多熟人，都是你邀请的吗？我只告诉了两三个朋友今天的演出。”

我告诉他，我完全不清楚。这是真的，这场面并不在我计划里面。我说，也许因为是乐季闭幕的演出，所以比较多行内人到场。

音乐会的演出相当精彩，我一直期待的《梁祝》却迟迟未有出现，老头倒是没有在意，一直听得相当开心。

到最后音乐会结束，作为指挥的彭家鹏先生敬礼退场。全场站起来鼓掌，要求乐团加演。

没多久，指挥再次回到指挥席，向着我们观众鞠躬。

“今天我们邀请了一位特别的朋友，他今天有来吧？”指挥用英语再说了一遍，然后说出老头的名字。

老头像得到糖果的小孩一样向着我笑，好像在说：“听到吗？他说的是我呢！”他举了一下手，转过头看看周边的观众。他的一些朋友在鼓掌。

“上个月，我收到一封信，一个年轻人告诉我，有个美国乐师从澳门中乐团成立以后便一直在团里面服务，退休以后还定居澳门。年轻人说，澳门人纯朴、重感情，又说澳门中乐团除了发展和推广传统音乐，底子里还应该有弘扬中华民族美德的部分。我读了信，很认同这位年轻人的观点。后来，我问了一些澳门乐师，他们都对 Kenneth 先生有很深的印象，知道很多关于他的事。现在乐团里的年轻人，有不少便是他的门生。也许有些观众朋友不认识他，但我敢说，他对澳门中乐有过很大的贡献。下面，澳门中乐团将把时间献给这位老乐师，我们将以《茶马古道行》《澳门断想》以及据说是他最喜欢的《梁山伯与祝英台》，来向这位元老致敬。请把我们的掌声，献给他。”

观众陆续站起来给老头鼓掌。老头听到我的翻译和掌声，一句话也说不出来，只是跟着大家一起鼓掌，继续向四周的朋友致以微笑。乐曲要开始演奏了，大家还是不住地鼓掌、欢呼，直至终于把老头的眼泪逼出来，看到他要用手抹脸，指挥才肯转过头挥动指挥棒，让乐声缓缓响起。

十一　最后的仪式

这个制作特辑，我把最后的镜头留在老头的脸上。我觉得，每个人的脸上都雕刻着他们这辈子的生活轨迹。老头的脸，给我很安静的感觉，就像停在两个音之间那一瞬间的休止。在那安静之中，我隐隐听见了前一个音的回响，预感到下一个音将要产生的震动。

生命中总有些时候，我们会从某些人的身上，得到这种类似于冥想的体验。我们在创作这个作品的过程中，便经常会遇到这种情况，并为此不断地重新思考自己的生活，不断地重新认识、了解这个城市。这些东西一直在鼓励我们创作下去，也吸引了其他艺术工作者参与进来。

聚集在疯堂十号创意园外面的人越来越多。当然，说多也不过是四五十人而已。电视的画面重新切到我的脸上。拍摄的时候，我们便知道短片不能太长，观众的耐性大概只能在二十分钟左右，但最后我还是没办法做到。所以，已经不能不结束了。

“感谢大家今天来到这个展览的开幕晚会。我们受够那些空洞无物永远无法找到核心的致辞了，所以这段类似纪录片的东西，是为了代替开幕词，把我们觉得该说的话、把我们认为该呈现的东西，用图像或更为具体的方式展示出来，方便大家理解。儿童用故事来认识这个世界，我们透过故事重新认识了这个城市，重新记得自己创作的初衷是什么。下面，欢迎进入创意园，欣赏我们这个多媒体展览。希望这个澳门故事之旅，能让你获得更多感动，找到更多生活的启示。”

那刻，疯堂十号创意园的大门随纪录片的结束而打开。如果你当时也在现场，听到在内园静候多时的老头用低音大提琴弹拨起 *Some Other Time* 的前奏，应该也会吓一跳。真的是非常动人的大师级演奏。

园内的两个投影幕，还在继续播放着我们的制作花絮，里面还有更多熟悉和陌生的脸出现。那些跟作品原型有关的所有人，最终都参与到影片的拍摄。我们找到了重遇以后要一起推广书法的情侣，找来了帮助过我们的所有澳门艺术家，片中有我们每天在路上遇见的一些陌生邻里，有我们经常光顾的咖啡店和办馆的老板、店员，有我们的亲人、老师和同学，里面有我，也许也有你。这个城市的过去，人与人之间的关系总是那么的亲近，如果这一代人的邻里关系和生活态度真的有什么改变，至少我们终于找到了一个机会，让我们可以跟身边的人重新认识彼此，复现一种传统，把最美好的东西记录了下来。

其实，老头返回澳门以后，我们便邀请他参加这个创作，让他选一曲在展览当天和我们的乐手一起表演。想不到他选的竟是爵士乐曲，而且一直非常认真地跟大家一起排练。这算是他的新尝试，还是想要缅怀一段岁月呢？

人们从园内的空地经过，随乐声进入展览室，改装好的时光隧道就放置在里面。一段一段的故事，只有入口和出口。看完展览，从大门走出来的人，会获得什么体验呢？我们也无法确定。我、贺、月、玉和君，就站在老头的旁边，目送着观众进入。

人总会散退，展出有期限，音乐也会停止，“澳门故事之旅”却是个永远都不会结束的集体创作。当最后一个观众也进入展厅，*Some Other Time* 结束了，我们也逐一随人群走进时光隧道，要再次感受这帷幕后一段段故事交织的幻象。

十二　迟来的梦·新的旅程

再黑暗的隧道，只要跟着那一点点微弱的光，人便能找到出路。那一夜，我们所有人都进入了这个精心设计的梦境。有那么一刻，夜空下的广场空无一人，疯堂街被时钟停住了脚步，这个城市终于复归平静，闭上了疲倦的眼睛。那时候，你会看到这灵魂探寻的漫漫黑夜中，还有一点光始终顽固地燃亮着。

在那扇亮着灯光的窗边，有一个人依然在埋头书写……

“那是一次孤独的旅途。三十五岁，我才第一次下定决心独个儿到远方旅行。在一个通宵行走的晚上，我在陌生的国度再次回顾了自己的人生。我有好的家庭和事业，我对生活好像没有任何不满，在我身上发生的一切都相当顺利，没有什么太大的烦恼。但同时，我也没有找到任何东西，让我能更积极地回应生活。以后，也许还有好几十年的人生吧，推动我好好活着的动力是什么呢？是因为我的人生中一直没有什么苦难和困难？还是我为了过安逸的生活，一直舍难行易，谨言慎行？

“我试着不要任何意图和目的，就那样一直走下去，我累倒在路边，就那么躺下来一直看着那片广阔的星空。天空从漆黑到暗红，再从泛红到明亮。我问自己，如果就那么死掉，会有什么事情让自己感到遗憾吗？为了生活、为了工作、为了家庭，该干的事也够多了。为了自己，要干些什么呢？等了好久，我的无力感总算缓过去，天空也渐渐明白了。曾经，我觉得有那么一双无形的手，一直抓住我双脚。那一刻，我觉得自己有勇气把它挣脱掉了。三十五岁的我，想要再飞一次。那时我才记得，自己还有一个梦，一直没有做完。”

他就那么一直写下去，那是一个很长很长的故事。那是他迟了十年才记得要奋力追寻的一个年轻的梦。等他写完最后一句，灯光终于熄灭，他在梦想的怀抱中安然睡去。

梦中，一个沉甸甸的包裹，被投进满是信件的邮筒里。街灯的光从投递口透进邮筒的漆黑中，正好照在那沉重的包裹上。

那一夜，他终于为自己，寄出那份迟了十年的期待。

幸福来电

一　北区的长街

大学毕业，我选择了一份文学社团的秘书工作，因为他们答应让我只上半天的班。余下的半天，我可以做自己的创作。这样的决定，当然没有得到家人的支持。我希望自己有一天能以创作为生，无论这样的希望多么渺茫。也许有一天我会放弃这个念头，但没有试过，我不会心死。

每天清晨，我会起来跑步，沿着这个城市的路，观看在这里扎根的各种各样的人。在我生活的地区，包括我自己在内，大部分人都要为生活奔波，早出晚归、日夜颠倒。他们花费了大部分时间在生存的问题上，却很少留意自己的情感在退化。爱，对于很多人来说，就像廉价的消耗品，总是最先被丢弃的东西。

二　早餐的来电

我一直过着规律的生活，早上起来跑步不多于十公里，回家洗澡，然后十年如一日，走到以前所读中学附近的小食店吃早餐，点同一份早餐，风雨不改。早上 7 时 30 分，从初代的老板夫妇到现在第二代接手的老板儿子，他们都习惯了听我那句像报时一样的早安。

近年来，食物的价钱已翻了超过一倍，我的岁数却只增加了几岁。

那天早上，老板儿子跟吃早餐的街坊说，如果再这样下去，店很快便开不下去了。现在，打工的收入要比开薄利多销的街坊店高。这时候，我刚好收到文学社的主管大姐来电，说是因为知道我会排版，希望我帮忙排一本书，尽可能多上半天班，赶在这几天内完成。

平常在社内，接电话、安排活动，发新闻稿、排定期的文学杂志，做会务所花的时间其实已刚刚好。下班后，我还可以写作、摄影、做插画，做自己喜欢的创作。

听起来好像好完美，但结果总是让人相当无奈，就像这种突然而来的额外事，总会扰乱我的心绪，结果工作这一年来，实际上我能交出来的作品并不多——严格来说是没有。

我说我不想加班，因为入职时说好了只上半天班，我想留点时间做自己的创作。大姐就说："文化人嘛，有时候得为文化事业牺牲一下，就当累积一些经验吧。"听大姐说了几句动人话，我一时心软，还是答应了。

三　办公室的来电

下午，我在公司开始赶排那本《澳门作家访问录》，花了很长时间找参考和决定版式。黄昏时分，大姐过来看样版，很快就做了决定，然后着我快快行动。据说，这书要赶在某个书展前印出。

我试着跟他们谈细节和精准，提出了一些用料和装订的意见，他们似乎觉得设计只要过得去便好了，文字和图片没错就行。这让我不太高兴。那天晚上，我开始按照版样排放内容。

晚上 8 时左右，电话响起来。

“你好，澳门笔会。”

“今晚有没有人找我？”来电的人是大姐。

“没有。”

“不知道电话公司搞什么鬼，老是没讯号。你在干吗？还没有走啊。”

“排书啊，不就是你叫我做的吗？”

“对噢，辛苦了！那如果有人找我，顺便帮我记下口信，谢谢。”

电话咔嚓地挂了线。我又回到荧光屏和书桌中，继续在文字和图片的大海中堆堆叠叠。没多久，电话又响起来，我开始有点厌烦了。

“喂，澳门笔会。”这一次的语气明显要比上一次高上十个分贝。

“你为什么不接我电话？”电话的另一头，一位女生哭着说。

“你哪位？打错了吧？”

“明明说过会接电话。”

“你打什么电话号码？这里是澳门笔会，28××××××，OK？”

电话那边的她，迟疑了一秒。

“不好意思。”她收起了哭声说。

“没关系，今年电话公司不知道是第几次出这样的故障了。BYE。”

挂线以后，我把视线移到荧光屏还不够十秒，电话又响了。我恨不得拿个大铁锤把电话机砸碎。我在铃声响起的第一秒便立刻拿起听筒。

“喂，澳门笔会！”这次速度和分贝又提高了一个档次，应该是相当严厉的语气了。

“不好意思，又是我。”是刚才那女声。

我说我其实很忙，但她说她失恋了，想找个人聊天，刚才她在拨以前男朋友的电话号码，结果拨错了。遇上一把楚楚可怜的好声音，我又一时心软，开始听她说起话来。

她说她和男朋友中学时代就认识，后来男朋友出来工作，她继续上大学。最近，他交了个比她成熟的女生，然后就不要她了。她说男友变了，他说她太幼稚。她说，男朋友说过永远不会离开她，但最后却没有兑现承诺。

其实，我一边排书一边听她说，也没有很留意细节，这种事电视剧已演过很多，闷得让人作呕，但她刚失恋我又不好意思毒舌，所以就说：

“其实你的故事也很传奇，告诉你，我们这个笔会也是鼓励年轻人写作的，你不妨把故事写出来，发表一下感想，既可发泄情绪，又可与读者分享。虽然稿费不多，也算是为失恋增值。”

“如果现实生活中有什么不如意的，写成文字，让它们有一个更好的结局，也是一个办法，至少心态上我们会比较积极。”我这样说，然后环顾了办公室的四周，自己也突然对着荧光屏苦笑起来。

她说好，然后问我要了电邮地址，还问我有问题可否再打来。我为了赶快挂线，把她想知道的都告诉她，最后说如果有需要她可以在晚上这个钟点打来。我这样说，是因为这个时段通常都没有人在。我以为她不会写，也不会再给我电话。

可是，事情却不是这样。

四　我也喜欢写作

接下来几天，因为希望尽快把任务完成，重新回到正常的生活，我在公司留得比较晚。她每天都在相同的钟点给我发来一篇小文章，然后再给我打电话。第一天问我那样写有没有问题，我说我先看看。第二天她又写了一篇来，问我昨天那篇写得怎么样，我说我不是杂志的编辑，她便叫我按一个读者的角度给点意见。因为她说得很诚恳，我一时心软，就说当晚会把文章看完。

那天我读了女孩的故事。第一个故事，她写的是一个男生因为失恋，女生一直默默像朋友般陪在他身边，不发一言地跟着他干着各种傻事。最后，男生直接问女生要不要结婚，而女生答应了。

第二个故事，她写的还是那个女生，但其实失恋的不是男生而是她自己。男生因为想让她更积极地生活下去，于是假装失恋、做着各种傻事，只为逗女生欢喜。那个女生，在男生的假失恋中默默疗伤，渐渐在男生的陪伴中复原过来。所以，女生才一口答应婚事。

默默耕耘，总会有被感觉到的一天。真心喜欢，才会为他做尽傻事。女生最后是这样写的。

看了她的故事连我也受感动，觉得这个女孩子还是挺有意思的。我自己便一直希望写出这样温暖人心的故事，可是每次总是把内容想得太多太杂，眼高手低，一直没能写出一篇自己满意的东西来。

我这样回复女生的电邮，还鼓励她继续写下去，这篇小说是一定会被刊登的。电邮发出去后的一分钟，我收到了女孩的回复。

“谢谢。我明天再给你写一些故事，也希望能看到你的小说。晚安。”

五　没有来电

从最初敷衍她的电话，渐渐变成了开始期待她的来电，时间的运行速度变得好奇怪。之后连续一星期，我已习惯了在笔会留到八九点，直到她发来作品，打过电话，终于能聊上几句，我才安心回家。我跟她说了不少自己的生活、自己的抱负、自己的工作性质，还有选择工作半天的原因等等。

到后来，我每天都被某种心情填满脑袋，有了各种天马行空的想象。第八天的晚上，我在办公室突然想到，那女孩子长得怎么样呢？校正着《澳门作家访问录》时，我正好翻到澳门诗人袁绍珊专访的那页，便想象那个女孩有可能长成她那样，心里面欢喜了一阵。天使在身边飞过，但下一刻恶魔的念头却已迅速生成。“若长得像女版的陆奥雷或贺绫声，大概我会无法接受吧？”结果，长着长发化着浓妆的男诗人陆奥雷，这个“文艺少女”的形象，在我的脑海挥之不去，整个夜里，我就那样丧失了所有工作的心情……

那一晚，女孩没有来电。一直等到晚上 9 点，还是没有电话。回来上报社夜班的主管大姐，正好上来拿东西，看到我还在，便问怎么那么晚不回去。我骗说是在校正新书的文字。

“平常我开口求帮忙加班，还诸多不愿意，最近却那么主动，很反常。”

“又是你说的，要为文化事业牺牲一下嘛。”

“不知吃错什么药，奇奇怪怪。”

我躲在荧光屏后不再让大姐看见，她拿到自己的东西后便走了。

从那天起，连续三个晚上，女孩都没有发电邮和来电。

我在想，是否应该给她发一个电邮。

六　再来电

书终于排好了，早上不用再加班，晚上也没有必要留在笔会，一切恢复正常。可是感觉却不一样，早上干什么事都提不起劲，下班也觉得特别无聊，不知道该到什么地方去。最后，还是会多留在笔会一段时间，然后再找个咖啡室，自己一个人随便吃个汤面。下班后，开始习惯把笔会的号码转线到自己的手机。

这样过了几天，女孩在一个早上给我电话。

“喂。”我说。来电没有号码显示。

“是我。”

“你打那么多次来，还没有问过你名字呢。我名叫乔捷。”我说。

“叫我 Ivy 吧。”

“怎么最近都没有来稿了？”

“因为投稿给你的，都还没有刊登过啊。”女孩笑说。

“因为你还没有给我发作者联络资料嘛。”

“说笑而已，只是因为在认真地写故事。以前每晚都想要给男朋友打电话，听听他声音，现在写着写着就忘掉了，感觉也挺不错。”

“哦，原来这样。”听到她那么说，我不知道该说些什么。

“对了，我想问一下，你们那个澳门文学奖的参赛章程和表格要在哪里下载，刚才在报纸看到比赛的消息，也想试试玩，但到上面的链接却没有找到资料，所以就打来问问看。”

“哦，章程和报名表格我待会可以转发给你。”

“谢谢。也谢谢你鼓励我写作，这么写了半个月，挺有趣的，整个人潜进故事里头，什么不快都忘记了，写完觉得很有满足感。你也会参赛吧？”

“应该不会吧，我估计要当工作人员。其实，是没想到什么好故事。”

“你不是说干这份工作就是想有时间创作吗？这样好像跟你说的不同，先不理写得好不好，有机会应该写出来再说，这不是你对我说过的话吗？”

“对。我试试看吧。”

“那好。我先挂线了，以后有机会再请教。”

“慢着，Ivy。”我突然想到说，“是这样的，我这边新出版的《澳门作家访问录》，明天便印好了，既然你打算参加文学奖征文，不如找天我们出来喝杯咖啡，我给你送本新书和一些以前比赛的得奖作品做参考，好吗？”

Ivy 迟疑了两秒。

这样好像好奇怪。她像发现了某个谜语的线索般，小心地选择应对的句子，并借此向疑犯继续套取有用的讯息。“好吧，明天下午我在中央公园附近的咖啡店，或者我们可以在那里碰碰面。你有空吗？”

“有空。”我完全没有考虑自己的日程，一口就答应了。

然后 Ivy 把时间和地点告诉我，便挂线了。

挂线以后我才记起没有问她电话号码，回到公司我把文学奖的章程和报名表格，连同我的手提电话号码用电邮给她送了过去，并告诉她我还没有她的电话号。

可是她没有回复。

那样，我便只能继续等她的来电和电邮，或者按照她指定的时间和地点，等着在那里跟她见面。

她到底长什么样呢？那天晚上，这个问题一直盘旋在我的脑海。

七　她的来电

第二天早上，我们在电邮中互相交换了服饰和记认方法，我把照片直接发给她，她却没有给我发任何相片，也没有给我留电话或者 Facebook 账号。我对于她的样貌已越来越没有期望，有点想放弃了。

下午，我跟大姐请了假，准备好要给 Ivy 的所有东西，便坐巴士到她指定的咖啡店门外等。时间一分一秒地过去，始终没有人过来跟我相认。我发了个电邮给她说我到了，她没有回复。

在约定的时间后过了三十分钟，我觉得自己被耍了，有点生气。离开咖啡店前，正想着要发个电邮说点什么，咖啡店的老板突然从店里面走出来。

“你是乔捷，对吧？”

“对。什么事？”

“她已经走了，让我告诉你，不用再等。”

我说了句谢谢，然后没好气地向着巴士站走去。我开始回想一下刚才从咖啡店离开的所有人，却一点具体的脸相也想不起。

怎么能这样呢！正乱想着这一切的时候，电话响起来。

“不好意思，最后还是没有走到你身边打个招呼。我觉得我们还不是很熟，或者说我们并不认识对方，我有点害怕。”

“没关系，昨天一早这样说也是可以的。”我说。

“听着，我喜欢你，那是真的。”她深吸了一口气，然后继续说。

“我很感谢那个晚上你愿意听我说话，还让我喜欢上写作。

可是，我的心还在痛，当你跟我说想见面的时候，我跟他之间的很多往事又重新涌上来。你是一个怎样的人？我真的足够了解吗？对没有足够了解的人，值得相信吗？我不想再受骗，我想要幸福。”

“我懂。不好意思，我把你吓到了。”我想了想说，“其实只是想跟你交个朋友，不用想得那么复杂。哈哈。”

“但我喜欢你。”

“这样啊。”我不知道该说些什么好。

“可以再继续这样，保持联络一段时间吗？”

“当然没问题啊。”

“你担心我是丑八怪？”

“是有这样想过，毕竟还没有见过面。”

“这个，不会让你失望，绝不是丑八怪。只是希望你再给我一点时间，让我们多了解一下，好吗？”

“可以。那书和杂志，还需要我寄给你吗？都是给你做参考的东西。”

“如果有电子版的就发给我吧。”她说，“乔捷，你也会参加文学奖对吧？”

“也许吧。”

“你不是喜欢写作吗？”

“是喜欢。”

“那为什么说也许？”这句话似乎惹到 Ivy 了。

“因为可能会想不到好题材，写不出什么像样的东西。”

“那样就不写了吗？你没有试过，怎么知道好或不好？你总是叫我写，但我从来没有看过你写的东西，你真的有在写吗？昨晚我不是说过吗，就算不够好，至少你要尽力尝试，无论如何也得把东西交出来。”

我想了想，又说不上话来了。

“这就是我对你的不了解，我不知道你的喜欢，跟我的喜欢，是不是同一个概念。如果我喜欢，我会全力去做。我答应你试着去写，于是我写了。我说我喜欢了写作，于是我想参加比赛、想投稿。就算写得不好，我还是会一直写下去的。”

Ivy 的话让我很汗颜，让我觉得上半天班好像只是为了偷懒，因为我真的什么也没有写过，甚至连试着坐下来写也没有做过，总是一天又一天为自己找借口，推说是在寻找素材、酝酿情绪。

“如果你真的喜欢，就把文学奖当成一个目标吧。我答应你，我会坚持写下去。这样，也许有天，我们会在某届文学奖的颁奖礼上相遇也说不定。我想说的话就到这里了，乔捷，希望你会像我喜欢你一样，继续喜欢你的写作。再见。”

说完，Ivy 就挂线了。

八　如果真心喜欢，就不要有放弃的念头

那一年，我没有参加文学奖。

可是，因为这个突然出现的人，让我终于明白，过去所谓喜欢一个人、喜欢一件事，我也许付出的根本还不够。如果一个人只是看着自己的目标而不往前踏步，那么即使这个目标在他口中说得如何坚定，最终他也不过是个梦想家而已。

真正的喜欢，总会伴随着各种各样的傻事，为了梦想而倾尽全力，唯有一直往前走，才会找到属于自己的幸福。

我有真心喜欢过什么吗？如果真的有，那么先不要考虑那么多，就认认真真地把事情做好吧。那一晚我躺在家中的床上，这样对自己说。

那一年，我离开了文学社团，幸运地在中学找到了中文老师的职务，课外开始教导小孩子写作。

我开始认认真真地写起了自己的小说，发表诗和散文。因为一直跟报馆和文学社之间有联系，大家真正看过我的东西以后，没多久便给我机会，让我有了自己的专栏和发表空间。

在这个小城里，只要你保持着自己的敏感，用心地书写，总是比较容易被看见的。时间会决定作品的好与坏，只要勇敢地一直向前走就对了。

两年以后，我以一个跟 Ivy 有关的故事，参加了这辈子第一次澳门文学奖小说组的比赛。

几个月后，我便收到了这辈子第二个改变命运的来电。

九　幸福来电

“这是我听过最特别的写作入行经历。乔先生，第一个改变命运的来电，指的是 Ivy 偶然来电的那一个，对吧？最后 Ivy 有没有再打电话给你？她有现身颁奖礼吗？”

在酒店的咖啡座，为《澳门作家访问录 2》做访问的女记者这样问我。

“你说呢？你真的相信一个小说家对你说的经历啊？”

“拜托，别开玩笑嘛。刚才说的都是假的呀？”

这时候，我的电话响起来。

“又说下班打电话给我。”

“哎哟，忘了今天约了做访问，不好意思。”

然后我对记者说不好意思，让她稍等一下，便转过身继续听电话。

“不行！说好会打就要打！”

“对不起！亲爱的，只是一时忘记了。”

“说好的就要做。”

“下不为例，下不为例！”

“你几岁了？那么多年，一点长进也没有。”

“你还不是一样！哈哈，轻松点、轻松点。”

“哼！不跟你说。今晚没饭吃，再见。”

“喂……喂……”

电话咔嚓地挂掉。

“刚才说到哪里？”我手忙脚乱地转过身来问记者。

“来电。”

“对。”看着自己的手机，思量着要在WhatsApp怎样向妻子赔不是。

“那年得奖的作品叫《幸福来电》……”我说。

“现在，我有足够能力写出《幸福再来电》《幸福再三来电》，甚至《幸福不停来电》了，哈哈哈哈……”

我看着自己的手机，一个劲地在咖啡店里傻笑。在那年异常温暖的冬日黄昏里，我和她也曾经在这里像这样疯掉似的谈论过文学和创作。

那个记者，一定以为我疯掉了。

“知道我为什么选在这里做访问吗？”

乔捷和Ivy的故事，我想，还是可以继续说下去的。

（此为宣传《澳门作家访问录2》出版及推广澳门文学作品而设计的文本，已拍成电影短片。）

片段·遇见

2012 年

遇见。我看着她手上的那本书，她翻到第一百四十页，书页已到尽头，她的目光久久地停留在那一页。没有一种表情让我能好好地解读她，那篇叫《在等待与到来之间》的文章说：“人生是由无数次的遇见组合而成的。当我们再次遇见的时候，可能是一个故事的结束，也可能是另一个故事的开始。”她始终没有把书放下。我在她身旁，想要做点什么，好让我们都能回到现实世界。

长椅。我一直静静地陪在他身边，他说他寂寞，不能再一个人留在家里了。我驾车把他载到海角游云，他坐下来后一直望着远处一对躲在草丛中的情侣。我在他身边喝着汽水不发一言，我悄悄地看到他眼中的泪水。第二秒，他抱着那张长椅吼哭，吓到了一批情侣。海角游云中的所有人都作鸟兽散了，除了我们两人，以及他失恋的哭声。我在他身旁，想要做点什么，好让我们都能回到现实世界。

网志。我找到她的网志，看到她书写的文字。她说：“总有一天，你会在 BBS 上翻阅到我的诗句 / 思念像流浪者的心，一直寻找最初的坐标 / 玫瑰花开在某座城市某个街角黄昏里 / 我们会在梦土上相遇 / 这样也好，就让我们安睡、让我在精神上苦恋着你 / 亲爱的 ××，生命从没了断一切 / 就像分手那天开始，雨一直下着 / 我们一连串的悲喜 / 一直绵延至下世纪。”

我想要说点什么，手停留在键盘上，却一个字也打不出来。

啤酒。他说他失恋了，不知道为什么会那么难受，只是一个不爱自己的女人而已，为什么要为她伤心。第二天我陪他到海事博物馆，在馆外的喷水池，我们两个一起喝着啤酒。有了第一天的经验，我很怕他会跳进水池。我们把一打啤酒喝光了，他对着空罐说，为什么会没有啤酒，然后他用啤酒罐往池中一捞，问我要不要来一罐。我摇摇头，他又往水池捞了一罐池水，继续往口中狂灌。我想要说点什么，可是话在口边，却一个字也吐不出来。

对话。分手多年，她还深深地记挂着那个曾经与她生活在一起的人。朋友从笑她傻骂她笨，到最后建议她接受辅导，她只是默默地接受，总像接近失去能量的电动兔子般无力回应。她说:“你看不见满布夜空的星群 / 是我失眠的一些想法。”我说：我看不见 / 你独个儿 / 躺在沙发上抚摸发呆的猫 / 默默思念谁。我隐身在某个 ID 后面反复回应她的动态，用她喜欢的方式。

也许这就是艺术
我们一次又一次错误的构思
谎言，其实是现实的细节

海滨。过了几天他又找到我，他说他总算明白分手了应该重新开始，今天他有点闷想去呼吸新鲜空气。黄昏时分，我把他带到海滨长廊。我们坐在岸边，望着对面的情侣路，直至天色昏暗，直至街道渐亮。在遛狗与晚跑的人渐多的时候，我和他走到海滨的小讲坛。他站在演讲点，我站在他的正前方，望着天上的星星。“听着，我已经不再爱她了！他妈的！”最后一句的回声，在空气中停留了一秒。他开始念起一些不知名的诗，其节奏让我想起了某个陌生人的说话方式。

故事。她写到一个失恋者的故事，她朋友的故事。里面有我的影子，有她的影子，也有从无发生的零散片断，就像人间各种悲欢离合，集结成一个永恒的主题。我们在板樟堂相恋、在板樟堂失恋。我们在板樟堂相遇，在互联网相识。

爱情与命运
没有坐标
没有定位
一如地球诞生与灭亡
没有来龙去脉

她说，爱与不爱，遇见与不遇见，我们无从选择。我说，种种片段的集结，我的、你的，还有穿行在这个城市的各种故事，虽然无论如何也无法找到爱的来龙去脉，但至少我们借此理清了命运的轮廓。

松山。为了开展新的生活，我劝他要多做运动，注意身体健康。几天后他约我到松山跑步，在一个天阴阴的早上，松山上的路好像刚被雨水清洗过一样。我们沿着石梯向上到达健康径。他对我说，那么我们就在这里开始吧。他没有等我回答，便一个人往前面跑去。他跑得很快，早晨的露水让空气变得很湿很湿，我看着他跑在前头的背，仿佛感到了他飘来的汗水和泪水。

光影细数
四周流动的愿望

骚动过的空气
一呼一吸
结束于霏雨中

新一年
我们无怨无悔
像月历的身世
以周期为由
重回爱的起点

演绎。她说，种种细节都显示那个人在用另一种方式演绎她的生命。我隐身在ID背后说，像镜子一样细心地观察、了解另一个自己，是重塑人生最诗意的方式。她说，我很像他。我说化装舞会总会有散场的时候，最后留下的两个人，在宴会厅内对望，这时总要有个人先打开话匣子。说完，她离线了，我睡着了。

夜店。跑松山的那天晚上，他还邀我一起去酒吧，可是我太累了。第二天他再打电话给我，要我和他一起去“狩猎”。可是我们没有猎到什么，整个晚上我们只是对着酒保，望着电视发呆，然后一杯接一杯地喝着威士忌加冰。夜深时分，酒吧内播放的音乐越发激烈，他靠到我的耳边说了句话，我说我听不太清楚。“好吧！我们出去再说。”其实我都听到了。

结局。此后有很长一段时间，我们经常躲到白鸽巢公园附近的小巷，聊了很多事情。我们坐在巷内的石阶上，一边喝汽水一边聊天。他终于把话好好说完了，我觉得自己终于可以开口说点什么。事情在这里开始，也在这里结束。第二天，他打电话给我：“喂，不如我们结婚吧。”我说好啊，没有迟疑一秒。

他打电话给他母亲，说四日后会到教堂举行婚礼，他妈差点吓晕了。我们勉强找来两个朋友做见证，朋友问我为什么会答应，我说，感情就好像摄影的“决定的瞬间”，是预见、是偶然？谁又会知道为什么。

就这样百无聊赖地爱你
对杂草丛生的世界不闻不问
十指紧扣你手
过一个秋雨微凉的周末

也许，我们都曾在对方身旁想要做点什么，好让彼此能回到这个世界，重新生活。那双停在键盘上的手，那些没有说出口的话，那个不再运行的时钟，为的就是让我们好好地感受当中的意义。有些肉眼看不见的东西，只要闭上眼睛就能渐渐清晰。

这刻，看着身边的你，只想告诉你，遇见你真好。

我想对你说
遇见你最好

一个人不管做什么，眼睛所见和心灵间一定存有某种关系被联系着；闭着的眼睛看见内在，张开的眼睛看见外在世界。——布列松

相亲

大学时代父母叫我不要谈恋爱，我把大部分时间都留给学业，一直保持着处男之身。我一直觉得自己是个文艺青年，只要遇到真爱，所有事情便能水到渠成。可是由于缺乏经验，出来社会工作以后越觉得找对象方面有困难，可我又不好意思找支援。过去叫我不要谈恋爱的父母，那时候才开始急起来，让我赶快找对象完成终身大事。

我把这件事当作两性交往教育的断层，父母把感情生活当成开关按钮，他们也没有分享过两人交往的过程，而现实生活男女攻防却多少要靠经验累积，情感教育双失是很多乖孩子的通病，结果只能靠个人性格累积的运气，以及生活和工作环境创造的条件自然运行。

因为教书的关系，我看上的女学生很正但不能泡，公司的女同事又惨不忍睹搞不出胃口，我三十多岁接近四十，快将被宣告步入中年有孤独终老危险，但我相对镇定。因为，我一直觉得自己是个文艺青年，只要遇到真爱，所有事情便能水到渠成。

最后，母亲还是给我安排了相亲，她说朋友有个女儿今年三十岁还没有对象，样子好看性格和善。她给我向别人介绍是三十七岁中文教师工作稳定，早年醉心教育工作误了终身大事，现在急起直追。

因为我比较抗拒这样认识对象，所以见面那天我决定恶搞自己，既不想给对方留个好印象，也好让母亲以后打消给我相亲的念头。我们约在中区的咖啡店见面，因为我估计那里永远找不到座位，而且人多拥挤，以首次约会来说相当没有亲和力。我特别买了平常不会穿的粉红色紧身渔网透视衣，配了件白色西装和紧身皮裤，试图让对方误会我找对象的范围比一般人广。

为了确定母亲不会以为我有心搞垮这次活动，我极度准时地到达咖啡店并在角落找到了座位。对方大概迟了十分钟左右到达。母亲明明说对方样子好看性格和善，结果走近我的人虽说样子不错，但看起来性格却不是很友善，可想而知为相亲对象做媒的人，他们口中的个人介绍有多少水分。她束起了头发，身穿绿色迷彩外套和牛仔裤，里面穿了件黑色衬衣，看起来相当结实，不说还以为她是当警察的“师姐”。我有点害怕，加上我一身粉红打扮，大概我的害怕从表面上看起来会变成非常害怕也说不定。

还没有来得及向她打招呼，她已把两杯双份意式特浓咖啡放在桌上。“喝了，然后我们去看电影。”

我来不及做正常反应，已被她的气势慑住了。口中只管说好的、好的。我把那小杯苦得要命的咖啡喝光后，便跟在她身后往咖啡店外走去。旁边点咖啡和等咖啡的人纷纷看着我们，我感觉自己好像一个线人，被警方的接头人在咖啡店逮住要带到深巷里查问一样。会不会待会被这个人毒打呢？脑袋还真的闪过这样的念头。

走到大街上我才回过神来，觉得自己肯定是因为太没有经验才变成这样。作为一个男人，绝不能这样输给一个相亲对象。在喷水池边我鼓起勇气跟她说，看电影没问题，坐我的车我带你去。刚好车就在附近停车场，很方便，你在前面等我，别走开。然后我就自顾往停车场奔去了，也不确定她会不会依我说的做。

感谢主，车到了她真的有在等我，她上车坐在我旁边不发一言，我感觉自己好像打了一场胜仗，大概她也是被家人逼迫要来相亲，所以才故作姿态也说不定。这样我才真的松一口气。

我把她载到影院，点了自己一直不怎么喜欢看的动作电影《义勇群英 2：毒蛇反击战》，明明我比较喜欢看文艺片，也不知道为什么要挑这样的戏。她也没有意见，只是一直沉默地跟着我。

电影开始了，我们不说话，一直在看。见鬼的我当天头一次看那类动作电影，竟然发现自己很喜欢看。也不知道是不是因为穿的怪里怪气的，看着那些肌肉男和帅哥，竟然也兴奋紧张起来。她比我看得更认真，到其中有屈辱和冤情的情况，还流出了眼泪。看着她流泪，我竟觉得这人还是挺可爱的，仿佛就是我要找的那种交往类型。

散场的时候，她的眼泪已干，我们默默地步出戏院往停车场方向走去。她小声地给我说了声谢谢。我说，以后如果想看戏，还是可以找我的。她说，好，给我电话号码。我说，你不是有我的电话号码了吗？我才记起拿出自己的手提电话，看到了母亲和那个相亲对象来过好几次电话。

一个文艺青年的美好想象里面，总希望有那么一些美好的邂逅，换来美好的爱情。那一天，我在板樟堂人头涌动的咖啡店里，便遇上了这么一个失恋兼失常的女警。

只要遇到真爱，所有事情便能水到渠成。

感谢三十七岁的我，还没有放弃这样美好的憧憬。我们都好过来了。

相亲的对象嘛，就是样子好看性格和善的那个人，对吧？我确定没有错了。

遇上最好的低音大提琴

这辈子能够遇上能彼此和应的低音大提琴，就是最大的福气吧？钢琴说。以前，钢琴觉得只要自己够努力，一个人也可以很好。她有一双很灵活的手，她有一个条理清晰的脑袋，一边弹和弦，一边弹旋律，就能做出很好的音乐。她这样活了好多年，直至有一天，一个低调而不张扬的低音大提琴出现了。

低音大提琴说，只管把旋律线弹好，其他东西让我来为你输送吧。这把低音琴正如他说的，认真地弹出了两个沉稳的低音，声音传到钢琴的耳边，就像起搏器往她胸前压了两下一样。她随着那两下颤动，条件反射地自琴上回应了两个清脆琴音。从低音到高音，低音大提琴和钢琴，就那样两个音两个音地交替着对话，来回几次以后，她开始随低音琴的和弦，找到了像蜜蜂在花园中飞舞采蜜的温暖旋律。

大提琴的伴奏，就像个默默搬动着石头建造房子的壮实青年；钢琴的乐句，仿佛就是那年轻人建起的墙壁上用油彩绘画着的花园风景。钢琴放开了双手和过去那个紧绷着的脑袋，开始醉心于主旋律的创作。低音琴用不张扬的单音，和应着每一句。每一句结尾，总伴随着和弦的一个音符，如点头的应许、如鼓励的话语，为钢琴一直输送着力量。

差不多该结束了。钢琴用眼神说。钢琴弹出了热烈而丰富的最后一段，低音大提琴随着最后的乐句，像起行中的蒸汽火车般，配合着这越走越快的速度。最后，钢琴慢慢静下来，等待着与低音琴最贴近的一刻。蒸汽火车发出了离站的最后汽鸣。最后的一句，他们每一个音，紧紧地贴在一起，如同出现在月台前最深情的拥抱，世界复归安静。

在这个世界上，也许没有完美的情人，却可以有最和谐的配合。生活从来如此，人生如像一首乐曲的生灭。是偶然，也是预见。

五月的叹息桥

爱情来过
在玫瑰香与刀枪无法协调的路途上
我们时而争吵，时而接吻
约会过的地方如今急速变化，
却又各自保护着曾拥有过而不实的深情遗址
在时间沟壑中，流感继续蔓延……

——贺绫声《*My Love*，*My Fate*》

一

我们称之为命运的东西，有一部分来自于我们的性格和成长，有一些则和环境与时势有关，应该说都是很早便被决定好的吧。在这个小小的城市里，她一天也没有离开过他的视线，就算她不希望这样也没有办法，这又是很早便被决定好的一个状态。留在这个城市，本身就是她的一种选择。

分手多年，他已习惯了继续关注她的动态。也许他对她已不是同一种爱，她也早已把他忘掉。但这都没关系了。换一个城市、换一个时代，他们的故事会不会改写呢？很抱歉，我们一致的结论是不会。他和她，只是这世上循环不息生灭的宿命中，两个偶然的符号而已。

二

乔开着自己的Volkswagen复古迷你小卡车，带着他店里的新人到批发市场办货。那是个异常炎热的五月下旬，夏天仿佛记错了上课日期一样。平日人潮如涌的街道，就像长假期中的教室走廊，只余下我们记忆中的幻象。隔着玻璃窗所见，满眼尽是不存在的热闹残影以及空无一人的现实荒凉。这种感觉，似曾相识。

“奇怪，今天路上的车和人都跑哪里去了？车开快点好不好？”新人小马一边抹着汗，一边老实不客气地对作为老板的乔说。

“好好坐着别乱动，心静自然凉，懂吗？”话是这么说，面对这恶毒的天气和难以脱身的车厢，谁又能真正抑制内心的躁动和不满？

“这他妈的温室效应谁弄出来的？这世界怎么了？”为了分散大家对气温的注意力，乔扭开了电台广播。清谈节目中传来了她的声音。

“哈啰！大家好，我是K。”她很少上生活类节目，在乔的记忆中，这是K头一次作为这种节目的嘉宾。

“哎哟！是美美的K姐姐啦！如果下一届她参选，我会给她投票，哈哈。”女主持介绍了她的出道经过，然后说将会问到她的成长，也想要了解她的恋爱。“哎哟哎哟，要谈初恋哩！呵呵！”

“安静点行吗？”

“你猜什么人会跟K这种女生在一起？”“让我安心听好吗？我就是她的初恋。”“骗谁！”小马说，然后继续在乔的耳边吱吱哼哼地说个没完。

乔没再理会小马，他直接把广播的音乐扩大，然后专注地听她的话。

主持人问到她的兴趣。

“应该是摄影吧，当然是很业余的那种，只是一直喜欢拍路上的风景。我会抓拍眼前的天空，然后发给自己的朋友，这是从大学开始一直保持至今的习惯。”主持人说她也收到过，一定是K也把她当朋友云云，接着两个人便哈哈大笑起来。

对谈在这里休息了一下，主持人播起了流行曲缓和观众的情绪。

> 可不可与你放胆嬉戏／忘掉日与夜那些限期／不管身边几多无聊道理……手拖手与你演出好戏／游行直到夜晚多凄美／争取这一次走几千百里……沿途留心掌心的知觉也着紧／我认我认我爱得太过分／人群渐近想改写你我命运／任天塌下亦前行／哪怕你说我天真……

又老套又青春的《爱是最大权利》。小面包车继续以平稳的速度向着渐行渐近的目的地进发。乔隔着茶色车窗，呆呆看着眼前的一片天空，泛黄的记忆像云朵一样缓缓飘在他的头上。那刻，乔的嘴角上翘到尚未能定义为微笑的程度。这表情，就像那年她跑到他面前说哈啰时的反应一样。

哈啰！

她没有把我完全忘掉。乔心里这样想。

三

那年乔大四，K大二。因为刚好在同一所学院，而且参加的社团有交集，最终便有了联系的机会。准备升上大四的那年夏天，话剧团准备要演乔的一个短篇。乔说只想把故事交出来便算，任谁怎样改都无所谓，但是导师坚持要他参与工作组，到了排练的时候，导师又鼓励他到舞台帮忙。

“那是你自己的作品，不能放任不管，这是责任。你有想过自己构想的世界和实际演出的差异吗？有想过内容可能跟现实脱节吗？你只有亲身体验才知道，不能单纯靠自己的想象。作为创作者，也只有你最有资格提出修改意见。”导师语重心长地在电话的另一头说。

“我不知道你是不喜欢与人争论，还是完全对讨论自己的作品没兴趣，但我认为那是能提升创作力最直接的方法。只有经得起推敲，才能验证作品。你在描绘自己心中的理想世界，但那不会是完美无缺的，他的美需要从质疑和自省中不断修正和调整。你懂我意思吗？”

最后，乔听从导师的意见，参与了剧本的修改和小组讨论。虽然不能评价为喜欢，但至少他真的参与了。乔试着去理解大家的观点，确实得到了很多宝贵的意见。正如导师所说，细节上的把握在讨论的过程中变得更加精准。然后到排练的时候，他也抽出时间去帮忙。

那是乔跟K相识的经过。他们一起做这个表演，一个在台前，一个在幕后。出于对文学和音乐的共同爱好，他们在一次团体聚会上面交换了电话号码和社交网络ID。她告诉乔，她想成为演员。乔说他并没有想过自己将来要做什么，他并没有对什么事有很强烈的追求，能够以创作为生当然最好，即使不能也不会特别难过。只要能生活下去就好了，当时他是这样想的。

那一年，他们整天就那样待在一起。排练前和排练后，两个人一起往不同的地方跑，去图书馆看书、去买唱片、泡咖啡店、去音乐会、看话剧、跑步、骑自行车、短途旅行，只要能待在一起的时间，他们都待在一起，就像两个密不可分又互相补足的共同体一样。他们在路上玩街拍，乔做摄影师，K 做模特儿。

两个人不在一起的时候，乔喜欢拍下眼前的天空，然后告诉 K 自己在想她。

“只要一抬头就会看到，就会想到。你就是我头上那片广阔的天空，无处不在。”后来，她也试着以相同的方式回应乔。而自从分手以后，乔没有再抓拍天空了。想不到这反成了 K 的一个习惯。这样一想，乔心里自然是乐滋滋的。

四

当然，如果要说 K 是浪漫和温柔的女生，大概只有和乔单独相处的时候吧。抓拍天空几乎可说是她的感性的极限，这是事实。大部分时间她都是理性得使外人害怕的类型，在排练的时候，经常会出现她质疑指导老师或过分要求同辈、前辈的状况。然而，由于她的理据也确实比较充分，一轮争吵过后往往有人会接受她的意见。只是，一个夏天下来，因为这个演出，大伙的感觉都不太愉快就是了。偶然朋友会在排练时跑过来跟乔说，你还是劝劝你的女朋友，让她不要那么“硬”吧，现在这样大家很难合作。指导老师也认为她不太合群，后来也有意无意地刁难她，让她很是灰心。

她没有成为一名演员，这是一个已知的结论。现在已经没有多少人提起这段短暂的经历了。只有乔，承受过她那些因受了委屈而留在肩膀上像中级大雨的泪水。

其实能做主角已经很难得，最好还是不要和指导老师、导演有太多争论，只要做好本分的事不就好了吗？

“你能接受自己的作品像现在那样演出来吗？你不觉得那些人的动作、导演要求的走位都很不合常理吗？我只是作为一个观众来评论，只是感到不合常理才说出意见。你是作者，难道这样的演出，就是你原本心中的形态？”

只是觉得没必要而已，慢慢会好过来的。乔本身也觉得戏排得不怎么样，只是换个角度想，如果自己的作品可以公演，他也会因为觉得机会难得而尽可能让事情不要变得太麻烦。这是人之常情。当然没多久他便明白，从一开始就有问题的东西，如果你没有当成一回事，结果到最后还是欲盖弥彰，只会越演越难看。

只是觉得没必要而已，慢慢会好过来的。有时候乔会不小心说出这样的话来，即使明知道K会忍不住反驳。没计可施的时候，他会选择把她紧紧地抱住。只有吻住她的时候她才会暂时放弃坚持。而乔会承认自己的错误，然后换上别的一些话题。

“在意大利威尼斯的圣马可广场附近，有座密封拱桥叫作叹息桥，当地有一个传说，只要日落时跟恋人坐着贡多拉船来到桥下亲吻，他们就会得到天长地久的永恒爱情。要不等明年暑假，我们也一起去看看。”“那么诗意的桥，为什么要叫作叹息桥？”

把名字改成定情桥如何？乔当时是这样说的。他只希望她不要深究下去，只是想让她记得天长地久的美好印象，他希望尽可能把其他细节省略掉。这样应该不过分吧？他想。只是反过来说，这样又有何意义呢？

五

他们最终没有一起到过叹息桥，乔一直记住叹息桥的事，纯然因为这是他们短促的爱情中少有共同谈论过而且有共识的憧憬。

那年秋天，乔的个人作品终于公演，而演出可谓惨不忍睹。从来没有试过那么让人沮丧的新学年，每一个参与者的脸上都看不出称之为满意的表情，同学们都勉强从牙缝中挤出一点鼓励的说话，听着更让人想哭。而那场话剧过后的失落感，开始像病毒一样扩散到全校，继而辐射至整个城市，越来越多人感染了他们那份悲伤和不甘。

那个故事，是可以演得更好一些的。为什么我们不努力一点？为什么大家不团结一些呢？乔和K，都问过自己这些问题，每一个参与者都要对这次失败负上责任。只是他们两个并没有一起讨论过这个演出，甚至可以说，这场话剧已经成为他们的一个禁忌。

那一年，整个小城就像被一层厚厚的黑云积压着上空般让人透不过气。各种恶流陆续被揭发和曝光，官商勾结的事、贪污腐败之事、官员之无能、财团对议会的操控等等，终于让那些平日习惯躲起来避雨的人，意识到要赶在无可挽救前把天台上的衣服收回来。

学生运动没多久便爆发。K在全民抗命的呼声中，坚持全面参与声援。自从事情发生以后，乔和K两个人在一起的时候，便像隔着一层薄纱一样，失去了某种亲和力。过去平静的相处是惬意和自然的，而那段日子，只要两个人待在一起不说话，安静变成沉默，他们两人就会感到呼吸困难。

那个分手的晚上，他们穿上了跑步装备，约定要一起跑十公里。入夜以后，两个人就那样沉默地跑在这个城市的街道上，汽车在他们的身旁经过，一盏一盏的车灯照过他们木无表情的脸。他们跑上了大桥，风在他们的耳边呼呼作响。K跑在前面，乔跟在后头。乔看着K的背，她身体和汗水的味道随风吹进乔的呼吸中，他的心中只有我爱你三个字。K没有回过头，她抬头看着那片黑漆漆的天空，突然便停下了脚步。两个人碰在一起，却没有像平日那样借机拥抱一下，而是退开了两枚硬币左右的微小距离。

“干吗停下来？”

“不想跑了。乔，今晚你会跟我们一起去广场吗？”K还是鼓起勇气问了。

“我们还有其他方式可以表达诉求，不一定要跟他们一起游行静坐。据说晚上警方将会严厉地打击现场，我只想你安全。K，你懂我的意思吗？”“这种想法已经把这个城市伤害得够深了。其他事也许我还可以被你说服，这个不行。事关公义和良知，我已没话可说了。”乔想要像平日那样过去抱她，可是还没有靠向前，她已经做好防备。

“我觉得你这是相当不智的行为。”

“我也觉得你这是相当不智的行为。”

他们头上的一片天空像哑掉般连半朵云都没有，整片深郁的黑色就这样一直静止着，连星星都消失掉。最终，他们头也不回地往桥的两端跑开了。她决心要到广场去静坐抗议，而他决定那晚要找朋友去KTV，两人的距离以两倍的速度迅速拉开。也许他们的性格从很早以前便看出分歧，只是大家都假设一切到后来会渐渐有所改变，都会好起来。事实却并不那么容易。有时候一种改变与领悟，只能经受深切的痛才能得到，就像乔和K的分手那样。

六

那一天，广场上坐满了各种各样的人，有人真心真意在呐喊，有人当成嘉年华会在嬉笑起哄，这里面有多少人清楚自己在争取什么、在对抗什么恶流？K大概有那么一刻想过乔会突然出现在人潮中，可是以当时的他来说并不会发生。杂乱的人群没有动摇K对这场运动的信心，反而鼓励了她身体力行地与身边的人解释这场运动的目的与意义。这是K第一次找到了属于自己的舞台，而且在里面她有了自己的同伴，有共同的理念，不再感到被孤立。

那晚，街上的主干道陆续站满了游行的人，乔走在旁边的小街正往KTV的方向走，他身边只有疏落的几个路人，与一街之隔的主干道形成了强烈的对比。他们有些大概是要加入游行队伍，有些则和乔一样各有去向。口号和呐喊声，隔着巨人般的商业大厦传到他路过的冷清小道，声音就像把鸡排放进油锅般，一下子让周遭的空气都沸腾起来，谁也无法回避的气氛。

乔步进KTV，他那帮朋友有些已喝得烂醉如泥，有些只顾着唱缺乏营养的情歌，外面发生的所有事，仿佛都与他们无关。乔觉得很寂寞，他觉得他跟自己的朋友应该还是有差别的，哪怕只是一点点的差别。也许是因为快毕业了不想惹麻烦，也许是纯然不想随大流参与社会运动，然而他并没有无视世界发生的一切，他有认真地理解所有事的来龙去脉。不过，也许这些都是借口。正如K所说，这种想法已经把这个城市伤害得够深了。

他在KTV房的窗边望向广场的方向，他一直想着K现在是否正在大声高呼些什么，然后想她会不会在心里恨他不长进。K在广场上回过头试着假设乔到来的一刻，他们两个人对望的直线距离约为二点三公里，如果用跑的话，以乔的速度大概需要十五分钟左右。然而，那一夜的乔只在观看即时新闻和影片，心里想着也许会在里面找到K的踪影。那一夜，他只是还没有走出去的信心，以及给她一通电话请求原谅的勇气。她真的没有做错什么。

多少次迎着冷眼与嘲笑／从没有放弃过心中的理想／一刹那恍惚／若有所失的感觉／不知不觉已变淡／心里爱（谁明白我）……原谅我这一生不羁放纵爱自由／也会怕有一天会跌倒／背弃了理想谁人都可以／哪会怕有一天只你共我……

那一夜，集会的人群全体唱起《海阔天空》，K也在里面，一曲过后，广场上响起了雷动的掌声。为了这事而分手值得吗？K想起了温柔的乔，想到了他的善良。她想，大概有一天他会明白自己的。

也是那一夜，乔躲在KTV房内也刚好一个人对着空气声嘶力竭地唱完了这首他们耳熟能详的老歌。凭歌寄意，他们在这一曲中夹杂了各种各样的情感，有自身的、有社会的；有回忆、也有当下。一曲过后，广场上留下来的是感动，而乔的眼前，只有一帮像死了般失去知觉的烂醉者，以及内心的一片空洞。

还是那一夜，乔想起了他们曾经说过要一起去看看叹息桥。关于叹息桥，他没有说出来的那部分，仿佛成了一个有预言性的幻象。以K的性格，大概她早为了寻找答案查过这桥的历史了。

叹息桥之所以是密封式拱桥设计，是因为此桥是连通法院与监狱的唯一通道，死囚在行刑前必然会经过。走过桥内的一刻，他们能在桥上的小窗子，最后一次回望美丽的威尼斯，很多人会禁不住在窗前叹息。这是叹息桥名字的由来，如同永别俗世、隔绝生死的最后关卡般的叹息桥。

有那么一刻，乔的脑海中浮现自己一个人坐着贡多拉来到叹息桥下的影像，这时戴着手铐的K从密不透风的叹息桥里走到窗前，他们一同回头凝望着那个原本美丽但逐渐变质沉没的城市。那一刻，乔和K终于紧密地联系在一起，像从没有过般贴近对方的心思。一个在桥下，一个在桥中，从此再没法相见。

那一夜，K被抓走了。他们两个人的人生轨迹也从那一夜开始有了重大的转变。自此，K更坚定不移地相信自己所追求的东西，开始热心参与社会工作。乔毕业以后向家里借了钱开起了咖啡店，不再写小说。

七

历史不断地循环，善和恶、真理和良知、权力和欲望之间的抗争从来没有停止，个人情感和社会发展最终融和成一种时代的旋律，每个人都在既定的节奏中演绎各自的舞步。我们刚好来到了社会挣扎和自我觉醒的时期，社会运动像镜子一样缓慢而小心地审视着制度和公义的每个细节，就像一首温柔而沉溺的后摇滚，每一个细部都似乎被点燃起微小的火焰，静待变化成烈火。

那是这个故事过了不久以后的以后，那一天，广场上又聚集了另一代人要为公义抗争。那个黄昏，一个男人开着

Volkswagen 复古迷你小卡车到来，他从车上搬出一箱箱面包和水，然后和同伴一起，把物资逐一派发给现场的群众。

“最终，我还是来了。”这是我做过的访问里面最温柔的一个男声，从他口中说出这故事时，我仿佛看到他一个人静静地站在贡多拉船上，缓缓从叹息桥下经过的画面。他悔恨地回头看着远去的威尼斯，然后慢慢随小船没入叹息桥后永恒的黑暗里。

如果真有这画面，大概背景里还会有Sleep Party People在演奏着 *I'm Not Human At All* 或 *Everything Has An End* 吧。回想当年，乔说。

> It's not your fault. It's my own fault. I'm not human at all. I have no heart.
>
> It's not my fault. It's not a fault. I'm not human at all. I have no heart.

那场话剧，已经不是什么禁忌或敏感历史，每个人都应该勇敢面对自己的经历。访问到最后，K 说。

至于乔和 K 是谁，这个已经不重要了。也许，他们不过是一些符号，一些用来帮助我们寻找答案的符号而已。

跑步

不知道从什么时候开始，我们一起跑步。小崔和小梦都是夜班工作人士，唯一能接近阳光的时间是黎明。过去下班的时间，他们会邀约不同朋友喝酒，直至有一天，他们觉得再不能那样下去，于是便换上运动装跑起来了。

小梦过去有一只伴着她成长的小狗，以前下班回家，她会带小狗到水塘散步，她跟小狗说心事，小狗像听懂人语一样摇着尾巴逗她高兴。后来小狗死了，她哭了三日三夜，从此拒绝水塘的风，只想要酒精的醉。有一天，她约我喝酒，我说我不去，我要去跑步。她才记起水塘曾经与她有过的亲密关系，她和她的小狗，还有她惬意、淡然和忘记忧愁的简单生活。她说，那我也跑步吧。于是我们一起跑步。在路上，我们在各自的回忆中上下求索。她接受了爱犬离世的事实，重新接受了有过美好时光的水塘。

小崔曾经是运动员，可是年纪大了，朋友都不运动了，没有玩伴让他忘记了自己是运动员的事实。他下班回家玩玩具，像宅男那样生活，无论别人怎样说他不像话他也不介意。这是我自己的人生，要你管？他心里的话始终没有对谁说出口。这段日子，他的工作压力越来越大，孤独和无助感越来越强烈。长时间脑力劳动让他精疲力竭。他终于发现玩具无法消除他的焦虑感，他需要用肉体的痛来替换精神的痛。他看到我在网上分享跑步的资料，我说你还能跑吗？他说，我还没有完全退化。

这是关于生活热情的故事，我们围着水塘一直跑到累为止。他们在跑步时终于能好好地面对自己。他们想起了很多事情，学会了自我开解。跑完步有时我们还是会消夜和喝酒，这可谓完全无益于健康。但他们却说：跑步为了什么？对于我们来说目标已达到，我才不管有没有变帅变瘦呢。

天使

在很久很久以前，有一个女孩失恋了。她身边有好多男生喜欢她，可是她还是失恋了。没有人看出她有多难过。她只是每天都跑到山上，一个人看着远远的大海，然后一句话也不说，一连几十天。大家都没有听她说过一句关于失恋的话，是如何分手，因为什么原因，发生了些什么事，她都没有告诉朋友。好几个男生想向她展开追求，可是每谈到关键处，她总是说她没有准备好，现在的自由很好。默默地等待的人看她那样，只能继续默默等下去，停留在好朋友身份的追求者，有一些显得好痛苦，有一些知难而退，这些她都漠不关心。

她对整个世界漠不关心，好长一段日子只是按照人们认为正常的生活方式在运作自己的身体。该上班的时候上班，下班了约朋友吃饭，吃完饭就上山。她说，上山是为了锻炼身体。她选择其中一个追求者一同旅行，追求者为她拍下很多单人照片，按照她的要求，拍出了旅行中的动态与美感。她其实并不缺乏什么，她知道。她其实也并没有什么不正常，至少从表面上看来是那样。她依然有爱、希望与梦想。

她伤得好重，重得几乎没有异样。曾经有个人看过她的眼泪，那是不久以前的事。那个男人是一个比她更安静的人，他有一双懂得聆听的耳朵。她仿佛有五百天没有跟人说话似的，迫不及待把心中所想告诉他。男人说，你什么都不缺，你的人生是美好的，你只是缺乏微笑以及为你带来微笑的人。男人面无表情的话，沉淀在女孩心里面，像一个沉重的铅锤压住心脏，然后粉化成灰。她有一种解脱的感觉，突然放声大叫号啕大哭。

那夜，她就这样被安静地怀抱着。他也许不是最好的人，却在适当的时候出现在她的身边。那个曾经失恋的女孩，那夜抓住了她的天使。

故事的效用

从前有个很怕闷的女生，有天一个好闷的人跟她说：“喂，要不要跟我去派对？”怕闷的女孩心想再怎样闷的人也好，到了派对可以不管他自顾自玩去，于是她就答应了。很闷的男生为怕女孩觉得闷，用心地学习跳舞的表情和动作，还特别买了新的衣服。派对当晚男孩买了鲜花，情深款款地在夜店门外等待。怕闷的女生打扮得好漂亮，到她打开店门进去了，呆呆的男生才回过神来。每一个人都把眼睛转向女生。女生问：“今天我看起来不错吧？”男孩说：“美极了。”

但男孩选的夜店太烂了，音乐没有让人感到很兴奋，酒客里也没有标致的男女，整个夜店显得死气沉沉。男孩原定要为女孩表演的舞蹈，完全没有施展的机会。女孩也很不幸地完全没有可以转移视线的目标，没有可以自顾自玩去的对象。结果很闷的男孩看起来依然很闷，怕闷的女生也宿命般被闷到了。

男孩的玫瑰花依然握在手中，女孩把吧台上所有的鸡尾酒喝光。人生在世，说无聊也是相当无聊吧。不过正如男孩手中的鲜花以及女孩尚算清醒的神智，我们最终还是会找到逃避寂寞的最后杀招。女孩也许会问，喂，你手里拿的花是要送给我的吗？男孩也许会说，原本今晚就是想让你开心的。那一刻，女孩的笑和男孩腼腆的表情都是那么单纯，这些东西有没有办法让这个世界不再那么孤单和寂寞呢？“其实，下次我们可以试试在图书馆约会的。”地球上每天发生的故事里面，会有其中一个是用这样的句子作结吗？两个人，异口同声地说出那样的话，试着以后一起抵抗更沉闷的更彻底的寂寞……

曾经，有个人跟我说她很闷，于是我给她讲了一个故事。故事说完，她安静地睡在我的怀里。而我听着她的呼吸声，也不再觉得那么苦闷了。

感情的事

苦恋日夜

她整夜在网上看着他的相册，相册是关于他最近的一次旅行。她对相册中的风景并不感兴趣，甚至她根本不明白自己为何要花那么多时间看他的相册。她好像只是想见见他，单纯地想在相册中看看他的模样，了解他的近况。好几张相片中，男孩都略显疲累。看着他的单人照，她的心很痛，因为她知道在镜头以外，肯定有一张动人的脸，正与男孩互相对望。旅行的单人照，总是让单恋者看得心痛。也只有单恋的人，明白画面以外的内容。看着疲累的脸，她仿佛听到了昨夜酒店房内传来的嬉笑声。她的妒忌来自于自己的想象，而且无穷无尽，而且歇斯底里。他笑，她会讨厌拍照者。他木无表情，她会怨自己无法与他同行。无论怎样想，她都不快乐。

她在夜里有梦。梦中，她想着一个人。那个人上辈子与她有约，今生她必须走到他的跟前，与他相认。可是男孩没有把她认出来，最终与另一个女子成婚去了。在梦中，她一直在等待，既没有婚嫁，也没有与男孩纠缠。她只是默默地等待着什么，静静地观察。多年以后，男人中风入院，所有人都离他而去。她以朋友身份再次出现，开始伴在他的身边。她问男人：“你还记得上辈子的我吗？”男人没有回答。

男人第二次中风，身体的机能越来越差，他突然像悟出了什么道理似的，要告诉她一些事。他说：“我是认得你的，我是爱你的，可是命运没有给我们最合适的相认时机。其实认得又怎样，不记得又怎样，时间就那么白白浪费掉了。现在，我要给你由衷的感谢，也要对你这辈子的信念给予肯定。那么，花掉的时间就有意义了。”在梦中，她在男人的坟前说：“但愿下辈子，我们仍能在一起。”

这个梦延续到现实，直至今天，她仍未能走出苦恋的困局。

11:35 PM

她说，那个晚上，她因寂寞走进星巴克。那个晚上，我在唱片店用手机静静读着她的日志。那一夜，我们都一个人回家。

那一个晚上，我在唱片店听着陈奕迅的唱片H3M。她在Facebook的status说，新唱片很好。下班以后，我便匆匆走到唱片店，假设会于新唱片专柜遇上她。我安静地听着《今天只做一件事》，“慢慢地合作新诗，静静地同床午睡”，多么美好的回忆。

很久以前，我和某个人曾长久地栖居在一起。到今天，已无具体印象，她曾经对我说过什么、做过什么，全部记不清楚了。在电话里唱歌，在网上恋爱。“慢慢地合唱K歌，静静地同游网上”。我们在虚拟世界相识，在现实世界交往。分手多年，我还是每天登入她的网志，了解她的生活，默默无声在期待着什么。回忆总是安静，灵魂中只有远远传来的某些背景音乐，如像唱片店某个时代热播的流行曲，从来未有终止。我们那段时光，交给陈奕迅演绎。

Facebook里面的她说，她念挂着暖暖LATTE的味道，如像缅怀年少时某个人陪在身边的日子。

那刻，她默默地走在街上，夜深的行人渐渐稀疏，街灯倍感孤独。她在咖啡店门外遇上大学时代某个同学，她与他打个招呼，身边坐着她的女伴。她心里想，二人座尚有空位的话，她可能会坐下来，与他分享一杯咖啡的时间。没有别的，只是寂寞。然而没有空位，只有咖啡店传来几对男女带笑的絮语。声音满座，安静留给孤单的人。那一夜石板街滴着眼泪，灰沉沉的天空下起冷冷的雨，手中的咖啡渐渐凉了。她希望在她回到家中的一刻，咖啡尚有余温。

路上，她又记起某个夜里，他们曾在雨中一起赶路。那时候，她天真的脸上也有沾湿的头发。她吻着雨水，呼出一口暖暖的烟，在深夜 11 点 35 分的议事亭前地，就像从未出现一般，随风四散。

香烟

每一夜，她总习惯点起一根薄荷沙龙香烟，像仪式般摆放在烟灰缸旁。她不抽烟，但多年以来的习惯，使她喜欢在夜里嗅到香烟的气味。她会缅怀那段为爱而受伤的岁月，还有他指间的气息。

他抽烟抽得凶，每一根指头都带着薄荷烟草味。很多时候，她总以健康理由劝他。而他则以冷淡的语气回答：

“男人的事女人少管。”

每个夜他都有不同节目，而她习惯跟随。靠在他的身旁，听他和朋友高谈阔论，看他和别人打牌。遇着快乐的时候，他会像逗宠物高兴般轻吻她一下以作奖励。遇着输了，她又要看他在人前破口大骂。她想以女友的身份要求他冷静。

“别在我面前啰啰唆唆，听了就心烦。”

她会为他打点家居，为他在人前奉茶侍候。人人都说她是一个好女人，他是一个坏男人。朋友常常会问：

“为什么不离开这个人，他还有什么值得你留恋？”

“在一起那么久了，或多或少是有感情的。”

对她来说，分开与一起到底是伤心的。他依旧每天走到投注站，和那些满身汗臭的男人一起看着赔率和比赛结果，然后撕掉那些没用的彩票。他也是每天走到那间烟雾弥漫的酒吧，和别人喝得天昏地暗。他不知道自己为什么要这样做，但他没有什么别的事情可以做。

“杰，难道你就不可以考虑一下我们的将来吗？”

“想那么多干什么？我是没有将来的，将来就是现在。”

然后他又开始破口大骂，说这个城市是没有将来的，这个城市太过寂寥，活久了也觉得没劲。

“闷死人了……”

在家里的时候，他便这样在客厅里点着自己的沙龙香烟，静静地坐在电视机前，偶然露出不置可否的笑容。她总是比他早回到房间，一个人入梦。然后自梦中感到那个喝得烂醉的身躯打开房门，躺在自己的身边。

她并不知道自己是不是已经厌倦这种生活，但她没有打算去改变。直至有天他走到她的面前，非常明白地告诉她：

“娜，我要和你分手，我要离开这里。”

“……”她好像早知道会有这样一天。

“和你一起虽然并没有什么不好，只是我觉得好无聊。被你无微不至地照顾，我觉得意志越来越消沉。我觉得你和这里一样，闷得可以。我连一点竞争的斗心都没有了。”

她感到被说中要害般，在打击过后有一阵莫名的快感。

“你也应该改变一下。”他最后是这样说的。难道不离开她就无法改变，就无法重新开始新生活吗？

他坐下来，又点起了沙龙香烟。当感到她已经无言，默许了一段感情的结束，他压熄那根香烟，静静地离开。

她长久地注视着那根香烟，直至清楚感到它的烧尽和死寂。

“不会再复燃了。”

多年以后，她偶然在街上遇到他。在烈日底下，穿着T恤衫的他好像多了一股朝阳般的英气。她再次从他的气息中感到了未来，发现到明天。这和跟她在一起时的杰完全不同。

而她每夜依然点着那根香烟，看着它点亮、燃烧、熄灭。

那根最终困在烟灰缸内没有出路的香烟，那根缺乏生命力的香烟。那根从没有想过改变、没有变化、没有意义和概念，纯然是一种仪式的香烟。

投注站依然满街都是，满地都是无用的彩票。在这个城市里面依然有那么多寂寞的人迷失于各自的罗网中。每一个地方总有一个主题，而在长街满满的投注站里，已没有他的身影。

街角是个永远的目击者

无论我身处任一座城市，雨还是照旧地下。回忆依然是我的回忆，现实之中我所有的、我所没有的、我得到的和失去的，都没有因为我的远行而改变。我是不是因为过于孤单，才会突然想起那些年来我曾爱过的那些人？但这种突然，又仿佛像下雨一样常常发生。

无论我身处何地，我就是想打探你们的消息，像偶然在路上碰见，默默地走在你后头的小猫，一直随你行走在你回家的路上。我躲在你家对面的街角，看你迎上妻子的吻。我看见你的孩子，还有你抱着他时绽放的成熟而沉稳的微笑。你已经不是从前的你了。你还会怀念起我们年少的模样吗？还会记得单纯和天真的我吗？只消十分钟，足够我游历一次往日的场景，与成长伴随而来的是你的成熟、我的苍老。

亲爱的，我想你会记得我的，但已经不再是同一种热爱。分手多年，我们已经很少联系。每次我以朋友的身份致电，你总显得有那么一丝拘谨与不安。是的，我永远只是你的过去，你已经不希望这段历史再有后续的故事。以后我只能选择默默地留守在街角，我只能隐身于某个荧光屏的背后，我只能是你幸福的目击者，然后为一切看到的和听到的事，像雨天一样蒸发生活过多的水分。听到所有你的不幸，我会难过。听到所有你的快乐，我会难过。听到一切关于我们的从前、你的今天和我自己的孤单这刻，我便忘却自己身在何处，不再知道时间和温度。

我依然停留在最后一次见到你的某条长街之中，我依然站在那里目送你的背影离去。清冷的长街凝固成泛黄的照片，自此以后，我的时钟不再运行。

Survival

那时候，我每天混在唱片堆中，和唱片为伴。听着不同种类的音乐，看各种设计风格的封套封面。那个时候大概是我人生的低潮吧，要从失业和失恋中复原，并不是想象中容易的事，特别是你到了某个特定的年纪，那种破坏力异常惊人。

如果命好的话，大概我要准备结婚了，我的亲朋常常会以这种说话来揶揄我。直至后来，我在唱片店遇上了 Ivy，我的日子算是开始回到正常的状态，至少在现实层面而言是这样。我不再像上瘾般每天逛唱片店，不再买一大堆可能永远也不会再放进唱机的唱片。Ivy 是我在唱片店认识的女朋友，那时每一次到 Acid（一间卖非主流唱片的小店），碰巧都会遇上她。后来我发觉，我不是遇上她的，而是她一定会在那里出现。除了上班和休息以外的时间，只要店子开着，她都会在那里。

穿着工装牛仔裤的男店员平常好像不怎么理她的，大概已经习惯了她的存在也说不定。何况她不是只看不买的那种客人。观察所得，每隔几天她就会买几张封面设计得很漂亮的唱片，而且全部都是日本版的。我对于唱片并没有什么特别研究，我是等 Ivy 走了才走到柜面问那个叫 D 的男店员关于唱片的事。

“日本版一般封面设计都比较精美，而且常常会附送一些精品，还有在唱片里面会多加几首歌等等，当然啦，价钱也比较贵。一般女孩子都比较喜欢的。以音乐来说，当然没什么大分别。”

然后我回家翻翻以前买的那么多唱片，发觉有很大部分都是日本版的，而且数量非常惊人。不过老实说，谁又不喜欢漂亮的东西呢？有些东西与生俱来，改不掉。

在已经记不起第几次和她遇见的一天，我在爵士专柜里面第一次对她微笑。当她低下头一张一张翻着唱片看时，正好我在她右手边。我放下了 Dextor Gordon 的 *Ballads*，然后转过头来看她，刚好她也往我这边看过来。她拨了一下头发，有点狼狈地向我微笑，是一个很狼狈但非常“日本版”的样子。当时她另一只手抱着好多张唱片，而且又背着小肩包，以这种情况同时进行选择唱片和向人微笑，自然相当不便。

我帮她接了一下那十数张唱片，并看着其中一张。

“你也喜欢 Brand New Heavies 吗？”

“噢，不。我没有听过，只是觉得封面不错而已。”

“我第一张听的 Acid Jazz 唱片就是这个组合，不过我那张是日版的，有一个浅蓝色的封面。不知道为什么，我看着他们标志里面那头大象，便觉得我一定要买这张唱片了。大概我本身也很喜欢大象的关系吧。”

她说她选唱片的方法和我有点相似。我走近，然后指着她手上那张唱片里面棕色模糊的大象标志：“我家里的那个是红色的。当然标志总一样的，无论去到哪里，因为它是标志的关系。”

后来她买了那张唱片，我自己则买了四张 Pet Shop Boys 的大碟 *Release*。因为有不同颜色封套，所以虽然那四张 CD 歌是一样，但我还是要买四张。大概有些人会觉得这样做不值得，而且很奢侈吧。没关系，大家想法不同而已。红色的大红花，粉红色的玫瑰，蓝色的不知名小花和灰色原版野花。我是很久很久以后才知道，那些作为封面的花朵，其实有罂粟和大麻花在里面，都是麻醉人和带毒的……但以当时来说，我没有理解这个自我暗示，只觉得虽然外形不同，但唱片的内里都是一样的。寂寞的人还是要唱寂寞的歌，第一曲依然都是 Home and Dry 抒发自己等待的寂寞。到了第五曲 *Email* 的时候，我们还是会听到唱着那句“Send me a email that says I love you……”

可以改变的东西和不可以改变的东西，都是很有限的。Ivy 说得是对的，我们选唱片的方法都很像，也有点怪，同时又极之正常。

无论如何，因为这间唱片店，总算认识了 Ivy，互相交换了电话号码。我们闲来会相约一起去 Chez Vous 喝咖啡，一起去唱片店，一起看电影。日子确实是相当愉快的。除了有时听流行曲会伤感起来，比如说草蜢啦、陈奕迅之类的。可能是歌词写得好吧，听着就好像突然回到那些倒在唱片堆的日子，回到不想刮胡子的夜里，想起以前和某个人一起的生活。这种事我一般都不向 Ivy 说的，自从和她认识，我已经很少听那些唱片了，家中的唱片现在很有秩序地整理编排过，绝无混乱地放在唱片柜上面，这些地方就这样一直处于不添加亦不翻阅的状态。

有一次我们在 Acid 闲逛，Ivy 问我为什么不买唱片了。

“我最喜欢听的唱片翻来覆去都是那几张，那都是我最喜欢的音乐，而它们早已记在脑海里，最爱的歌都挂在嘴边了。没有特别想买新的。”

“新推出的专辑不试试吗？”

“新东西会不断出现的。Ivy，你有没有看过一本叫《留住那未接的吻》的书。我记得里面有句说话大意是，买了那么多唱片，却一张也没有听，反而自己在唱情歌。当你听到一定量的唱片，买过了一定量的唱片时，你开始不想去接触更多东西了。连回顾往事都那么吃力，又怎会有能力去追新事物呢？”

那个时候，Ivy 沉默不语，时间好像就此止住。

“乔捷，你是不是会永远爱着我，爱护我？”我们都迟疑了好一段时间。

有好多记忆碎片闪过，就好像拿着晶体收音机调频时般响过好多熟悉的声音，在那些杂音里面还夹杂着一些熟悉的歌，好几段女孩说的话。“最后一次……不能……我们还是不能在一起……”

想到这里，好像有了一种决心，把过去的东西像我家中的唱片一样，在今天清理并腾出更多的地方了。那时候，我们一步一步离开 Acid，Ivy 在我的身边，一句话也没说。她双手抓着黑色的手提包和白色的手提电话。我像回到某段时光，一如往日般把双手插到裤袋内。门外依然有人在急促穿梭，但方式竟像影碟倒带般反方向进行。迎着店外的阳光，这个午后。

“Ivy……”我走到她前面，在 Acid 的门外面对着她说。

“我并不是一个完整的人，至少对于爱情来说，可能有些东西我早在过去的时光中遗失了。很多事我都好想对你说，关于我的过去等等。我们从前的事都很少提及吧，我并不知道你能不能明白我的感受。但我想，如果我能坦然地面对我的过去，彻底地回到现在的话，我可以保证，我会爱你，一直爱你。和你在一起很快乐，可能，我们之间依然会缺少些什么，但我觉得我们在一起会幸福的。我也有信心能给你幸福。”

Ivy 平静得好像一点意外也没有的样子。

“乔捷，我明白。你是个诚实的人。事实上，我们都是有过去的，大家都是带着过去来到这里的人。”

我们站在Acid的门外，不断有人走过，他们避过我们的阻挡，离开。也有人会看我们几眼再走开，这并没有影响那一个下午，那一个夏天，那一条街道吹来的酸酸的风，使人想要流泪。

我看着Ivy，不知道该说些什么。突然会想，她过去的那位，会不会很像我呢？我是不是因为像他，所以才能轻易地跟她交往。又或者，因为我像她，我们都很相像，所以她也想到和我在一起。她的那位，又会像我从前的那位吗？我想，我和Ivy，可能会就此成为彼此人生中永远的慰藉和伴侣了。这是该庆幸，还是要感到可悲呢？

Ivy从手提包中拿出了一张唱片。

“送给你的。”

封面是米白色的，上面有一双婴儿的脚，脚上戴着医院的记认带，写着“My Little Lover; Survival”。日本制，出品时间是2002年9月4日。

“这是我……一个朋友送给我的，他说，这张唱片是送给我和我爱的人的。如果有一天我遇到了这样的人，能爱护我照顾我的，我便把这张唱片交给他，让他去处置。”

“很漂亮。”

“一次也没有听过。”

想来，我是在那张唱片推出后的第六个月认识Ivy的。这天，2004年7月25日，我们便这样一起望着欧式地板，沿着条纹，缓缓地向议事亭前地走去。在黄昏里面，我又不自觉地哼着《黄昏都市人》。

“我喜欢到唱片店，是因为我以前男朋友。他是做DJ的，常常会买很多电子音乐，我陪他到Acid，后来自己也选些封面漂亮的唱片试试，渐渐就成了习惯。”

“我也是。”

我很想坦白告诉她，我所欣赏和创作的一切艺术，都和情人有关；我喜欢Brand New Heavies，不是因为我喜欢大象，而是因为她喜欢大象。我会唱《黄昏都市人》，是因为她喜欢听。可是我还是办不来，我只能告诉她一个大概跟那个意思相通的答案。带着彼此情人留给我们的习性与伤口，甚至变成自己的一部分，像宿命般影响以后发生的一切。我们就只能是这个模样了，比如我和Ivy的相遇，Ivy和我的相遇，连同这张叫作Survival*的唱片，都是我们曾经的那位Little Lover所留下的诅咒。

“Ivy，我们以后都不要去Acid了。”坐在喷水池边，我深深地吸一口气以后，望着远处的黄灯带笑地对她说。

“好。”Ivy微笑说，但我无意中看到她藏在里面的苦笑。也可能只是时值黄昏，可能天色已暗的错觉。

我勉力忘记那些消极印象，心里想着以后要好好维系这段感情之类的事情。已经不能回头的话，就不要常常往后望。我又想，想了又想。

“回家吧。”我说，“明天大家还要一起努力啊。”

“唔。”Ivy很高兴地说，即使闭上眼睛，即使关上耳朵，那刻她的笑声依然那么清晰，反射于我的脑海。大概我们都在想着同一些事情，都希望往后的日子全是阳光。我们是如此合衬的一对，大概都以同样的方式勉励过自己吧。明天大家要一起努力喔，为着各种各样的事情，也为彼此不能再错失的感情……

我站起来，Ivy迎过我从裤袋里伸出的手。我们紧紧地牵着对方，向着回家的路走去。在要走的时候，我私自留下了手上那张唱片。不知道Ivy有没有发现呢？即使发现了，我想她也不会怪我，她应该要原谅我的。就当是一种向昨天告别的仪式也好。虽然说，我们残存的身体，命运实际上可能便跟这张被遗弃的唱片一样。不过，能放低多少，往后的情路，也许就能更轻松一点吧。只能够这样想，常常想着阳光般的事情，日子才能过得快乐。

回家的路上，我和她的背影，在黄灯下总显得那样的温和与平静。虽然，彼此的手臂仍带着模糊，像两个相同的标志，隔着时光拥抱某个熟悉的影子般，永远捉不住对方的身体。然而没关系，回家的路还长着呢。

唱片依然静静地被弃在路边的椅上一动也不动，像一个无家可归的人等待命运怜悯，那阵酸酸的风又一次吹过，唱片凝视着我和 Ivy 黄灯下的背影。

我想，总会有个人懂得欣赏、懂得珍惜、懂得收藏的。要知道，受伤的心与受伤的唱片，总会在某个黄昏相遇，慰藉彼此孤独的夜晚。像残存者，带着沉重的记忆，继续往后漫长的人生。

* survival：

名词

1. 残存，幸存，生还。

2. 残存物，残留物，遗物。

形容词

（救生用品）

为旧情人祝福

遇见她是很多年以后的事，在这个小小的城中，我们连一次都没有相遇过。我没有刻意逃避，还是照旧到熟悉的老店进餐，还是照旧在她旧居附近散步。每到深夜，还是会到那些喜欢的老街闲逛，随意地停留在某条清静的深巷，坐在石阶上一边发呆一边喝啤酒。旧城区正如成长的记忆，有一些会逐渐消失、逐渐忘记，有一些则长久地留在我们的心里，无论事情如何变化。

我已经忘记了因为什么原因要跟她分手了，要具体地计算分手至今经过多久，也觉得相当吃力。我只记得，我曾深深地爱过一个人，最后我们分手了。我们一辈子可能喜欢过很多人，但不是每个人都能走到最后。想起她，我想所有回忆都是快乐的，伴随着某些成长中独有的莫名哀愁，以及站在青春的风季时，一些由焦虑产生的空虚感。那时候，我还真的不知道我的将来会怎样，也不知道我们能不能走到最后，甚至想到我和她的关系时，连一点基本的信心都拿不出来。

我们是因为这些无聊的原因而分手的吧，在大学生涯快要结束的那年，在天气快要把我们融掉的那个夏天，我趁着某夜突然袭来的凉意，在电话中说出分手两字。分手后不久我们还出来见了两次面，可是我一直逃避她的眼睛，怕看到她的仇恨。我觉得自己好像浪费了别人的青春，把一个女孩一生中最美好的时光都浪费掉了。

再遇见她，是很多年以后的事了。我从长街的对面远远地看见她，她的身边站着一个男人。他们两个人紧紧地靠在一起，有某种幸福的感觉。正如村上春树所说的，像午夜的海上传来若隐若现的汽笛声一样传到我的心里。我想他们是有将来的，结局肯定要比我幸福。那刻，觉得总算可以松一口气了。对我来说，能为爱过的人祝福，也算是一种福气啊。

安静的梦

一

“前几天晚上，我在梦里想到你。”MSN内，我对同事说。

“为什么说想起我而不是梦见我？想起我什么？”四十秒后我收到她的回复。今天我交了不少工作给她，我知道她并不那么清闲。

我在想应该怎样回答她，手在键盘上停留了很久。

“是我的自负和脾气吗？”还没有想到接下来要怎么说，她就抢先一步。

在公司，没有一个人会面对面这样跟我说话，但穿过荧光屏，到底同事之间可以放低一些阶级观念和同级间的顾忌。只要不越过某条没有明显的界线，透过互联网我们成了另一个人。我不再是推广公司的项目经理乔捷，她不再是部门助理Ivy。在MSN，我的名称是单字“乔”，她的名字是“爱妃”。平常同事会叫我的全名，只有Ivy在聊天工具上会直呼我“乔”。有时候，我也会逗她一句：

“我的妃子。”

想了几分钟，看了几页客户的文件理清头绪以后，我对Ivy说：“是一个好像非常虚无的故事，是一个好像村上春树小说内的奇异的空间，没有开始也没有结束的梦。在那空间里面，我孤单地一个人悬浮在那里，身上什么也没有。那时候，我就想到你了。”

“还以为我是你梦中其中一个 SEX 的对象呢！”这个下午，我可以想象她又在公司开始一边吃零食，然后一边笑眯眯地看着我的讯息。我曾经不止一次告诉她不要做得太过分。但她说她喜欢比较轻松的工作环境，只要事情能办好就可以了，为什么我老是要针对她的作风。

事实上，闲来我不知道花了多少时间敲打键盘，才终于让她听话不要剪掉那把柔软的长发，才终于让她每天愿意穿着得体一些，装扮得成熟一些。要不然，她会在你毫不提防下弄上一个新发型，还配合她的背心和牛仔裤，戴上夸张的耳环和手镯、项链。

那一个下午，不知为何我和她谈了很久很久。乔在自己的工作室内，Ivy 则在职员工作间的一角，他们轮番敲打着键盘。只有那位不知所属何人的“爱妃”，再次让同事知道她在开小差了。

二

“后来，我在梦中来到一个秘密的房间，和你相遇了。”

“然后呢？”Ivy 回复得很快，似乎是要告诉我，她在认真地看。

“抱在一起，很久很久。”我有点犹豫，鼠标停留在发送按钮很久，暗地里倒吸了一口气才把讯息发出去。

“嗯……”

“然后见到你流眼泪。”最后我输入了这个话。我们在这句话以后停下来很久，可能她和我一样，能感觉到公司的电话声响、其他同事的谈论声似乎变得特别明显。我的座位很难看到她的位置，如果要故意找点什么和她在一起我也很不愿意，因为未免太刻意了。

等了很久，在 Ivy 从闲置转为在线的那一刻，我这边也收到了“爱妃”的讯息。

“房间，代表心的秘密。

“有人在里面，即代表了解与揭露。

“如果那个人是认识的，也就是有被了解的渴望。”

为了表示我在看她的讯息，我对她说有道理。

“拥抱，是害怕某种关系被破坏。”

“那么，为什么梦中的你要哭呢？”我说。

在这里我们停顿了一下，最后她说：

“大概是害怕改变吧。害怕改变，所以哭了。”

“在里面有没有声音呢？有颜色吗？是不是黑白的？不知为何，你让我觉得那个梦是黑白的……”

“可能只是我自己喜欢拍黑白照片的关系吧。”

我对 Ivy 说：“颜色没有印象，声音也没有印象了。”

“那么这个梦就是压力的释放啊。而且这种释放应该是让人感到舒服的。”

“没错，真的很舒服……”我说，然后又补充了一句，“在我的记忆中，拥抱的梦已经做过很多次了。”

Ivy 没有回应，已经差不多到下班的时间了。

“你的梦都很安静，真好。”等了很久，Ivy 断线前给我留下讯息。

三

从 Ivy 进到这家公司开始，她便一直在我的部门工作。这几年世道好，为了完成一个接一个的户外推广、宣传活动、展览和表演计划，我们不断出现在城中主要的会展及表演场地；事前安装临时装置的时间越来越少，那些场地，也是一个节目接一个节目地进行。错过了接工作的最好时光，那么淡市的时候便很难支持下去，同行的人都很清楚。所以这一段日子，公司每一个人几乎连歇息的机会也没有，更莫说是假期，连回家的时间也没有。好几次在准备活动的深夜，我疲累得随便找了个角落，倒在靠背椅上便不知不觉睡着了。

“很晚了，大家回去休息一下吧！”完成了最后一次彩排后，Ivy 让工作人员归家的归家、夜宵的夜宵。在他们收拾东西的时候，这位妃子找到了我。听到她的高跟鞋踏着木地板走过来的声音，走到我的背后，把双手伸向我的肩膀。没有睁开眼睛，一直任她的手指在双肩上挤压出热度。很安静、很舒服。紧闭的双眼，感到场中的灯已逐一熄灭。

“乔捷、Ivy 原来你们躲在这里了，早点回去休息吧。我先走了，待会你们记紧关掉最后那两盏场灯。”灯光师 Mark 找到我们。

“好的，今晚辛苦了。”我张开眼睛看一看 Mark，向他挥了挥手表示谢意。Ivy 的手还在那里，只向 Mark 说了声“拜拜”。

“现在只余下我们两个了。”我把身体再次放软在椅子上。

“那么还要按背吗？先生。”Ivy 笑着说，我侧转身子看看背后的她。

“嗯……是有点这个打算。”

Ivy 的手在我的肩膀上松开，跑到了另一边。

“想得美。已经没有了……哈哈，我的技术不错吧？”

她用高跟鞋踢着那些废掉的包装袋，三千平方米的会场在微弱的光中显得更为宽广深沉。一切已经准备好了。

我站起来，拿起了旁边的外套。

"那么我送你回家吧。"我走到她的身边说。她想了一下然后说好。

我们并肩而行，在大门前我把最后的两盏灯熄了，整个会场漆黑一片，再没有任何人。我把身体贴近她，感到她就在身边。

我们两个人一起往门外有光的方向走去。多少次，我们就这样彼此支撑着一个晚上，总是一起最后离开。

对于我来说，这样并不刻意。

四

忙碌的日子里，我送她的机会比以往多。工作占据了我们生活中大部分时间，或许同事之间的微妙关系，多少能在艰苦的日子提供一些安慰。但每一次都是拖着疲倦的身体走到停车场，每一次坐在车上时都几乎要睡着，环境总是变得那么安静。是不是平常说话太多，下班以后都不怎么想开口呢？又或者，只是我不知道该说些什么而已。有时候见她在车上睡着了，反而庆幸，至少那刻可以安静地去欣赏她。

那段日子我大概有点太着迹地关注 Ivy，连我自己也感到疯狂得不知所谓。虽然我清楚，在一家公司里面这样只会招来闲言闲语。那次部门集体会议，大老板逐一下达命令和训话，大部分同事都准备进入打瞌睡状态，我也完全无法集中精神。Ivy 和另一位男同事安祖坐在圆桌的末座互相发短讯。不知道其他部门有没有看到他们在笑。

"闷得发慌！" Ivy 大概这样写吧。

"又是那些老话题！那老头再说下去恐怕要脑溢血了。"然后安祖会这样发给她回复。所以 Ivy 又忍不住笑了一下，结果旁边的同事瞪了她一眼。

“注意！”Ivy 看到我发给她的讯息，往我这边望了一下。

看到她和男同事发短讯有点难过，可是却完全没有想过责怪她，甚至她望向我的时候，竟还想到送她一个飞吻——天马行空的想象。

但这种事，根本不可能在我身上发生。

五

自那以后，似乎 Ivy 也意识到什么，开始会刻意回避我。这使我有点不自在，偶然也会有点莫名的失落感。为了做点什么，有天我给她买了一份她喜欢的早餐。

“辣鱼猪扒包，热烘烘的很好吃。谢谢你给我买早餐。”

“不用谢……要是这样，你可以每天都感谢我。”

“美味的早餐，美好一天的开始。”

“希望每天都开心，能够和喜欢的人在一起，做喜欢的事，这样的心情。”

“你已经做到了。”

“大概是这样吧……正在用我认为合适的方法。”

“近来你约我，我好像推了很多次。要不要这次让我来请客？”

“求之不得。”

那一天，MSN 里再没有传来任何讯息。中午的时候，我到 MONT BLANC 专卖店给她买了枝小巧的女装笔准备送她。下午翻查了一下我和她的聊天记录，一直等待着下班。

六

晚上，我和 Ivy 来到咖啡店，那个我们以往经常到来激发创意的地方，店主和我们公司的人已经非常熟络，通常会任我们在打烊以后继续留下一段时间。

这个请客的地点，是 Ivy 选的。

“乔，我要辞职了。”我第一次听到 Ivy 这样亲口叫我。但听到她要辞职，却使我因过于意外而不知如何反应。

“嗯，是不是工作做得不开心？”

“不是，很开心，但还是得走。”

沉默良久，面前的咖啡都凉了。

“我觉得，放弃有时候也是一种解脱，是一种积极的做法，只要保持着正面的心情就好了。”

“面对无法解决的事情，这样做确实比较好。好像用没有期望的方法，寻找希望的曙光。但你有考虑清楚吗？”

“我是经过考虑的。”

“有很多话很想说，但就是无法用最合适的方法向你表达现在的心情。”

“很多人都不懂得好好表达自己，我明白。相信我，你的沉默并没有理亏的成分，你只是担心词不达意。”

“有时候，我觉得只要一句合适的说话，事情就可以改变了。只要用最适合的方法表达，就会产生奇异的变化。”

“我很笨，可能没有完全了解你的话，但我想我和你，都没有遇到那句合适的说话，也没有在合适的时间里遇上。”Ivy 不再用茶匙搅动她的热可可，她凝望着我。“老实说，跟你们一起工作是很开心的。不过我能力有限，工作也不稳定，就算过得了今年，往后真的不知怎算。我和你不同，即使你一直帮我，但你觉得幸运会在我的一方吗？乔，我要为自己的将来打算。”

“已经有去向了吗？”

“什么都可以。反正我什么都不懂。”

“随便找一定不会好的，因为随便找是运气。有心找是计划。”

“不任性一下，以后便没有机会了。现在我又没有什么负担，难道就不可以随性一点吗？你不就是喜欢我的随性吗？外面的机会多的是啊。”

我陷入了理亏的沉默中。

那一夜，我把那枝MONT BLANC笔送给了她，意义到底有没有不同呢？还是只增加了一些伤感而已。

一切和我的原意都一样。

七

她离开公司的几个月，我一直在她的BLOG内看到她的旅行和生活照。同事告诉我，Ivy开始在金光大道的市场部当起活动协调员，一切似乎有了好的开始，有了新的发展机会。

我记得那个梦里，Ivy在我的怀抱中哭起来了。如今我想，她的眼泪并不是害怕改变，而是因为我让她堕进了一个密室的困局里，是我让她觉得那个梦是黑白的。

我们都害怕某种关系被破坏，但她比我更清楚，她永远不可能在我的怀抱中找到幸福。在那里，我们生活在黑白的孤独世界，终始无法圆满地为幸福填满色彩。

我和Ivy，只是一个已婚男人和一个不知所属何人的妃子偶然遇上的梦，是一个藏于密室讯息中没有开始和结束的梦。

她曾经说过，房间代表心的秘密。

我的房间，始终那么安静。

婚前婚后

住家男曾是个人见人爱的好男人，感情史简单清白，没有麻烦问题纠缠，没有复杂的男女瓜葛。以前，他这种人见人爱只限于印象派，但现在，他则以人见人爱作为行动。结婚以前，女猎户觉得他这种货色略嫌太没情趣，而且住家男很少交际应酬，过去姐妹围内对他印象不深，他不是放工后快乐时光的角色人物。

事情在住家男结婚后起了变化。结婚意味住家男有了稳定的经济基础，意味他这个人的魅力足够让一个女人愿意跟他一辈子。结婚除了是一份约定，也成了他的身份象征。工作的关系，他开始需要应酬；既然已把伴侣安顿了，他不需要再刻意花费时间天天与爱人待在一起，也不需要像婚前交往般，每次应酬都把爱人带出来。结婚以后，他有了更多时间以单身身份出现在酒吧和舞厅，女猎户渐渐知道有那么一个住家男。夜场传说中，他是个身居要职收入稳定人品一流还有点处男般单纯的“好仔”。住家男的婚后生活一直很美满，虽然天天有应酬，但女猎户们按兵不动；又可能住家男防守力依然强劲，猎户们像谨慎的豺狼，一直在旁边暗地观察，静待时机。

结婚第七年，有次女猎户们在酒吧喝酒，住家男和一班禽兽朋友到场联欢。住家男旁边坐着的女猎户甲某，色心忽起，见机不可失借醉一口把住家男给吻住了。住家男当场呆住，停顿了半秒，下一秒便像山洪暴发般配合起猎户的动作，继续吻下去。事后住家男以初尝禁果的心情对禽兽朋友回忆当晚："酒吧内竟可以发生这种事！太神奇了。"人们说婚前好仔婚后要加倍留意，皆因婚前做尽坏事什么都试过，婚后多半自动退隐。但住家男婚前什么都没享受，出于好奇，只要有天被猎户"开光"启动了，以后肯定陆续有来。太太们，你们留心啊！

错误

“女士们先生们，这一曲我想是今晚最后一首了。以下将是一段极多失误的旋律，希望你们不要介意。”

台上的萨克斯风手在麦克风前很平静地说。台下的观众并没有深究乐手的那句话，照例给他以掌声鼓励。

我在这间酒吧待了整整一夜，这个四重奏表演从10点钟便开始。现在，已是深夜的11点45分，我从来没有听过乐手会说出这样的话。或者说，一般人都努力去避免失误，因此，也就没有人会事先声明自己将会出现失误了。

或者曾经有人这样说过，但是我忘记了。

到底，那是代表他对这曲目练习不足，还是有什么别的原因呢？如果真的练习不足，那大可不演奏这一曲呀。

这刻，钢琴开始了柔和的前奏，贝斯紧紧地跟随着，鼓手的钢片开动着冬日火车那样的温柔节奏。钢琴铿锵的触键仿佛一张张黑白的照片反复地在脑海出现，那些细碎、微弱而沉郁的琴声，直达心深处。这时贝斯手和鼓手正好捕捉到观众心跳的节奏，他们袒露灵魂，自由地放开自己的力度。我禁不住闭上眼睛，又或者，我太醉了。总之这样的开始，这样的前奏，连可以形象地表达的感情都没有，既不是爱情也不是亲情，跟我们所经常关心的、经常在意的感觉，都无极大的相似。然而，它又好像代表了全部。这样的前奏，不断地重奏着同一个调子，保持了一个平稳的湖面，宁静、透彻。

是*Naima*。我记起了，是 John Coltrane 为前妻所写的一首乐曲。

我第一次听这乐曲是在一部关于爵士乐的纪录片，当音乐播放出来的时候，画面里头出现了夕阳下无人的街道、赶着购买粮食的难民、一只脚踩在一摊路边的死水、一个白人背着一个黑人儿童，儿童正在寻找着什么，视线那么焦急。还有很多人高举横额和标语，他们的眼睛望得很远，却没有焦点。

全都是黑白的照片，已经开始变黄。

萨克斯风手在这时候开始了他的独奏，每一个音都能听到它在乐器中产生的震动和共鸣。很慢，甚至是我听过那么多版本中最慢的一个。好像一个音与一个音之间隔着很远很远的距离，好像每一个音都有可能无法抵达下一个音一样。他的思想好像已脱离了身体，散发到我们每一个人身上。我禁不住睁开眼望望表演台上的他。乐手眼睛一直瞪着前方，那么坚定。他的目光很远很远，那一处并不存在任何人，他只是远远地张望而已。在一串滑音之间，他晃动着身体，头弯得那么低，还露出一个痛苦的表情。可是，音乐仍然在美妙地进行着。

他越往后吹，便越吹得拚命。在主旋律中不停地变化，不断地按键和扭曲旋律线。那些从管中吹出来的空气，弥漫在整个酒吧。甚至已没有一个人有丝毫的移动，没有碰杯的声音、没有言语，一切就像凝固了似的。整个酒吧的人的目光都投射在萨克斯风手的身上，仿如一个个射灯般把焦点对准他。从他的萨克斯风中，可以看到那些透射出来的光芒，正如他的吹奏一样，那样的有力、闪烁。甚至在乐手的表情里，我们可以感受到一种幸福。他仿佛要落泪，那种感动得眼红红的泪。好像苦等多年看到情人归来的表情，好像男孩说“请你嫁给我”后女孩激动的双眼。甚至可以是任何人间所能让人感动的任何动作。

是*Naima*。那样简单的一串旋律，幻化成不同的句子。那么，所谓失误的地方在哪里？那些美妙的音符几乎把乐手的话给淹没了。他吹得那么动人而有神韵，还有什么是失误的呢？既然能给人生命里一种满足的感觉，还有什么失误？他的失误是什么？

曲目在乐声缓缓渐细中结束，掌声不断。乐手一句话也没有说，转身背向了舞台。节奏组的成员向台下的我们躬身致谢。开始有人叫Encore。而我只是望着那个萨克斯风手的背影，不断地追问着他所构成的悬疑。然后，我转身步出这个繁乱的酒吧。

赢了全世界的掌声，多么动听的句子。眼泪为谁流、夜深为谁买醉，自己最是清楚。说是一种错误，或者只是他相信，那曾经的得失，自会有人明白吧。

餐厅

Maybe I didn't treat you
Quite as good as I should have
Maybe I didn't love you
Quite as often as I could have
Little things I should have said and done
I just never took the time

在一家餐厅里头，一对情侣相对而坐。戴着眼镜的女孩眯起眼很专注地在翻阅菜单，她对每一个菜色都极感兴趣，然而每看到价钱以后便对男友表示感觉一般。她想吃羊排，不过心里认为价钱不划算。她穿得太朴素，手里连一只戒指也没有。没有任何闪亮而迷人的东西。她是漂亮的，却没有太多装饰。那头柔顺直发、那张清纯温文的脸，朴实、清雅。

男孩对于挑选菜色显然并不特别关心。他老是东张西望，仿佛猎人在找寻猎物。离他们不远处的一张桌上，坐着两个惹火辣妹。他久久地望着远处那一台，企图和其中穿着热裤背心的某位有眼神接触，继而可以幻想，或发展。男孩借故说要去洗手间，在途中对猎物进行更深入地分析。可是那边的女孩好像没有怎样留意他，又或者，留意了，但不感兴趣。

回来的时候，他把手洗湿，假装着抹手表示自己真的如厕了。餐厅的电视这时正直播 NBA 的赛事，是休斯敦火箭做客西雅图超音速。评述员都把眼光放在中锋姚明的身上。同样地，餐厅内大部分男士都把注意力集中到电视机上去。

男孩也不例外，在回来之时暂且忽略了那两个陌生女子，把眼睛长时间地往电视机上看。听说，姚明在NBA里发挥了重要的影响力，是个很不俗的球员，而且他是第一个华人选择能以新秀状元身份加入NBA。

男人，对于球类、女人、事业和国家大事总抱有一种特别的关注。女孩一直看着男孩的远去和归来，可惜她近视，要不然可能她会对男孩有更清晰的理解。当她发现男孩对电视上的篮球直播大感兴趣时，她发现他们的餐桌离电视很远，而大部分能看到电视节目的餐桌都已有人。她有点责怪自己为什么进来以前没有留意到这一点。

男孩回到桌前。

“你想看球，不如我们转一个能看球的座位吧。”女孩着急地说，她已在呼叫服务生了。

男孩认为这是一个靠近陌生女子的大好机会。

“到那边去吧，现在能看电视的餐桌都差不多坐满人了。我看那里勉强还可以的。”

女孩拉着男友忙着走那边去，男孩在距离陌生女孩最近的地方把手松开了。他的眼角扫射一下那两个女孩的动静，好像并没有留意他的经过。

服务生把他们原来那边的餐具和食物送了过来，男孩老实地望着电视机的方向。法兰西斯（弗朗西斯）和姚明做了一个美妙的配合，姚明的传球使弗朗西斯有空当切入成功灌篮。那两个辣妹在喝着果汁，饮料从口里缓缓送到食道，经过项链、颈、锁骨、胸脯……男孩仿佛在吞咽什么似的。

女孩还是定神地看着男孩，她的眼光里除了爱慕便没有其他了。她只是一心想着男友的好，甚至连自己都给忘记掉。她在想当年大学时男友在球场上的雄姿，女孩每一场总是守在场边为他打气。情人节那天，她送他巧克力、给他写情信。男孩说没关系，可以试着恋爱，便这样开始了。她知道男孩的为人，但爱是极无奈的事情，没有理智、没有极限。它可以使人拥有极大的忍受力和包容。

男孩在餐桌上只看了自己女朋友两三眼，他把更多的时间停留在其他女孩和电视节目上。他并不讨厌自己的女友，但除了最初的两三个月外，女孩已失去了原有的吸引力。因此他又继续那些自己的日子。他的眼睛越来越不检点，他不断地试图挑逗那些对他感兴趣的女性。女孩知道。

“只要你爱自己，只要你最后回到我身边就好了。”她想。

谁没有想过放弃呢？可是当男与女都安于一种状态，甚至一切已经变成习惯，只要他没有开口，这样的日子还会继续着。

我在餐厅的一角静静地吃着午餐，看着眼前这一切。火箭队由于命中率的关系，最后还是输了。只叹手风不顺，运气不佳吧。很多事情都是这样，甚至每一球都是一个选择，当大量的错误集中起来的时候，分数便拉得太远，一切难以追回。

自从和前妻分手以后，我便习惯了一个人到餐厅吃饭。我从那个男孩和女孩的相处中发现了过去的自己。一个人生活有个好处，它给我大量时间去为过去的种种进行思考。漫画*SLAMDUNK*（中文书名：灌篮高手、男儿当入樽）里头安西教练问三井：

“你喜欢篮球吗？”

然后，三井放声痛哭。

在听到这句话以前，他已整整地荒废了自己的人生三年。或者我把故事说得详细一点。三井在初中时代是日本少年中首屈一指的三分射手，由于他种种的优势，他傲慢、不把人放在眼内。甚至他觉得所得到的一切都是理所当然的。高中一年级的时候，由于受伤，在球队里他感到被忽略、被离弃。当一个幸福的人突然失去所有的一切，他选择了放弃。他放弃篮球、甚至放弃自己的人生走向堕落。

大概是这样吧，由于多年没有看漫画，也许有些东西被我扭曲了也说不定。然而三井的遭遇，我是感同身受的。或者只是形式的不同而已。

“喜欢篮球吗？”

如果有人更早地问三井、更早地提醒三井，大概便不致错过了。人常常会感到迷惘，常常会忽略别人或被别人忽略。但那样都没关系，最重要的是你知道自己需要什么、你喜欢什么。

早些知道便好了。我那时甚至连自己需要什么也不知道。我觉得自己已拥有一切，所有最美好的事物都在我身边。我有个漂亮而聪慧的太太，我有让自己满意让别人羡慕的事业。正因为我拥有了这些，这使我更有条件去不断捕猎。我不断地干着傻事，不断地伤害别人。甚至最后，我连自己都给伤害了。

二十三岁，我大学毕业。很幸运地政府部门正需要一个程式设计员，我顺理成章地在那里面快乐地工作。既没有什么纷争也没有什么压力，只是设计一些实用性的程式和网页，早上 9 点上班、下午 6 时回家，待遇丰厚得让每个人都妒忌。二十五岁，我结婚了。

太太是我大学时的同学，我们在全校性的篮球比赛中认识。那年我们电脑系正好要对他们工商管理系。比分一直拉得很紧，那天我的状态很好，每次切入上篮都能制造威胁。很多次关键性的时刻都能稳当地得分。我们各自的啦啦队在场边不断地打气，整个空间就像沸腾了一样。最后二十秒，我们落后两分，只要一个入球就可以打平了。

我从后场一直带球到前场，队友们为我单挡制造了切入的空档，对方立刻收紧防线，当我抵达篮下时已有两个人在前面等我进入夹击范围。这时他们向我扑来，我后仰迅速起跳投射。

球出手的一刻我已经感觉到了。我倒在地上，然后便听到全场为工商管理队欢呼。并不太难过，因为事实上大家已打得很好，但我毕竟一时无法接受输的事实。躺在地上长久地望着天花板，好像失去了焦点和视线一样。

她这时走过来，在我无焦点的视线前出现，眼前消失了天花板，换成一张可爱的脸，很可爱的女孩。

“你打很好呀！”她向着我笑，递给我一瓶水，并自我介绍。

她拉起我，我和她走到场边聊了一会，我一边喝她的水一边分享一些刚才比赛的想法。那些说话到现在好像仍残留在脑中，时而会泛起一些笑声、那年的汗水味道和她身上传来的香气。

以后，我的每一场比赛她都来看。她总是关心我的身体状况，每次我被调回场上，她便鼓励我。有了她，甚至我觉得比赛变得更有意思了。就像为了让她看得高兴，我一定要打得更好一样。

往后的一切可以说很顺利地发展。大家都见我们出双入对，谁都知道，我们也默认了对方。在一个夜里，我第一次吻她。我对她说，希望她永远留在我身边……

如果我早些回顾这一切，如果早些知道自己有多幸福那便好了。或者，找个人来告诉我吧。如果我早些发现，一切或者还可以补救。

我的改变，可能跟我随便的作风有关，也可能跟我年轻有关。太太最终无法忍受我的放浪，原来我一直在考验她的忍耐力和承受力。她说她承受不来了，甚至两个人睡在一起，她都感到冰冷，她感到从我身上有着另一个女人的味道。

这是从我出来工作以后便越发变得严重的问题。在学校的时候，或者再多不过有几个人送我礼物。她从来不介意，因为她知道我的心中有她，这也是她唯一所需要的。但当工作以后，当我们所身处的环境渐渐不同。太太对于我的情况便越发增加一种焦虑感，好像我随时便要在她怀抱中溜走一样。偶然我会遇上几个爱我的女人，我太习惯于被爱、不懂得如何拒绝。背着我的爱人，我总在不断享受那些温柔而不计后果的感情。她知道，但直至她爆发前的一刻，也没有向我提及。

“乔捷，你是一个好人，但你不知道自己需要什么。”

太太留下这样一句说话，流下了眼泪，就这样走了。甚至她没有责怪我、没有怨恨我。

我需要什么？我真的不知道，以前也没有人问过我。从我年轻的时候，我便一直生活在这样的世界里面。就连我的女友我后来的太太，她也不要求我什么，也不问我需要什么。他们总是随着我的意志被我不断地占据、消磨。我最终把自己所有的幸福消耗掉。

太太决定和我离婚的时候，我才知道她对于我有多重要，我好像失去了生活的重心一样。我试着挽留，但当所有的承受力已被消磨以后，女人突然变得异常坚定。我无奈地接受，并开始一个人的生活。

自妻子离开本来是我们二人的居所后，我发觉我过去所追求的生活原来一点意义也没有，身体即使被慰藉了，但灵魂却没有容身之所。

我另外买了一所新房子。那些女人也离我越来越远。我发现其实自己向往的是平静，是两个人在厨房里一起做饭的日子。我缅怀在那段幸福的日子里怎样轻抚太太熟悉的躯体，她纤细的手、那圆润的肩膀……或者我当时太年轻了，早婚对于我来说是一个错误的决定，但我想自己没有选错对象。她是那样让人着迷使人无法遗忘，我的内心其实根本无意去接受任何新的事物。——为什么我过去没有发现呢？

三井幸而有安西的招手，虽然迟，但他最终回到了自己喜欢的东西身边。而我所喜欢的东西失去了，不再回头地失去。我想，她爱我，一直，甚至现在她还是非常关心我的生活。她知道我不善于处理日常生活的事，于是她总为我留下种种的讯息和线索。可是，要再回头的话却不行。她拒绝我一切带有试探的言语，甚至在一切的对话当中，都设有禁区。

她已经对我，或者说对于婚姻或爱情，失去了某种信心。她的重心已不放在爱情，而是两个人彼此的安慰——在这个寂寞而空虚的人生里面。

而我，用了很长时间习惯一个人午餐与晚餐，用了很长时间习惯用工作和沉默打发无聊的时间。于是前妻对我来说几乎形影不离，她在我的心里面不断地出现、消失、再出现。甚至在梦里，我看到她向我招手，好像在叫我走近她的身边，又好像向我挥手告别。我只能想，只能想而已。她说，你不需要更多安慰了吗？我说只要你便可以了。全都是我的错。

这些话，我在梦里说了很多很多次。

前几天和前妻在电话中谈起来，我们像两个老朋友聚旧般高谈阔论。某种开怀的笑声使我又想起了旧时快乐的时光，很熟悉。

“现在生活还不错吧？”前妻说。她已经在银行上班，过着一般 Office Lady 的生活。我想她上班一定穿得非常漂亮，吸引着很多男士的目光。

“还可以呀。什么都有了，只是没有你而已。”

“我不就和你在聊吗？”她装作没有明白我意思地说。

“听说你在银行做得很好。你越来越成熟了，我却总是像没有长大似的。”我只好这样说。

“乔捷，你已比以前成熟了。”

这样的话，要叫我高兴还是无奈呢？

“Ivy，那应该感谢你。”

“为什么这样说？”

“你知道为什么我们离婚以后还可以像朋友一样吗？我并不知道你怎样想，老实说，每一次和你谈的时候，我的心都很乱。但我知道，我必须把握这些机会，尽量和你在一起。我从来都认为男和女分手以后便不能再做朋友了，除非我不爱她、她也不爱我。然而我不同，我的感觉一刻都没有变，甚至比过去更加强烈。你可以和我做朋友，或者因为你已不再爱我。然而我不可以和你做朋友，正因为我还爱你。我一直努力去隐藏这件事，学习像你一样守在自己所爱的人身边，做你的朋友、迎合你的需要。你知道吗？”

我好像把压抑的情感一下子爆发出来了。然而前妻却异常平静。

“那么为什么你现在又要说呢？之前不是很好吗？为什么就不让我们做朋友？”

仿佛从空气中听到颤抖的声音。没等我回答，她便挂了电话。狠狠地挂掉，好像崩溃般“咔嚓”一声。我觉得自己好像一池死水般静静地拿着听筒，那些周期性的声音仿佛诅咒。

餐厅里那对情侣的午餐已经差不多吃完。我依然对这对男女非常感兴趣，对他们的一举一动都极其注意。脑中反复地听到她在说“我不要再见你了、不要再见你”，这使我很想冒昧地打断他们快乐的时光，向这一对正值花样年华的男女叙述一个故事。从他们两人的相处，我好像看到了自己的过去和他们的未来。直至今天，我仍不敢再打电话给她，只能一直守在电话旁，等着一个可能以后也不再来的号码。

Maybe I didn't hold you
All those lonely, lonely times
And I guess I never told you
I'm so happy that you're mine
If I make you feel second best
Girl, I'm sorry I was blind

午后，餐厅传来猫王 Elvis Presley 的老歌 *Always On My Mind*，窗外的天空很暗仿佛快要下雨。雨要下的话，无论怎样还是会下的，就当是一种宿命吧。女孩在微笑，男孩面无表情。我结了账，穿上那年太太买给我的黑色大袄。音乐的余音还在，我一个人走出店外，感到天气骤然变冷。

You are always on my mind
You are always on my mind……

中秋诅咒

我和中秋节宿命性地联结在一起。它诅咒我说：

“只要那天你和心爱的人见面，那个人便永远消失在你生命中。”

这个诅咒第二年开始应验，父亲在那天抛弃我们和别的女人走了。接着再下一年，母亲也在同一天——农历八月十五——跟一个男人走了。母亲说那个男人不希望见到我，所以非留下我一个人不可。以后，我便再没有见过我的双亲了。

自那时候，我坚信中秋节会继续把我的一切带走。当电视广告反复歌颂“人月两团圆”，我静静地一个人留在房子里，轻叹“明月几时有”。是的，往后每年的八月十五，我都留在家里，在之前一天准备好充足的粮食，谁都不见。

女友们都无法理解我的说话，结果有的为此断然和我分手——因为我在这样温馨的节日里，以一个非常说不过去的理由拒绝和她见面。而另外一些由于无法忍受一日不见的痛苦，最终要生要死非见我不可，我在无计可施的情况下唯有站在她的面前，然后……又等待她的离开。中秋节在窃笑，我再一次失败。

第二天，女友说她发现自己其实并不是想象中那么爱我，想要冷静下来好好想想。想着想着，便没有以后了。既然是这样，我也没有什么值得挽回的必要了，就让它去吧。

好不容易（我一直在寻找），终于有一个相信我这个咒语的女朋友。她认为这样的事件并非巧合，这定必是上天作弄所致。除了回避以外，我们都没有法子。一旦真的在那天见面的话，那个诅咒是一定应验的。她的信任，把整个季节激活。我开始觉得，我找到了一个了解我的人。

“因为你和中秋结联起来，你自己团圆的力量全都被中秋吸走了。因此那天的你除了厄运便什么都没有。”女友说。

“而中秋集中性把我全部好运在当天发放。”

“大概还有其他人同样也受到这样的诅咒，中秋把你们全部的幸福集合起来，便成了其他人当天的快乐。”

我大概明白了。在这个世界上，有些人的快乐无可避免地建立在别人的痛苦身上。但对于上帝来说，这是没有错的。大家不过按天意而行。

“幸与不幸想必也有方法逆转……”最后，女友非常认真地说。当然，我们依然无法想到破解诅咒的方法。

由于无法破解的关系，中秋正日当天我们说好了不见面，待到 12 点过后，我们才一同庆贺这个美好的日子。

从窗外望去，亮彩和人们手上的灯笼，远处传来烟花的爆破，种种的人声和热闹沸腾的嬉笑，真使人妒忌。我一如往年般躺在床上，等待着时间的渐渐流逝，等待着别人那些快乐时光快快过去，等待着电视机那些无聊的中秋大型综合节目的散场。闷死人了。我把电视关上。

电话在这时候突然响起，我走到桌前拿起电话。

“喂。”

“是我喔，亲爱的乔捷哥。中秋节快乐。”我听到了一个非常熟悉也非常讨人厌的声音。

“陈小姐，拜托，我说了很多次不要叫我乔捷哥。”

我已经很多次拒绝陈小姐的追求，但很可惜的是，她依然相信（或误会）我是爱她的。

“这才叫恩爱嘛。”

我想吐。同时，我想到“中秋节快乐”一句。

“陈小姐，有兴趣和我出来喝一杯吗？”

“我都说嘛，你喜欢我……”

“10 点半在我楼下的酒吧。”我非要解决这个女人不可。

朋友，你是明白我的用意的。假设我能骗过中秋节的话，我便永远不用再见到这位陈小姐了。我实在无法理解中秋节是如何给我界定谁是我心爱的人，可是事实上，每到分开以后，我才知道他、她甚至它对我的重要性。从种种的经验所得，“中秋节”是非常流于表面化的。他无法理解为什么我非常讨厌上司的为人依然可以和他称兄道弟，当然也无法理解我为什么老是和朋友吵架争论。

结果很幸运地，我成功地转到另一个部门。也很幸运地，我尚余的几个朋友依然在我身边。

陈小姐准时在 10 点半出现，她穿得非常漂亮。我并没有特别装扮自己，下楼的时候穿着凉鞋和背心短裤，遇到看更阿伯为怕殃及池鱼决定对他怒目而视。

“乔先生……”老伯吃了一惊。

对着陈小姐，我二话不说便走到她身前一手抱着她。她受宠若惊地望着我。

“你……”她脸红起来，慢慢地闭起双眼好像等待我的吻般。

我鼓起勇气，好像巫师说咒语般把预定的话说出来。

“我爱你，中秋节快乐。”

为了担心上天一时反应迟钝，我停顿了一下又重复了一次中秋节快乐。是的，是“中……秋……节……”。烟花刚好放完最后一枚，那爆开的声音仿佛炸弹爆炸一样，狠狠捶在我的心间。我也深深地闭上双眼，做了一个痛苦状，面部的肌肉被揉作一团。

“乔捷……”

她站在对街远远地看着我（还有那个被我抱着正待亲吻的大配角陈小姐）。当我张开眼睛的时候，女友已经背着我一直往远处的人堆中跑去。我放开陈小姐，她依然保持着待吻的姿势降落地面。我试着往前追，但始终没有看到女友的身影。

大概女友是希望一过12点就和我见面，所以打算先在附近准备的。在观看了整个过程以后，她没有任何理由不误会我。再聪明的女孩，都会把我的诅咒重归于谎言，以为那是用以和别的女人幽会的借口。

我打电话给女友，电话已关机。大配角在这个时候靠在我的身边，我真想狠狠给她一拳。奇怪的是，她没有就此向我告别——假设我当真欺骗了上帝。

第二天。我下定决心这次不能再让“中秋节”得逞，我走到女友的公司，想要向她解释这一切。

“连中秋节都没有把我自你生命中带走，这就证明我并不是你心爱的人。你就继续去说谎，继续去找女孩吧。哼！”最终她还是与我分手了。

自那日起，我相信，中秋节便没有再作弄我了。事实上，我已不再在乎于中秋当天再失去什么。因为事后我肯定，我最爱的人已经被我自己赶走了。那些诅咒也再没有任何作用，再没有比失去以前那些快乐的光阴更痛苦。在往后的几年里面，每年中秋我都和朋友在酒吧作乐。每一天，我都走到女友公司附近，偷偷地看她。用了好长的时间才使那个厌人的陈小姐对我失去兴趣；写了很多情书，寄到女友的家里。

我想诅咒是逆转过来了，而方法是异常残酷的。往后的人生里面，我关注的是如何把女友再次带回身边。中秋的诅咒过去，我现在中的是女友的诅咒。

“和她一起，宿命般纠缠，一生离离合合地联结。”诅咒，大概将会是这样吧。

诅咒之二

“和她一起，宿命般纠缠，一生离离合合地联结。”

这个咒语，好像发生了好久一样，随时间慢慢地过渡成另一些故事。有时候，我总是觉得自己在孤独地和咒语抗衡。在里面，没有任何人可以帮助你，你只能靠自己。这种感觉，有时是很痛苦的。因为，你并不知道要为诅咒做些什么予以化解，你也不知道这个诅咒的伤害程度。当然，在这种情况底下，我连她的一举一动、她的生活等等也是完全无法知道的。虽然说，你知道又有什么用？就像她告诉你，她有一个男朋友了，你的诅咒会就此完结吗？

完全没有任何想法。

“情况就好像中了降头的人，要解降的话，很多步骤只能自己完成，即使有再好的降头师也无用。”朋友这样对我说。

那个我爱的人，就是习惯性我叫她英文名字的那个，还是在咒语中和我纠缠着。在书信里面，“Ivy”这个字已经写过好多遍了，不过情况还是一样。问题出现在自己身上的时候，你做任何外在性的事都没有用。我对友人说：

“近来好奇怪，我发觉时钟很有问题。”

“你指的是什么时钟？生理上的吗？”

“应该说所有的时钟吧。”

友人现出一个疑惑的表情，他用了一些时间去思考我那句话。就像读着一首朦胧诗一样，有自己的想法，但似懂非懂。

结果总会这样回应：

“我不明白。”

在我家的沙发里，我们喝着啤酒，对着面前的电视机发呆。那些影像高速地闪动，却无法进入大脑。过了几分钟以后，我把手上的啤酒放回茶桌，躺在白色的沙发上：

“是这样的，我发现近来一切和时钟作用相关的东西，都出现了严重问题。或者说有故障比较准确吧，反正就是类似的事。”

我继续说。譬如我调动床上的时钟在早上九时响闹，它却不在那时候响，而且完全没有要响的迹象。直至我起来，发现已经迟到了，它还是静静在那里，一动也不动。我原本以为是闹钟坏掉了，于是换了另一个，但结果还是一样。

不过这样也好，虽然我还是会去调校闹钟的响闹时间，但我已学会了靠自己起床。而奇怪的是，当我可以靠自己起床的时候，闹钟却又准时响起来了。

友人的表情越来越奇怪，我想他并不太相信我说的话吧。就好像恶作剧般的事情，通常作弄者会在你信以为真的时候，嘲笑你对他的信任。其后，大家都害怕被欺骗，宁愿要些残酷的坦白。

“是和那个诅咒有关吗？”友人这样说，我想当时他是相信我的。因为老实说，我不喜欢戏弄人，对很多事，也异常认真。

“不知道，但总之情况便是这样……”

我继续对友人叙述近来的情况。因为这种事不单发生在我的跳字闹钟身上。

首先，为了试验一下时钟是不是有古怪，我试着在 9 点前醒来，然后装睡等待那个响闹的时间到来。果然，就是没有响。而当我有一次突击性地向这个闹钟进攻时（就是在设定的时间来临前的一刻醒来）——刚好在早上的 9 时——闹钟也二话不说地立刻响起来了。

对于一个闹钟变成这样，到底有什么意义呢？

“Ivy 那边的情况又怎样？”

“还是和以前一样吧。我在努力做些事试着让她回心转意，不过正如一个作家曾经说过的话，在错误的时间即使做对事情，结果也不会有效果。我能找到很多安慰自己的借口，可以继续着漫长的旅程。只是有时会突然觉得，闹钟这件事，好像也有些启示的样子。”

通常这种事说出来，友人会非常热心地去和你想些处理或解决的方法。他是这种人。他教我要静静地守护自己的爱人，教我努力去破解诅咒，从头和 Ivy 做一对平静的恋人。这样的朋友是很难得的，虽然有时候很多方法对于诅咒中的事都毫无帮助——我们都知道。

“没关系，问题是你不能停下来，时间依然还在行进，对吗？重要的是你还要有走下去的勇气，一直地。如果你放弃了，那个诅咒不就得逞了吗？它又会偷笑了。”

他总会这样鼓励我，有时热心的程度会使人觉得好奇怪，就像他是为了这件事而生似的，正如没有他这个故事就无法行进一样。

至于说那些闹钟（包括我家中的一切钟、手提电话的响闹备忘、电脑的自动提醒器），应该说也宿命性地在这个时候同时出现了同样问题。我想大概是一个关键的时刻，有些事情应该是在等待我。而我发现，自己除了习惯自动自觉去记住一些事情外，也习惯了按照自己的时间表，调整闹钟的响闹时间。而且这件事，好像有种非如此不可的力量，不这样的话，会无法顺利完成工作。

第二天，我调好了在早上 10 时起来，准备要给 Ivy 写信，第三十九封。我在9时45分起来，在刷牙的时候闹钟也响起来了，我让它一直响，就像被遗弃的情人般完全不理她的叫喊。到我从洗手间出来的时候，10点10分，闹钟已经停下来，再没有给我那些规律性的声响了。你知道，一个闹钟的提示时间是极其有限的，即使没有自动停止装置的旧式闹钟也一样，电池没有能量、发条松了，便不会再发出声音了。

然后，我便开始在书桌上写信。我把近来发生的事有条理地告诉了Ivy，当中包括了时钟的问题，还有关于我们彼此之间诅咒的事。当然，每次的结尾都是极诚恳地希望她回心转意。这些东西并不会有什么变化，行文上其实千篇一律。我认为，要给她持久地写信，不是为了用文字去说服她什么，而是想她知道，不在她身边的日子我的时间是如何花费的。我用了多少时间去想她，又怎样通过写信的过程，当作和她在一起。我只是想她知道，我没有一刻想过要离开她的。

信当天寄出以后，我在第六天的中午收到了Ivy第一次的回信。

> 乔捷，我想我是有想你的，没有骗你，真的。但我还是无法和你在一起，这点我也相当清楚。不过关于时钟的事，好奇怪，我也有同样的情况出现呢。所有报时系统都完全无法起作用。到了只能靠自己的时候，那些东西又离奇地顺利工作。有段时间我很讨厌闹钟的声音，索性不用了，可是只要一有这个想法，下意识已经知道我自己一定无法醒来。这种事你可以理解吗？如果你能像以往一样叫醒我该有多好。
>
> 不过后来我想，你知道时钟为什么非要这样做吗？那是因为它要告诉我们，已经知道迟到了才响的

闹钟是没有作用的。闹钟应该在‘已经来不及’之前便发出警报，而且要非常清晰地告诉我们，现在的状况怎样。我们就是两个永远都不准的闹钟，有很多一同静止的时光，却很少一起准时的响报……

我坐在桌前，迎着中午从露台外透进的阳光，定神地望着那张薄薄的信纸。如果，Ivy说有想我，那么就是说，我还有机会，我可以继续挽回了。那么，时钟会否是一个线索，告诉我应该去做些什么呢？

我觉得那些什么诅咒都没有意义了。我们从来没有被什么驱使便去爱一个人，而我们亦没有什么宿命论的东西叫我们非要如何如何不可。其实一切都是自己选择，自己想这样做的。想到这里的时候，接下来便越来越多事很巧合地发生了。

有一天，我在路上遇到了一个六十多岁自称是退休保龄球员的胖子，还有他身边的娘子。那个胖子从我的背后走来，拍拍我的肩膀说：

“朋友，你有兴趣打保龄球吗？”

“……”

“从来没有打过？”

“每次保证落坑般精准。”我说。

“老婆，不知道为什么，我总觉得这个人很适合打保龄球，你看看他的身型，特别是他的手臂和臀部，非常棒吧？”

我敢保证，他老婆完全没有看我半眼。

“大力，用用脑袋好吗？选队员不是光靠直觉的，我们队在你的带领之下，已经三年没有得过奖了！”

这位叫大力的老保龄球员显然非常沮丧，大概他的眼光真的并不太好吧。

“我要试试。”我这样说，由于没事可做的关系，而非出于同情大力。

大力这时候脸上终于有些生气了，我觉得他笑得很有福气。或者正因为大力这样福气的神态，所以我才会走往下的路吧。

后来我加入了大力的保龄球队，我从来没有想过自己会适合打保龄球，而且在大力的教导下，确实也打得挺不错。至少大力非常满意，这从她太太眼中那些仰慕的眼神可以看出，情况和初见他们时大不相同。当然，以大力这个为人，他是从来都不会顶撞太太的。不是害怕，而是爱她。

不过有一次在练习后，我们在更衣室时他非常感慨地回忆起我们的相遇：

“你知道为什么我看中你吗？乔捷小弟，并不是因为我纯粹的感觉啊。我是认真地考虑过的，从你的体格各方面都有着和保龄球密不可分的关系。我对这种事就是有自己的一套本领，我要选的人，并不是要拿好成绩，而是他们注定是要和保龄球结下不解之缘的。”

“力前辈，你不是说我和保龄球的相遇也是宿命吧？”现在一听到这些什么命中注定的事，心里就害怕起来了。

“不，不。这不叫宿命，而是人生。比如说，我和你的相遇，我的决定，你的答应，这些事先没有安排。然而这一切，却也是必然的。经过了我们各自人生中的很多事件的影响，结果便提早被确定了。我的太太什么都好，就是以为我这个胖老头笨得像猪！”

我想象着力先生打保龄球时的样子，倒是并不觉得笨。反而他在拉臂出球时，两手伸出的尾指，会使我觉得他有几分英气，一种灵活而聪明的英气。还有他连续打了十个全中以后，手臂、拳头以至整个身体的坚定神态，常常会使我相信他就是传说中为推动保龄球而降生世上的保龄球使者。

大力先生的意思大概就是说（实情我不知道他说那些话的真正动机，可能只是要让更多人参与这项活动也说不定），他的决定（就是找乔捷去当一名运动员）是由于他的经验和历史；而我，也是因为自己的经历，而答应了这件事。假设 Ivy 还是我的女朋友，我可能便一口拒绝了。问题是，那时候我既没事可做又需要找些事去治疗自己的伤痛。所以换了是别人，大力以这种方法找运动员可能不会成功。但正因为是我，所以情况才会这样。

我突然很想打电话给 Ivy，就像有时钟突发性地警报一般。

在我离开更衣室前，大力先生说：

“耐心和斗志。无论结果如何，乔捷，要有打全中的决心，不断地练习、不断地增强自己的实力啊！”

“系！”

“只要尽了力，便可以勇敢地面对结果。下星期的比赛，也请全力以赴。”力先生说。

我想到今天，所谓诅咒的事应该有一个完整的结局了。电话等了好久才通，那一天，有史以来拿着电话最久，却又几乎一直都处于静默状态。那边既没有什么话要说，我亦没有什么可以表达。可能，我一直在欺骗自己。所谓想念这件事，对于曾经在一起的人，也是每有发生的。

有些闹钟是可以修好的，有些却不能，可能已经没有出厂相应的零件，可能那家公司一早就倒闭了。我去想念闹钟，正如闹钟偶然会想念我，也不过是因为我们曾经长时间地彼此需要着。而实情是，变化了的东西，已经无法回到从前了。正如我遇上了大力所以成为保龄球员，而她也可能遇上了什么人而再无法变回我初相识的那个人了。我只能远远地看着某些身影消失，并尽力在消失以前用文字的方式保存着这些记忆，“我想，我是有想你的，没有骗你。”但只是想想而已，正如我们去纪念初恋，或去怀念曾经对自己很好却没有珍惜的某人。

我，会不会是你没有珍惜的那个人呢？

我确定我已经完全失去了一个女朋友，同时，我得到了一个奖牌，找到了一份合适的工作。可能多年以后，我也会多一个朋友的——一个曾经和我牵着手，双双走过议事亭前地的老朋友。

奔月

好像很久没有吃过月饼了，并没有什么特别原因，可能只是时代改变了而已。我们并没有坚定地保护自身的文化和传统，然后在毫不察觉的情况下，我们被时代的洪流冲洗，早已在心里建立起另一套价值观。

我记得中学时代有个女孩子曾对我说:“我不要吃月饼，月饼难吃死了。”那是快二十年前的事，那时候月饼的款式没有像今天那么多，但月饼的成分不太健康的说法已经开始流行了。那年中秋，我第一次和这个女孩子单独外出，那夜我们要到某同学家中的天台上烧烤。一班十二岁左右的男女，用这样的方式赏月。

我花了很多时间求父母让我参加这个聚会，因为按我们家中的传统，中秋节是应该留在家里和家人一起过的。但我心里想跟那个女孩子见面的欲望非常强烈，已经没有什么东西能够阻止我在那晚外出了。我向父母传达的意思是，即便你们反对，我还是会出去赴会的。我不知道自己哪里来的决心，反正在那个年纪，自由和异性的吸引力实在太大了。我狠狠地把大门关上，头也不回地往外面走，背后依旧听见母亲在破口大骂。而我身上一毛钱也没有。

你可以想象这样的约会有多么的尴尬和让人难堪，一个身上连乘坐公车的钱都拿不出的人，要和班中最受欢迎、最会打扮的女生一起出去玩，而天空突然下起了大雨，我们两个人都没有雨伞。这个既没有糖果和小礼物，也没有钱坐车，两个人全身湿透在路边避雨的晚上，我至今都没有忘记。

这是一个极度缺乏笑容的中秋节，我还记得活动结束后，我不好意思送她了，就说自己想一个人回家。看着她和其他同学一起走在回家的路上，心里很不是味儿，差一点就要哭出来。接下来因为太晚回家，那夜我还被母亲毒打了一顿，我一边忍住痛楚和眼泪一边想：我怎么总是活得那么寒酸呢？

因为这个经历，我一直很讨厌中秋节。其实我并不讨厌月饼，但如果你请我吃月饼我还是会拒绝的。因为我对月饼的喜恶并不建基于它的成分，而是它背后的意义。它是一个民族传统节庆的象征，同时也代表我的童年阴影。它有一个属于我的典故在里面。只要看到月饼，我就不高兴了。

自那次经历以后，我再没有让自己在钱包空空如也时外出。我很怕自己身上没有钱，为了不再让自己尴尬和难堪，我每天都在拚命地增加自己的储蓄，只要有钱赚的事我都做。没点钱在户口和身上，总是觉得没有安全感。我想这种感觉很多人都能理解吧？毕竟社会发达了，没钱就是活得不痛快，想找个女朋友比以往越来越难，没钱真的很难得手。

出来工作后遇过不少女孩子，发现大部分也不怎么喜欢月饼，即便是喜欢吃月饼，也多半是因为喜欢月饼的味道，好像已经很久没有人提起过为什么要吃月饼了。刚出来工作不久交过一个女朋友，人不错的，长得也很标致。第一年中秋节她便给我父母送月饼。我说不用，我最讨厌月饼，叫她不要送。她却说：“人家吃不吃月饼没关系，因为是中秋节，你就得向亲友送月饼，无论你喜不喜欢，那是传统，是一份心意，代表你记得他们，你送出去的月饼代表的是你没有把收礼的人忘记。”这样的女孩子当然很受我父母欢迎，每次她去看我父母的时候总是笑得特别诚恳，虽然看起来没什么问题，但我总觉得里面有些不自然的东西，让我觉得很不真实。不过多得她，那两年的中秋好像都在家里过，我和她以及我的父母四个人，像傻瓜一样待在家里吃水果、看电视，也吃点月饼。一年下来，好像就只有那么几个节日，有机会像这样安安静静地到父母家里坐坐，听听他们说话。我们平常虽然都生活在同一个城市里，彼此的住处也很接近，但总是抽不出时间看望他们，甚至工作的事让人累得连电话也懒得拨。

后来我和那个女孩分手了，是她提出的。并没有说明什么理由，反正没多久她便跟一个男人结婚然后移居外地。我想也许是我不够那个男人优秀吧，这世上有很多原因让你喜欢或者不再喜欢一件事，并不一定要追究得很清楚，她有她自己的故事。也许她依然喜欢我，可是那个男人身上有一些她一直追求的东西，所以她就只能做出这样的选择。也可能因为我干过的某些事、我生活中的某些习惯唤起了她某些童年阴影，触到了她心里的某些痛处，所以才决定和我分手。

两年前她回来澳门，打电话给我约见面，那是我最后一次见她。几年不见的她，样子更漂亮，穿戴的东西更加讲究，大概是生活得相当好吧。我们从午饭开始，一直在酒店的餐厅聊到黄昏，然后我带她去谈恋爱那段日子经常去的书店买书和杂志，再让她坐上我那辆依然没有更换的本田雅阁，到路氹城的保龄球中心打保龄球和壁球。在那条曾经巧遇刘德华的球道上，我们回忆起当天像小粉丝一样拿自己的私家保龄球向他索取签名的心情，而我们各自和刘德华的合照原来依然放在各自的钱包里。

那天发生的一切就好像在重温往昔似的，感觉非常美妙。为什么那么好的一对伴侣要分开呢？晚上我们回到她下榻酒店的酒吧，有那么一刻我很想问她。可是无论喝多少酒，还是无法把那句话说出来。她在说她的见闻，说她这几年事业上的发展，生活上的改变。也许因为是在旧情人面前，所以刻意把丈夫的事省略吧，但在我听起来总觉得很寂寞似的。最后她醉得不省人事，我把她抱到酒店房间，帮她盖好被子，然后忍不住往她额头亲了一下。在房子里面坐了一会，我想要留张字条什么的，却一时间想不出要写些什么。就这样，我一个人步出她的房间，回头环顾四处，尽是名店的纸袋，各种衣服、鞋子和包包，多得有点吓人的程度。怎么从前我不觉得她喜欢这些东西呢？也好像从来没有要求我买这些东西给她。那天以后，她没有打电话给我，临离开澳门前她给我发了个短讯。“乔捷，谢谢你！”

我没有给她回复。

这两年，每到情人节、中秋节和圣诞节，她都会寄礼物到我家，每次都会附一张她的近照。第一次收到礼物的时候，不知怎的就笑出来了。我还一本正经地用信纸给她回信，留下了我的电子邮箱、博客和微博地址，可是却没有发现她在网上给我留言。到后来差不到节日的时候，心里就是有点期待。

前几天，速递公司的人又把她送的月饼交到我的手上。月饼盒内附上的那张照片，是她穿着正装在室内自拍的，照片后面写着：“又准备回来见你了。Ivy 2010 年 9 月 11 日。”两年过去，望着这盒远道而来的月饼，我竟又苦笑起来了。

他的生活与爱

“有些人学会了回忆，有些人学会了放下。人是依靠这两种东西活下来的。”

一　轮椅和键盘的敲打声

因为觉得年纪已经差不多够老了，生活上也不会有什么冲击，最重要的是，我已经没有了那个心力，也没有了那种冲动。怎么说呢？应该说是感性和冲动的年纪已经过去，开始习惯过一些更为平静的生活吧。这样，我开始有时间回顾一下自己随意而为的年少岁月，谈谈我的生活。

就从三十五岁的黄金时代开始试着说一点吧。

我任职于公关公司，因为是公关公司的关系，女性同事几乎占了大多数。除了上司和我以外，每天看到的都是不同年龄层的女性。从二十岁到四十岁都有，有的已婚，有的未婚，有的单身，有的有稳定的伴侣。但有一个特点就是，她们的样子都比较好看，要是样子比较普通的，身材也比较养眼。刚来到这个公司的时候我才二十出头，因为单身，所以觉得特别爽。我还跟朋友吹嘘工作环境有多梦幻，天天看着美女和她们一起工作。可是，我慢慢觉得也有不便的地方，最主要就是性冲动比较频繁。性幻想每五十二秒就在脑海浮现一次，心里面总希望把某女性拉到后楼梯或者卫生间干一炮。也许是因为小时候看太多A片的关系，这样的环境相当影响我的工作热情。

在我离开这间公司以前，最后干掉的是新入职的助理员B小姐。她二十九岁左右，已婚，有一个很漂亮的女儿。丈夫是个魔术师，二十四岁的时候就是被她丈夫的魔术给骗上床，然后因为怀孕抢跑而结婚。她的老公经常要到其他城市演出，因为她自己也不太懂得照顾孩子，多半时间都得靠她妈妈和家务助理帮忙。其余时间，多半是出入美容院和名店购物。她喜欢穿豹纹衣服。

因为当时我也是已婚育有小孩的关系，我们在公司会偶然聊起带孩子的事情，也会相约一起去吃点什么，一起去给孩子们买点衣服礼物那样。她老公不在的时候我们中午会一起吃饭。保持这种关系大概有一年，前不久她说她老公最近很少回家，经常吵架。我象征性给她安慰说夫妻一辈子那么长，感情也有盛衰，但大抵最后也是会好起来的，大家多走一步、多退让一点。她就说今天想出去喝一杯，问我要不要去。于是我说好，正好家里没什么事，孩子有妻子看顾着。于是那天晚上我们就去夜店玩，自从有了孩子以后，我是已N久没有去夜店了。她好像也是这个情况。

二　年轻的幻想和残酷的现实

以前，写这些东西总是很怕被老婆看见，心里一直按捺住不要写出来。只是人都是怕寂寞的，我感觉我们都是差不多入土的人生了，也不再有什么秘密了。年少的事情，也许她根本知道，只是装作没看见，借以挽救我们的感情。几十年过去了，该一起的时间都一起了。老朋友经常跟我说，虽然我不是一个值得学习的榜样，但我绝对是一个值得研究的样本。这段日子我都在整理这个回忆录，老妻坐在轮椅上一边看电视，一边问我干吗一边在打字。以前她会跟我说“过来上床啊”，现在她会说“注意身体，早点休息”。我说我在写小说，她说你这么恶心的人，写来写去不就是自己当个大军阀，家中养着一堆情妇，一天跟两个小老婆嘿呦，每写三段就一次床戏。她说，一个人会写小说，表示你在现实生活已经不行了，就是光幻想没力做的级别。

我知道她明显是在气我，我想象三十五岁的时候，绝对会放下敲打着的键盘，跳到床上给她振夫纲。不过以我们都是快死的人来说，老妻已经无法成为我的幻想对象也是事实。现在已经是深夜两点，因为都是在断断续续地写，一天下来换药、看医生、物理治疗、吃药、等护士来给洗澡……各种各样的麻烦事，一直无法让我集中，每次都要重新看一次前面写的才记得说到哪里。

是夜店没错。

约会的那天下班以前，我心想当晚会不会有什么事情发生呢？约喝酒是不是性暗示？为防万一我还是开了下小差，往公司楼下的便利店买了一盒三个装的保险套，心想买了也没关系啊，也是买个保险而已，又不是一定要用。接着小心地把其中一个放到钱包的零钱袋里面。回来时跟B碰上，她问我刚才哪里去了。我说我出门外抽根烟不行吗。她说怎么没听说过你会抽烟。我说是噢我好像是不抽烟的。她就说你这个人说话还真奇怪。我说是，我最喜欢装可爱。她说，到底你几岁了？我说：今天二十四，大学刚毕业，今年没结过婚，今年没生过小孩。她没好气地走了。

下班的时候我回家吃了顿饭就出去了，临走的时候看了几分钟A片按摩了自己一会，心想这样应该比较好吧。我也不知道自己是为了减少性冲动还是增加持久力，到现在这种事我还是无法理解，大概都是本能吧。我开车到她家把她接到夜店，我们也显得比较大方，对家人说的也是同事联谊聚会。只是没想到，到了夜店，果真变成同事聚会了。

原来她都订好了一张小桌，约了几个姐妹到来。真的是因为好久没有到夜店，所以趁机会出来喝一杯那么简单呀，我当时是有点失望。当然，我本来就没有期待有什么事情发生，我也不知道为什么当时会失望。反正就是失望了。没有笑得很开心的那种不是很失望的失望。

她另外三个姐妹长得也挺漂亮的，其中两个是混血儿。就是在我们生活的这个城市烂大街的混血，个性都比较豪爽的类型。B 小姐穿了豹纹短裙，上身穿暖身白色毛衣。说着说着她就谈起豹纹来。她的一个朋友说 B 小姐总是喜欢穿豹纹的衣服，另一个朋友说我今天也穿豹纹了，其实她们全都有豹纹的装饰，她们就站起来秀自己的豹纹，我作为唯一的男人完全搭不上话，只伸伸舌头表扬她们的美丽。B 小姐就来劲了：

“呵呵，内裤也是豹纹噢。”然后她把内裤的边边秀出来。大家就起哄笑起来了。

“平常 Bra 也是会穿豹纹的，不过今天没有，只穿了粉红色的。嘻嘻。”她的朋友就问也想要秀出来吗。“哎哟，有男人在不好意思。就先不给你看了。呵呵。”B 对我这样说，然后回过头到女伴们那边，把领口拉开给她们看粉红色的胸罩。

女伴们又一轮起哄。我说我服你们了，你让我一个男的坐你们旁边心理有多不平衡。B 小姐就靠过来说，来稳住稳住，妹妹赏你甜品，然后她从侧面把我抱住，我的肩碰着她的胸口。

“罗伊，有感到里面的粉红色吗？”

看着女伴们，我只是一劲儿傻笑，并展示正人君子状。我说，颜色是无法用触觉感到的，这样不科学。其中一个女伴用手机给我们拍了一张照片。

差不多一点的时候大家都有点醉，B 说要回家，我因为不怎么喝酒，几乎整晚上就给这帮女禽兽添酒，被她们厮磨开玩笑。当然，这感觉还是挺爽的，也就是抱抱亲亲讲些有味笑话什么的，不怎么花气力。那帮女伴坐计程车走了，我抱住好像有点不胜酒力的 B 往停车场取车。她一直不说话。

直到我要把她送进后座，她才说她不要，她要坐副驾座。我说那你要坐稳噢。她坐好以后我给她扣安全带，靠近她脸的时候我闻到了香水的味道夹带着酒味，味道极度复杂。

我开车送她回家，她一直闭上眼不说话。差不多到她家的时候，在一个交通灯前,B 缓缓地游过来，把手放到了我的"换档手柄"上紧握着。我说，小心别乱动，会影响驾驶噢。她吃吃地笑出声音来，就那么握着不放。直至到她家门口，我始终保持在 D 自动波段，这是个比较正常的自动车驾驶状况。

三　车诱

车开到她家门口以后，她果真就吻过来了，吻的时候还伸舌头呢。但我是个不那么容易动摇的人，心子硬，立场丝毫不软弱。我贴着她的嘴说:"我的心跳得好快，救救我……我快受不了了。"

她说来我家，姐给你急救。她把手从换档手柄开始，一直抚摸到下巴。她做了个手势意思是让我跟着她。她开门跑进电梯去。我也就跟在后面，心想这下好了，估计家里不会有家人和孩子什么的吧。要是这样她也太爱冒险了。

上到她家开门，她拉我手到里面。她没开灯，我们一个劲往睡房跑去，当时也不确定里面有没有其他人，所以我尽量把动作放轻。她拉我，就好像驯鹿牵着雪橇和圣诞老公公一样。嚎、嚎、嚎，“性”诞快乐……到睡房门前她转身对着我，我从屋外头的微光看到了她那张甜美的脸和那个丰盈性感的嘴巴，于是凑上前开始吻了。我们互相脱掉对方的衣服，直至彼此仅余的内衣裤。她转过身要我帮她脱胸罩，自己则把房门打开。我说，真的是粉红色的 Bra 吗？太暗没看清楚呢。

脱开扣子以后，我从她背后抱着她，她又转过来一直把我狠狠地吻到了床上。我把她压在下面，她把 Bra 围在我颈上绑起来说送我。我就把她内裤脱掉，然后男上女下开始了那个夜晚的活动。她有一个保持得相当好的身体，柔软度和腰腹力以及配合动作的纯熟度都表明，我们年龄的组合相当理想。说她是二十五岁完全没问题。可惜是没能看清楚她的表情只听到她的声音，因为我此前没有亲身听过混血儿的“爱的呼唤”，感觉也比较新鲜。玩意儿大概只维持了五分钟我就结束了，因为突然想起自己没有保险，想起的当下被吓到，于是忘掉了蔽住丹田之气，一下子就泄力了。我象征式地把她全身都吻了一遍，再从她背后抱住她，还没有换过动作就那样结束了。两点半左右我说差不多要回家了，她说 BYE。我往她面颊亲了一下，把衣服找回穿上走人。

那个胸罩，我没有带走留念。

四　餐厅

为了没保险这件事我一直担心了一个月，又不怎么好意思问 B 小姐，总觉得那样问太没有男子气概。期间，有次跟老婆去日本料理店的时候，正好与她和她老公碰上。

她主动跟我打招呼：“罗伊，这是你太太啊？”

我向她那边挥挥手，也没有说什么就别转过头。老婆问那是谁。

我说那是我公司同事，就是老公是魔术师那个同事。然后就继续吃东西。

两个月以后我确定她也没有什么异样，有次在公司碰面时我便主动跟她说：“靓女，最近好吗？”

她半带着醋意说，老婆在身边的时候又不见你这样跟我打招呼，说完哼了一声。

我一直很想跟她再来一次“同事联欢”，但我这个人又不是那种喜欢做主动的类型。过了快一年吧，有公司请我跳槽，我看在这公司三年多也没有什么新冲击，于是就答应了。告别派对上她没有出现，据说是女儿刚好生病了。我不确定自己有没有失望，因为我当晚被灌醉了。自己说过什么也不记得，都那么多年，估计我也没有把某些不该说的事也说出来吧，要不然命运可能早已经被改写。我在这家公司总共只和两个女生联谊过。B 小姐是我最难忘的一个。另外一个相处的时间比较久，而且有开始有结束，属于比较圆满的。

明天刚好不用去医院，我会争取抽时间回忆更多事情。人是越来越老了，记忆力越来越差，打字的速度也大不如前。想想我大学毕业初出来工作那时候，我还没有结婚，思想又比较开放，做什么都有心有力。一辈子匆匆过去，如果没有这种花边的事，每天像流水线生产般的生活，大概我也没有什么事好与大家分享吧。请相信我，这些都不是幻想，都是有发生过的。

五　聚宝盆和烧掉的记忆

妈妈说，爷爷的日记最后只写到那里，也就是他离世前的一天。妈妈说，爷爷一直有写日记的习惯，但只是记录他每天与谁人见面，约会花了多少钱，买了什么礼物，用了多少个保险套那样，非常工科男习性，保持了旧时代男人的某种生活情趣，在工作以外，写日记、弹琴、画画和约会女孩。妈妈说，爷爷出殡的那天，还有个女人特别跑来拜别，被奶奶恶狠狠地叫人赶了出去。妈妈说，看了爷爷的日记才知道他是个那么污秽的人，过着肮脏到不行的人生。妈妈说叫我不要学爷爷，所以他的日记、他与情人的书信、他的那些画上奶奶的脸的性感裸女的画作，绝大部分和爱情有关的遗物都通通烧掉了。所有的一切，都是母亲的复述，无法断定它的真假。

人的一生，有什么可以断定是真的吗？一切，只有亲身体验的人才知道。往后的一切，也不过是他自己或别人想要建立或诋毁一个人而进行的形象渲染。我只相信自己的眼睛，只相信自己的耳朵，只相信自己的观察，只相信自己的体验。这是妈妈没有从爷爷的日记中读过的、他曾说过的一些话。

六　爷爷的旧平房和放下了的过去

在我记忆中的爷爷，是个安静的读书人，好像从来就不会发怒一样，总是淡然地欣赏身边的一切。最后一次和他过年的春节，我最后一段年少的岁月，当时因为贪玩乱放爆竹，意外把爷爷家的一个旧平房弄着火了。附近的男人都跑出来帮忙救火，只有我和爷爷两个人在旁边看着所有人在忙。大家都很讨厌我，还怪爸爸妈妈没有把我教养好。我看着爷爷，不知道该说什么，但始终说不出对不起三个字。

我不应该那样做的。

“都很好，没关系。人没有事便行了，一旦有谁死掉，倒成了问题，对不对？我的小罗斯，这些已经成为你的回忆了。这是你的回忆，这就是你的生命轨迹。你要好好记住它们，记住这刻的感觉，难过、担忧、于心有愧、觉得侥幸。知道吗？我们都身处其中，一件事的发生，每个人都有不同体会。如果你认为它是重要的，便会成为回忆；相反，便尽可能赶快放下、忘掉。有些人学会了回忆，有些人学会了放下，人是依靠这两种东西活下来的。”

爷爷没有继续说下去了。他安静地看着前方那间被烈火吞噬的仓库和忙乱的人群，嘴角露出了淡然的微笑。

故事容器

鱼

人放松地躺 / 浮泊于这心深的蓝光 / 随同着你暗浪 / 带我到陆地那方 / 全面寻觅希望 / 无尽浮荡中彼此渗入感觉 / 也许一天我欲变做鱼睡在你内 / 把心释放

我想，他会喜欢这首歌的。

一

这天是我二十七岁的生日。

从办公室回来，迎接又是一夜无聊的时光；甚至生日，也没有例外。新上画的电影差不多已看过了，过去的经典在这十年来也被我一一消化。闲来会花很多时间做饭，除了这样以外，我仍未想到有什么可以更有意义打发时间。

也因此，我发明了很多菜式，也把一些很简单的菜式试着做得更美味——譬如豆腐煮鲩鱼腩。每个星期回到老爸老妈那里，他们总是一边说这道菜好吃、那道菜有意思，一边就唠叨我快点找对象。

“算了吧。”没有长大的人，是不适宜谈恋爱的，更别说结婚了。

我认为这样的理由非常充分，事实上，我就是这样的人。

从我读大学开始，我便不喜欢和家人一起过生日。我的父母算是思想开放的那类型，因此当我生日、圣诞、情人节一如平日回到家中的时候，老妈又会托一托她的眼镜框用奇样的目光看我：“乔捷，你可不是同性恋吧？”

甚至后来，他们连我是同性恋都不怀疑了。我的身边，既没有女人，也没有男人。

于是今天，我又一个人到市场去买菜准备做饭。既然是自己的生日，当然要吃好一点。我买了一条桂花鱼，还有半斤菠菜。一个人，不可能吃太多东西，这样的分量已经太足够。菠菜可以白灼然后切成小段，配上酱油、少量花生酱和白醋，煮饭的时候以油盐和鸡味粉蒸一点从海味店买来的白饭鱼仔，将它们混在一起后味道非常可口。至于桂花鱼可以放些姜片和葱，猛火清蒸八至十分钟再放些热酱油和花生油，味道也非常好。吃一碗饭，喝一罐啤酒。

一个夜又可以过去了。

把那些东西都买好后，回家后我先把菜浸洗一会，趁着这个时间便准备处理一下我那条鱼。我从购物袋中把鱼拿出来。通常，我都要求老板帮我把内脏切去，因此面前的应该是一条剖开了的鱼。然而如今眼前所见，的确一条活生生的鱼，仍然在袋中跳动。

难道是我的鱼被换掉了？还是我的失忆症又发作？

二

我拿起袋子，那条鱼便一跃跳进了水池的盘里，仿佛那成了它的鱼缸一样。我的周围突然像停在一个漆黑的空间一样，一切新与旧、过去与未来都融进其中。

“不是剖开了的吗？”我再一次问自己。

鱼在水里面侧眼望着我。我开始怀疑自己是独居太久有精神病，我竟然认为一条鱼在水中瞪自己。想不到在我生日会发生这样的事，一条死鱼变成了活鱼，还要在我面前游来游去。

为了我的晚餐，我也不愿再追究什么，只想尽快把它解决。于是我便用手在水里试着把鱼拿上来。

“哎呀。”被背鳍刺得我大叫。

鱼在微笑。

看来我的精神病已经到了无可救药的地步，鱼居然能微笑，就好像我在梦中常常和马桶说话，它还会为我擦屁股一样。可是我真的听见水中发出吃吃的笑声呀，融和着气泡仿佛少女般的快乐微笑。

我可不是真的疯了吧？我反复地拍打自己的大脑祈求自己清醒，想必是我工作压力太大了。

“不是疯了，嘻嘻。”那条鱼在说。

难道不是吗？我像一个精神病者在自言自语。

“怎么回事了？”我用左手大力打了自己额头一下，全身不断地胡乱摇动。

“太难以相信吗？”它又说话了。

“我疯了。”我开始请求上帝的原谅，一定是这辈子作孽太多。又或者，我想我的晚餐想得太多。

“其实世上没有什么是不可能的。”它安慰我说，然后在我银色的厨房水池中游动着。

“是吗？那请你闭嘴并让我清蒸桂花鱼……”

“我真的那么讨厌吗？”

我不禁为刚才的恶意感到内疚，好像刚才的话伤害了鱼一样。虽然我并不明白，为什么要为一条鱼感到内疚。如果是这样的话，我想下半辈子便要吃斋了。

“不，你并不讨厌，只是太神奇而已。这可不是电视台的整人节目吧？”

“你一定要吃我？”

我在思考它的问题，因为恐怕这样的事史无前例。我大概不是那些古怪的宠物癖好者，绝不会在家中养一条桂花鱼。而且我本来的打算就是吃桂花鱼呀……今天又是我的生日。

良久，大家就这样沉默着。我逃避着鱼的眼光，而她一直望着我。最后还是她先开口。

“那好吧，我不做反抗。只是，我希望你答应我一件事……”

她很难过。其实，我想从她在海中被捉的那一刻便应该意识到有此一朝了吧。我不知道别的鱼是怎样想的，实际上我更从来没有想过鱼有思想。而吃鱼要讲条件，我还是头一次碰到。大概每条鱼都对命运屈服，于是在人前都默不作声，而这条鱼很特别，在命运前并没有低头。

唉，想多了就心烦。

“可以。”我近乎无情地回答，我已经厌倦了。长时间的对峙，她也得放弃抵抗了吧。反正吃它是本来应该发生的事，问题只是我需要花费多少力气。

“人就是这样狠心。”

“这……”这句说话，使我吃鱼的任何兴趣都失去了。

“在C岛有一间村屋，地点大概是在渡头附近，那里还有几家卖咸鱼的，在那之间的巷口进去便是了。钥匙在我肚子里，你用它打开门，在里面有一套男装唐服……”

“唐服？”我好奇地问。

“对，灰色的，有补过。”她接着说，“你把它带到陈村……”

她要我把一件衣服交给一个男子，一个名字普通得可能华人中有上百万甚至千万用的名字。我再一次惊讶，一条鱼叫一个人做一些和鱼无关的事。

“世界上便是有太多这样的事情。”她好像能知道我在想什么似的。

难道我真的要相信一条鱼的话，去做这些难以置信的事吗？去C岛没有问题，但要知道，陈村离这里可不近。

“我恳求你，或者做这件事对你来说没有什么好处。就当是帮助一下别人吧，她请求你，在她离开这个世界前为她完成一些心愿。”

“好吧。”我说。

三

那种黑暗在第二分钟便消失了。一点声音也没有。我闭上了眼睛好一阵子，不敢望任何东西，甚至自己的手、身体。眼里面的黑暗慢慢地淹没整个人，直至终于受不了，像噩梦般苏醒。

鱼的声音没有了，水池中变成了我那半斤浸洗中的菠菜。水龙头中缓缓地流着的水，一滴滴淌在水池面上，那么的平稳、安静。刚才的事，好像根本没有发生过。但我的心里，那种真实的感觉依然不断地叫唤着。望着那条早已剖开了的桂花鱼，却又那么的死寂。

我从袋中拿出了鱼，心存疑惑地看一看鱼的腹部。果然，一条钥匙藏在鱼的肚里，紧紧地贴在内腹。

我一句说话也想不出来，感觉就像是我把自己心爱的人抛弃一样。是的，我那夜照旧把鱼蒸好了，把菜做好了。可是一个人坐在饭厅的时候，却连一口也吃不下。电视机依然传来游戏节目的欢笑吵闹，荧光屏不同颜色的光线反复投射在我的脸上，我那张死寂而沉默的脸，被蓝光闪得那样的苍老。

啤酒杯静静地放在饭桌上，我望着自己做出来的两道菜式，一口也没有吃下。饭已凉了。

真的很久没有这种感觉了，我觉得非常寂寞。我不知道自己应该做些什么，我不知道这个夜我应该怎样过。我已经二十七岁，什么也没有。一间租来的房子，一大堆书和唱片，还有寂寞和须根。甚至我连生存为了什么，活着的目的是什么，都没有一个准确的概念。我在虚度时光。如果是一般人的话，大概现在正努力地发展自己的人生吧。以前我绝少想起这些问题，因为我自知一想到这个禁区我一定会难过起来。于是我把这个问题长久地隐藏，继续过那些非常规律而平淡的生活。

如果有人问我，你不觉得闷吗？我会告诉他，我也有很多事情做呀，看书、写日记、电影、做菜、听音乐，那不就可以吗？

我想我是骗他们的，骗了很久。

母亲这时候正好来电，我对她说，我想跟她聊聊。

“傻孩子，今天生日应该跟女朋友过呀，老是和妈在一起干什么。”

“正因为寂寞，我想找个人说说话。”

“那快打电话给女朋友吧。”

她又在说起成家立室的事。终于我放弃了跟母亲说话的念头。本来我和母亲有很多话题。然而过去我总是推却说有事在忙，又或者像这刻一样谈到一些我不想涉及的问题，谈话便立刻终止了。更何况，这夜我的心情她确实无法明白。

或者说，每到这样的日子，她都不会明白。并不是我不想谈恋爱，可是你应该知道，澳门太小了。一个困逼的城市使我的生活圈子不断地缩小。而像我这样一个平凡的人，既害羞又不懂幽默，谁会记得我呢。可能身边的人会觉得我是个不错的人，但我仍被认为太闷了点、太平凡了点。

曾经有女孩子喜欢过我，可是当交往不久以后，当我们在考虑今晚的节目时，情感就随之一次一次地败退。这是个非常沉闷的城市呀，除了吃喝以外，就剩下酒色。还是我这种人太没有内涵呢？好像泡沫，渐渐的空虚、破灭。所谓的爱是什么？

十二点的钟声响起，连眼泪也好像失去功能一样无法落下，二十七岁头一天便过去了。

有人说所有的开始都是艰苦而漫长的，我绝对认同。

四

第二天，我到公司把工作辞掉，准备好一次旅程。早上我便跟母亲谈起这件事。

“工作得不高兴吗？”

“还好吧。”

“那为什么要辞工呢？”

“在这里已经干了四年，我想要改变。你不是很想我成家立室吗？”

“噢，对对对。转个新环境，泡靓妞。”

“老妈你少来了。”

“二十七岁人，我不催促恐怕你这辈子都不结婚。”

“以二十七岁来说，说结婚也太早了。我想去旅行，先散散心。昨晚便想跟你谈了，可是你老向我发作。”

“要不要先向你爸说？”

“他问到才说吧，反正一知道便要来骂我，也免你耳朵受罪。

我这几年的积蓄你们先拿去用，这两年你们好像都没有去旅行。”

“呵呵，想得倒周到，如果你自己的事也这样打点便好。钱不能用光，还要留给你娶老婆，哈哈。”

我妈总是三句不离本行，还是回到我婚姻大事上面去。恐怕再不找个人，她真的要给我写征婚启事。现在报纸上这样的东西越来越多，不过我想自己还不至于到这个地步，好歹我还是个充满活力的年轻人。

于是往后的半个月里头，我变得非常忙碌。不是工作，就是接听各种各样问及我打算的来电。我想他们的担心都是多余的。现在这种光景和世道，高薪厚禄又怎样，有那么多钱又怎样，一个不知道放在哪里的炸弹，轰，那就一命呜呼。任何地方都没有绝对安全稳当，这在哪个层面都成立。工作的环境如是、社会如是、生命也如是。明天好像离我们很近，又好像很远。何况我活在这个如此“和平”的城市，还有什么值得发愁呢？再多不过像一场赌博——输了，撕掉彩票作罢。

偶尔我会拿出那条鱼肚里的钥匙看看，试图猜想这个似幻而真的故事里实质的内容。大概是鱼的报恩之类的吧，再多就是些好像童话般的爱情故事。但具体的细节无论如何都想不出来。很奇怪。当我决定要辞掉工作的那天，我便肯定自己相信了当天的情况，因此对往后的一切也就不以为奇。

出发到陈村前的一天，我去了 C 岛。

五

由于一个星期以来的多梦，第二天我很早便起来。我在家里弄了个快熟面，煮了一条香肠，煎了个荷包蛋，喝了杯咖啡，穿上浅蓝色的牛仔裤和黑色的 T 恤。我背上了灰色麻质背包，赶上早班公车。车上除了我，还有两个中年妇女、一个肤色很黑的男人，大家都不说话。女司机大约四十多五十岁，会在交通灯前停下赶着写些行车记录，看起来都很疲倦。天还不是很亮，以夏天的时分来说，确实有点阴暗。然而阳光在远处渐渐透来，我感到天将会很明亮。

我从背包里拿出MD随身听一路听着自己喜欢的歌，比如说谭咏麟的《一生中最爱》《爱在深秋》。在大桥上，一道清晨的阳光悄悄从窗外透来，世界便这样明朗起来了。在我的心里，《双城故事》里头阿麟、曼玉在船上送志伟走生命最后一程的场景突然袭来。仿佛那种金光背后、那海上粼粼的水影，那些微波就像最后从远处传来的声音和意愿一样。我也有重任在身，在完成着对一条鱼的承诺。

如果痴痴地等某日 / 终于可等到一生中最爱 / 谁介意你我这段情每每看似间隔着一点点距离……

阿麟是这样唱的。志伟说，谢谢你们完成我的心愿，这一生能有你们这样的朋友，我很高兴，很满足了。

靠在窗边就这样一直望着外面的风景，好像过了很长的时间，才来到渡头附近的站。那是一个很旧的渡头，对面是珠海的湾仔。平时有些村民通过木艇来到我们这边卖花果之类的东西。空气异常的平静，有点干燥，时而有尘埃被微风吹起。

这里便是我要到来的第一个地方。

附近可以发现的民居不多，好像很多都没有人居住了。我依照鱼的指示在卖咸鱼的店之间发现了一条窄巷，其程度大概可以并行两个人，一条笔直的巷，两排平房的间隔，形成了胡同。墙长满了青苔，每一个城市人看到都不想触及的地步。地面有些不平坦，然而从气息来说，还算不太讨厌。

从这里走大概二十步便已是尽头，这时便发现一间破烂的石屋、一道满是灰尘的破门。我想这便是鱼所指的那个地方吧。我从口袋里拿出钥匙，打量了一下那个已经生锈的锁。尘埃厚厚的一层，我想门有好一段日子没有打开过。我往四周张望了一下，巷口的方向死寂一片，完全没有所谓人气的东西。我轻轻敲了一下门。

“请问有人在吗？”

门上积存的尘埃撒了下来，掉在地下。一分钟之后，没有回应，我便把钥匙插进锁里去。

六

锁成功被打开。眼前可见的是一间极其平凡的村屋，里头可以看见的东西已没有多少了。中央一张木台、两张长凳，左方墙边有木床上面放着三色的藤席，所有这些东西都用大张透明的塑料纸给盖着。床边有一个红木衣柜。右方的灶头什么也没有，只有一个生了锈的锅。灶旁和屋顶的透窗，传来明亮的光线，混合了杉木和夏天的气味，很朴实。光线中清楚地看到了尘埃的运动，我把手放到光线之中，尘埃惊慌地到处逃走，最后又恢复平静。那件唐服，明显地放在木台上，无论塑料纸上面的尘埃如何的沉重。

为了确定一下，我打开了木衣柜。里头空空的，只有几张用作垫底的旧报纸。一张是娱乐版的花边新闻，一张是波斯湾战争的专题报道。有些人幸福地死去、有些人悲哀地活着。好人应该过得幸福，坏人应该受到惩罚，是不是这样呢？那些泛黄的报纸见证了时间的消逝，很久远。不过历史常常有一种回归性，就像一本有预言能力的小说一样。

最后，我走到木台的面前，把塑料纸翻开。那一件唐服，灰白色，灰得很轻盈。大概已经洗了很多次。磨穿的地方用上差不多颜色的布料缝好，那些痕迹很明显，但很扎实。我拿起衣服反复地研究，既没有纸条也没有什么特别的地方，只是一件很普通的旧衣服而已。把它往身上量度一下，正合身。我的身体感受到一股乡土的气息，想象着农事、粗活和平静而忙碌的生活，那些单纯、自然的人和事，仿佛变成了我的往事一般，一种似曾相识的感觉。我变成了束起衣袖裤管下田干活的牛哥……心里还想着个姑娘。

"把这件衣服交给他吧，这样就可以了。"女孩说。

我又听到鱼在说话了。

"你是……"

我并不知道声音从哪而来，大概是从身体里面吧。

"已经没有什么了。"

"可是你还要我去陈村。"

"谢谢你相信我，你让我仍有爱和梦想的信念，让我再次相信这个世界。是的，你必须去，我也相信你能够帮助我。我们还得解决各自的问题，所以……就说到这里了。"

"等一下……"

世界又回到平静，心里面的声音消失了，再怎样也无法追回。我把唐服收到背包里去，最后一次环视四周，然后便走出了这间村屋。

我把锁套上，发出了"咯"的一声。那声音把里面和外面的世界再一次隔开。我侧耳靠着门倾听，在那道破门后面、我刚才所在的空间里，这刻好像变活了。从黑白变成彩色，从死寂变成沸腾。我听到有男女的嬉笑，我听到柴火的燃烧做饭的声音、碗碟彼此偶尔的碰撞，还有风缓缓自那个空间流动。甚至我能闻到那些饭菜的味道，那些饭焦的香、腊肠、咸鱼，还有用蒜头炒的青菜。那些泥土的清香、微带潮湿的地板……

没有炊烟，也没有云了，天空明亮得有点歇斯底里，明亮得使人晕眩，甚至比里面的世界更不真实。

可是这便是现实了。

我把钥匙收起，屋里的声音依然，我转身向着巷口。我又回到自己的世界，背后的空间一刻没有停止它的运动，那和我本身的世界只有一线之差。

回程时我一直在想关于屋子里那个"存在"的事，还有鱼、唐服、那条钥匙，那到底是幻觉还是真实。每次望着那条铜色的简陋钥匙总有一种无法形容的温暖感。我试着和内心的那把声音说话，可是无法连通。中午的阳光使我失去任何胃口，甚至在巴士上还想要吐。刚好又是来时的那位女司机，我坐在前排，她问我是否因为车开得太急所致。我说不是。

她似乎也很寂寞，无人的巴士使她想找个人聊聊。她问我是否到离岛游玩，问我要不要到某个站，不然为了赶车时她想跳过那个站去。我说都没关系，并把最靠近我家的巴士站名告诉她。耳朵放上耳筒继续听着音乐。

"司机，你相信灵魂这回事吗？"忽然，我很好奇地问。

"信呀，有些事真的很邪门，不信不行。"

"你有这样的经验？"

"你不是想我说些公交车的鬼故事你听吧？都没有啦。虽然信，但最好敬而远之。"

"那么一个人死后，要到什么地方呢？"

"未知生焉知死。小弟，老老实实地干活吧。"

"这也是……"我觉得司机的话很有道理，想那么多又有什么用呢。

“我是粗人，不懂什么道理。但如果怕鬼，那么啥也做不来了。人们常说那些巴士上有什么幽灵，我想是他们心中有鬼。”

我坐上了助手席，方便和她继续攀谈。有时我们各自好像自言自语般说些只有自己才明白的话，有时会互相沟通。她很乐观，天掉下来当被子盖。

“刚从大陆来这里的时候吃的穿的什么也没有……”

“那么你怎样捱到现在？”

“我都不知道。世上任何地方的生存方式都一样，总之不怕吃苦就是了。即使什么都没有了，活着就好……”

我问大姐家乡在哪里。

“陈村呀。在城里很多陈村人，同乡很多。”

陈村的人流行出去，即使不能到美加，至少也要到香港、澳门。他们宁愿嫁外面陌生的穷人，也不想嫁村里熟悉的富翁，以为外面的世界总是美丽的。来到这里，才知道生活艰难。

“老公又没本事，没法子。选错了就一辈子，早知道不出来，留在家乡多好。”

我们的谈话在某个急弯处终止。女司机专心于她的驾驶，我也随着音乐渐渐地入梦。梦里我也想起了自己的家乡，还有过去长长的一段人生。我梦见鱼在说话，可是我听不见实际说了些什么。鱼变成一个女子，古铜的肤色、健康而明亮的眼睛，性感、迷人……女司机拍拍我的手臂，告诉我已经到站，我茫然地起来，不知道自己身处的，是梦境，还是现实。

七

从女司机那里知道一些关于陈村的消息，大概要在那么大的地方找一个人几乎是不可能的。但反正也没什么工作要做，这个假期到外面走走散心也是好的，以后总得要为自己将来的人生做些打算，趁这个机会应该好好想以后要做些什么。

我决定不再去想过去的生活了，因为更重要的是我的明天，更重要的是我将来活着的方法。过去的人生错过了便永远地错过，一旦发生便无法挽回。唯有我们的人生，带着很多很多的悔悟一直地向前，直至结束。这是个很漫长的旅程。

想来，谁的人生又不像我这次旅行一样呢？

回家以后，整个晚上都在收拾和检查行李。把一大堆对象塞进了特大的旅行背包，基本的生活用具，还有一些关于陈村当地的一些资料书籍。母亲来电问我将会去多久。我并没有具体的想法，只想暂时离开这个无聊的城市。

“或者几天，或者几个月，并不会很久，但我必须要出去走走。我觉得自己的眼光和灵魂都在不断地缩小，因此我需要走远一点观照自己。可能当我回来，你便感到我跟以往不同了……”

和母亲谈了很久，她一听到我这样说，便哭起来了，也哭得越来越厉害。

“我们家算是幸福吧，既不愁钱，你老爸老妈又健健康康，真不明白为什么会这样……”

“妈，别这样呀。再怎样说我都决定了，不要在我面前装哭嘛，哈哈。”老妈立刻便收起了眼泪。“你一直都对我很好，我爱你、爱我们家庭中每一个人。因此，我觉得自己最可怜的不是你对我不好，而是像你一样，老是长不大。”

老妈然后也笑了。

“那你为什么不像我谈恋爱结婚生子，你看，现在我不是很幸福吗？”

“我正想问你，这一生里头，你觉得活着是为了什么？”

“我不是从小就告诉你吗？把你养大，看着你的成长，便是我活着的理由了。”

“那么在结婚以前呢？”

“很多以前的梦想我都忘记了。孩子呀，我不像你们这一代人那么多东西要想，那时的人都很简单，没有你所谓那些远大的眼光。找个好男人嫁了便是人生最大的志愿。”

在一个物质条件贫乏的时代里，大部分人的追求都变得很简单。而现在已经是一个高度发达的时代了，人呢？甚至连自己想要些什么也不知道。除了物质便什么都快要灭绝的世界。或者他们在追求的，只是物质本身而已。

和母亲挂掉电话以后，我坐在沙发上呆滞地望着天花板。已经是凌晨了，好像有很多话还没有说，越是和母亲说话，越是想到有更多话要对人说，希望别人和我有相同的看法、相同的理想。

我在回忆一些记得的名字和电话号码。可以从脑部直接记起的人名越来越少。都是一些在公司的同事，还有跟业务有关系的人。这些都会无缘无故想起，但可以谈的人却异常的少。

我打电话给以前公司的Ivy，并没有什么特别的原因，只是寂寞。

“Ivy，你好吗？”

“乔捷，好几天没见啦。近来都做些什么了？”

Ivy以一把未曾睡醒的声线勉力地说。她有点吃惊我竟会在深夜来电。

“明天要出发旅行。”

“不先找工作吗？”

“回来再想吧。”

“那么要去哪里呢？”

“并没有什么具体的去处，但第一站要到陈村去做点事，然后再决定。”

“你真的很潇洒呀，我可办不来。拍些照片回来看看，记得买手信呀。”

“那当然。我会拍很多照片，我要把这次的旅程一一记录。”

我说，这个夜晚想找人聊聊天，她真的用心地和我谈起来。比起在公司，甚至在以往相处里的话都要多。Ivy 是一个很普通的办公室女性，有点傻气。闲来会和女同事一起买饰物和衣服，喜欢听流行曲、看主流电影。整天都哈哈大笑，自从公司来了她以后，气氛便没以前那么严肃了。她给我一种很轻松、自在的感觉，不用想太多、很单纯。

如果要说样子的话，绝对不是那些绝色大美人。可是对比起众生中那些不起眼的面孔，她会显得格外清爽，与众不同。每个生活在城市里的人，脸上都有一种像工厂排出废气般暗淡的色彩，神情总带点无出路般的绝望。可能 Ivy 刚出来社会工作，二十四岁的女孩依然可感到一种大学时代的少女情怀，像大自然的芳香。那便是她漂亮的来源，超出了她长发、高跟鞋装出的成熟和世故。

由于第二天她要上班的关系，这通电话并没有谈多久。我和她分享了一些在办公室曾经遇到的事和一些自己生活的经验。我把作为一个前辈的男人一些无聊的想法和渴求试着告诉她，这作为我辞职的理由、作为我来电的理由。有时是一个男人和一个女人的对话，我觉得自己非常有活力。有时变成一个男人和一个女孩的对话，我才又记起了自己真的比她要大一点。

“你不像二十七岁。”Ivy 笑着说。

“那像多少？”

“和我差不多。你很多想法都很有趣，很乐观，不像其他人那么深沉。”

“其实我和他们都一样，但是我有内在矛盾的地方，把思想分成两派。”

“那么我希望你保持这种童心，我们便有更多的话题了。”

“那好吧，我以后不说自己比你大，反正说了也不像样。”

八

第二天我便带着自己的大背包坐旅行车出发到陈村，带上了我那部旧款的丽廓照相机和十卷胶卷。坐在车上，越来越少高楼大厦，越来越多青翠的绿地。由于不是假日，车上的人并不很多。有几个穿着西装的男人，大概是做生意的人。他们互相用方言说话，会想到《最佳拍档》里面的光头佬麦加，但我并不太懂。

长途车的电视机播放着一些陈旧的通俗电影，扬声器音量开得很大，听了心烦。我从行囊中拿出了记事本，在其中一页里写着：“旅程开始。”然后一直便这样静静地想事情，从不着边际的某个地方开始。没有想念谁，却又好像在想念一些东西。

越年长，这种感觉就越强烈，总会无缘无故地伤心起来，失落起来。有时一个人笑多了也会感到累，好像那些笑容都是强装出来一样。对于我来说，说话有时会感到无能为力。自己好好地活着，却又不知道自己活着为了什么。还好我这个人从来没有想过自杀，这可能因为我生活在一个比较健康的家庭也说不定。有本书说，当一个人时常听到无家可归的人的故事，从媒体中听到关于他们，关于暴力、贫困、全球各地的灾荒，还有战争、难民和被流放的那些人的事，有一种冰冷感总会从心里慢慢地流出来，自己也会觉得无家可归，或者便是这样吧。

在我们这个平静而几乎没有什么值得关心的城市里面，可以感到的刺激实在太微弱了。当我一个人在街上走着，身边的事物完全无法引起我的兴趣，就别说更遥远的事情。有时会遇上一两个朋友，他们会呼喊我、会轻轻触碰我，我重回到这个世界，茫然地和他们招手，又匆匆地分手。走路的时候习惯了看着自己的鞋子一步一步地向前，双手插进裤袋里头，所能看到的世界越来越少。走过柏油路、走过水泥路，有破罐、废纸和刚刚派发给你便丢在地上的传单。

回家的路上，不知会叹多少次气。好像吐出来的，正是生命一样。呼吸也会困难起来。

九

我在正午时分到达了陈村，在那里住了一个晚上。第二天我便开始了余下的旅程。住在陈村那一晚，我想到了很多事情，可是当时连一个字也没有写在笔记本里面。或者说，以当时的情形来说，反正不记下来也没关系。至于当晚想到些什么，到如今已经不复记得了。

不过我想可以这样形容吧。在陈村里我所能看到的，就好像在一个只有零星几人的戏院里面看一部非常沉闷的电影一样，每个人都几乎睡着了。电影里面连所谓对白的东西都没有，画面只是从一个夕阳中金黄色的渡头不断后退的画面，我们从可以望到海的位置不断地往后移，直至海离我们很远、渡头离我们很远，直至我们的视线被其他事物阻隔、时光渐渐地褪色、天慢慢地黑。而我定神地从第一幕一直坚持到最后，可能是我对于其中某些环节特别感兴趣，反正就是一直非常认真地看着。

终于，在差不多快结束的地方，我看到了非常使我触动的地方，那就好像是我一直期待的情节一样深深地打动我，就像是光明。于是我哭了，放声地大哭，就像一个很久没有哭过的孩子般恣意地表露着自己的情感。我的哭声便这样惊动了戏院里其他的几个人，他们既不知道故事发展得怎样，也不知道我为了什么哭，只是非常好奇地望着我。大家一起待到电影的结束，他们打着呵欠一个个地离场，而我一直望着已经漆黑的银幕。

我常常想，如果他们关心我所以哭泣的原因，一定会来问我的。在这样只有几个人的戏院里面，如果没有人去问我，那么我便没有说出来的理由了，这也表明在这个空间里面并没有人关心上面的事情。或者，他们会有机会再看一次的，或者便这样过去了。然而，那对于我这个人来说确实是一个转捩点，就好像门外与门内的分别。如今我站在门内，有些人仍在门外倾听。

那一天，我没有哭过，也没有惊心动魄的事。第二天我便从陈村往三峡去了。

十

从广州直接坐飞机到宜昌，在那里过了一夜。第二天便起程到葛洲坝，过了船闸经过西陵、巫峡最后到瞿塘峡。几天以来外面都下着纷纷扬扬的雨，我穿着灰色的防水风褛，在舺板上看着小船随水而下。慢船上有几个游客和本地人，看着不尽的江水，呼吸是平顺的，心里总想用尽气力在此刻大声地一叫。也许和在陈村的那晚有关系，还有那间在C岛的村居。在我的眼里面，那间村屋渐渐地被水淹没，在屋子里面的一切慢慢地沉没到水底，杯子器具一件件地在水中飘浮，慢慢地消失在黑暗的深渊之中。将来，这里也将要被淹没。我们，也将被埋没。

看着弯弯曲曲的河道，我往四周拍了不少照片……以后这里的景象可能就要改变了。为了三峡的工程，坝后的山被炸掉。和那些被淹没的遗迹一样，山与地，路过拆得七七八八的古城，它们将会没有了身体，只有灵魂。

船经过三斗坪，继续逆流而行。在秭归踏着瓦砾细石踽踽独行，有时会想起板樟堂前那些匆匆经过的人群，在那些人群中走过的自己。匆匆地向着某个方向，然后又匆匆自那个方向回来，日复一日。在归州第二天起来，由于路途的艰险，我终于可以暂时忘记那些无意义的失落感。碚石的山谷对于我来说是刺激而危险的，左边是山岸右边是悬崖，当一个人把精神花费在自己的人身安全时，其他的一切也就没什么了。

我想一生人总得有一次如此的旅行，当你经历过如此惊险的体验，接下来看到的一切也将会特别美好。

十一

“好像很好玩呀。接着呢，接着你去了哪里？”

在咖啡店里面，Ivy看着我在旅程拍到的照片，一边追问着。

“青石城已拆得七七八八没什么好看了，然后去了巫山、奉节。就是白帝城呀，几多文人墨客吟咏的地方。现在不去，以后就没机会了。”

“可惜我受不了苦。还有呢，这张照片在哪里拍的？”Ivy露出一种羡慕的眼神。

“受不了苦没关系，总会有一条路适合你走、等着你走。我后来去了丽江，继续去虎跳峡冒险，在山中的Tina’s旅馆看到很多不同国家到来的游人，好像全球村一样，大家都相亲相爱。这张照片是在里格岛的扎西家里面拍的，在扎西家后面有一个很漂亮的湖……”

这个下午，Ivy一直听我说这个旅程所遇的事。整整一个月我离开了澳门，离开了我熟悉的地方。回来以后好像已经离开了很久似的，我开始感到我是爱这个城市的，这里并没有我认为的那么沉闷。在这个世界上，有人选择不断地前行，不断地发掘新的事物；有些人不行，他们只能在自己熟悉的地方寻找生活。我并不知道自己会向着哪一个方向，或者我以后又会变成承袭澳门人传统，一生营营役役地留在这个城市生活的人吧。但每个人都有权利选择自己的幸福，他们有权选择自己喜欢的生活，只要他们感觉良好，我便不能说这样的人生是错的。

母亲说我消瘦了，要我回家住几天好好吃住家饭。之后我打电话给Ivy约她出来，把之前一天冲刷的照片拿给她看，送她一个云南的传统彩布袋。

“乔捷。”

“什么事？”

“那么你在陈村做了些什么？”她以一个异常好奇的口吻说。

“如果你不觉得无聊的话我可以先告诉你一些旅行前发生的事。”

“快说呀。”

我开始讲起关于鱼的事，还有那个村居。Ivy越听越茫然。

“这不是真的吧？实在难以置信。”她说。

“大概是真的，但重点不在事件，而是其中的隐喻。”

“隐喻？”

“对呀，是隐喻。只有当你相信隐喻以后，那么我所说的一切以及后来在陈村的事就有意义了。”

“唔，人生就是一场隐喻，你是个隐喻的体验者。”Ivy 装着一种文艺腔说。

“没错，不过现在已经没有人喜欢隐喻了，他们喜欢直接的东西，看电视肥皂剧、听那些满口是我爱你的歌，只在乎情节的荡气回肠，而不思考意义……”我笑着说。不过包括我自己在内，这个世上谁不是这样呢？

“乔捷，不要拉开话题，快说陈村的事嘛。”

“好的好的，”我说，“你知道那件衣服了吧。我把它带到陈村。到达的时候是下午，我下车以后首先到附近打听……”

十二

“请问你有没有听说这个名字？”我把字条递上去。

“没有呀，或者你到市集看看吧，村里的人都在那里买东西的。”路上一个村民略作思考后给我这样的回答。

然后我依照那位村民的指示到达了市集，附近有些地摊在做小买卖，卖的都是破破烂烂的东西。我是在这样的情况下遇到他的。我也不知道为什么会认定就是他。在市场外的大街上，一个人拉着一头牛往田边的方向走，第一眼我便被他的眼神慑住了，那样的哀伤无奈，好像听任上天安排的眼神。他一直四处张望，好像想寻找一些什么似的，一边眺望一边缓缓地前行。直至他发现我，发现我手上的衣服，他便突然使劲地奔向我。是那头牛。他奋力冲破那个男人的束缚，从马路的一方，冲到我那边来。你很难想象我在如此远的距离和牛的眼神相遇，但一头牛在市集内乱冲乱撞的情况大概可以想到吧。

结果，在我不远处的路口，一辆行驶中破旧的汽车把他撞倒在地上。我走到前面，牛依然在看着我，还有那件衣服。他的身体在地上缓缓地颤抖，照道理他受的伤应该并不严重，但牛还是躺着没有站起来的意图。牛的主人开始和汽车司机争论，那些被牛捣乱过摊子的摊主还有途人纷纷围在附近。

这时候，那种熟知的、奇异的黑暗又袭向我。在我面前看到的不是牛，而是一个穿着衣服的男人，有着黝黑皮肤的年轻男子，他一句话也没有说，只是站起来目不转睛地看着我。我并不知道那种表情的意思是什么，显然是没有恶意的，我只能说他很哀伤。然后，我便把衣服递过去，好像很为他难过地说：

“这件衣服是你的……”

仿佛泪的东西从他的眼中流出来，附近的人在欣赏一场争吵还有牛的死状。没有人看到他的眼泪，没有人发现这个关键的东西。他慢慢地躺下来，闭上了眼睛。我的黑暗随着他合上的双眼也渐渐闭幕，回到那个繁杂而多事的下午。就是那滴眼泪，使我整夜胡思乱想。

那时，牛主和司机已经大打出手，大家争相到场观赏，有些人更在后面大呼“狠狠地打”，然后哈哈大笑。刹那间大家都再没有注意牛，只有我，还有几个小孩依然以一种好奇的眼神看他。大概他再看不到我了，也许他不过睡着了。我走到他的身边，把那件老旧的唐服盖在他的身上，我所能感到的，反而是我身体的温度，我觉得自己很温暖，觉得自己原来很幸福。

我还以为鱼会在这个时候在我耳边给我一些结论，但没有。我转过身，就这样走过了那个殴斗的现场，头也不回地离开了市集。或者我的任务其实还没完结吧，因此鱼没有对我说什么。而我不过敷衍了事，最后在这里给你编一个故事企图说服你也说服自己。无论如何，在陈村发生的事就是这样，我把一条鱼所给的衣服，放在一只牛身上。甚至我没有等警察或什么人的到场，不知道牛的死活，不知道衣服将会何去何从，这样我便走了。

十三

“可能你将来还会遇到那种黑暗呀。听着真觉得可怕，好像变成一件被诅咒的衣服了。”

“或许吧。”午后的咖啡店外透进来的阳光，再一次使那个陈村午后的情景更加清晰。

“你不觉得吗？那件衣服可能又落在谁手上，然后又有谁为它奔走一场。”

“可能真的是这样，不过如果是这样也没什么，反而我觉得更好。”

“更好？”

“就是隐喻的领悟。”我这样说，Ivy 疑惑地看着我。

很难找到一个女子，能这样认真地听我的故事了。而且她显示的好奇和对事件细节的渴求使我更有热情说话。

“我在长江的时候便一直有这样的想法。难道不是吗？我们应该去望清这个世界，我们需要游历和体验，借此扩阔自己的眼界，否则我们的人生不可能常常保持生命力和热情。只有当我们打开了封闭的心，往后的人生才可以顺利地运行。”

“那么和隐喻有什么关系呢？”

“试想想，鱼和牛之间的不同吧。我好像从他们两者之间学到了一些东西。无论如何，越去想，我越能领悟齐秦那首《外面的世界》歌词的意思，你大概有听过吧？”

“有呀，外面的世界很精彩，外面的世界很无奈……很好听的情歌，齐秦就是那个等待的人。”Ivy边唱边说。

“我觉得自己比以前勇敢了，我开始爱这个城市，喜欢这里面每个人走路的节奏。我觉得自己没以前那么寂寞了，跟这次旅行有莫大关系。而衣服作为一种信物，就有着非常重要的意义。”

“鱼和牛。我大概明白你的意思。从他们内在性的东西去发掘，对吗？”

“全对，加十分。”

“十分为满分。”她很快乐地说。

Ivy在这时候边喝着她的Mocha咖啡边继续和我谈些非常琐碎的事，她叫我把这些事写成小说，这样说不定能有很多回响。

“你不记得了吗？这个时代的男女已经对隐喻没有兴趣了。他们需要高潮迭起的爱情故事。”

“我认为也可以当作爱情故事看呀。而且你不觉得吗？不是每一个人的人生都有高潮的。但人依然能感受其中高低起跌，一样会因为很小的事而落泪；我们渴望的不是高潮，而是平静而安稳的幸福。”

或者Ivy的意思是小女人的家庭生活，但“平静而安稳的幸福”使我想到，其实我的人生并不是那么痛苦，倒不如说我是自寻烦恼吧。正因为人的一生过去了便无法回头；能够快快乐乐地做自己喜欢的事情，自我感觉良好，那么已经足够了。

“这里面有暗示或什么特别的意思吗？”我说，然后禁不住自己笑起来。

“人生就是隐喻，你说怎样都可以。”她也笑起来，颈上的项链在阳光下闪闪发亮。看着她脸和微笑，我觉得 Ivy 的样子非常动人。

“我和你，都是一个隐喻。”

然后，我们继续这个幸福的下午……

将来的事，或者现在说还是言之过早吧。

十四

“为什么要走呢？”

“你不觉得留在这里没有出路吗？”

十五

那条鱼曾经遇过什么事情呢？会跟那个女司机一样吗？还是遇到一些可怕的事，最终无法回头？他大概是无悔的，当我们听到起跑的枪声，便要奋力地前进，继续走在人生的路上，无论结果如何。

各就位，预备……跑。

“虽然鱼和牛都各有不同的性格和路，但最终都走在同一个终点。”

“都会变成鱼蛋和牛丸，掉在火锅里被吃掉了。”

“为什么是鱼蛋和牛丸？”

“你不觉得吗？一旦被卷进了某种命运里面，无论你选择什么，结果都一样。所以呀，要找个快乐的过程，变成鱼蛋和牛丸便没有以后了。”

“我真服了你。那么我们不如说他们最终能走在一起，在锅子里再遇和相恋吧。”

“那也是个凄美的结局。”

十六

那种黑暗已经很久没有来袭了，现在我过着和以前不同的生活，你会为我高兴的，但那已经和故事无关。

人生是美好的，只不过人们习惯去记住悲伤的情节。我想我会在里面找寻快乐的部分，那是一个美梦。生命的河流还在那里荡漾着，在这幅壮丽开阔的美景面前，毕竟我们还得勉力前行，乐观地挑战命运。

我便常常梦到，那条弯弯曲曲，经过许多山川峡道的河流。鱼奋力前行，游出了河流，走出了大海。我在山上远远地看着她，仍依稀听见齐秦的歌声：

> 每当夕阳西下的时候／我都会在这里盼望你／天空中虽然下着雨／我依然，等待你的归期……

我依然，等待你的归期……

出走

“少爷，你回来啦。”

在祠堂的远处，一个老人家对我说。

“嗯。”踏过门槛走进堂内，我下意识地回答。

其实我不是什么少爷，这个祠堂，还有这位老伯都与我毫无关系。我是不可能存在于这个破旧的空间里的。

破旧的祠堂，一班衰老而寒酸的村民，让我想起黄飞鸿的长木凳。

我记起我家乡十年前的那个祠堂，我已经十年没有回去了。听说，一切都改变了。而这个祠堂虽然和我记忆中的一切一点都不相似，但我却异常地于这刻融入了这样的环境中。于是刚才我才会下意识地回答了老人家。

那些尘封的器具，还有屋顶那满布的蜘蛛网，不断地使我回忆。

“这几年都干些什么去了？”老人家问我。

“在工作，一直不停地工作。”

“挣钱好呀，少爷都长大了。”

“这里似乎一点改变也没有。”我想起脑海中的家乡。

“有些东西，是永远都不会改变的。”

老人家吃吃地笑，表现出满足和自豪。我并不理解，因为世界一直都在变。这里的不变是难以理解的。在我生活的地方与这里的强烈对比之下，这里显得好像另一个世界似的。老人家的笑声引起了其他村民的注意，大家都靠过来听着我们说话。

这里大概是准备举行什么餐会的，在祠堂内外都放满了枱，有十几张，不过大都是空着的，只放着筷子和碗。坐在台上的合起来才有十来个人，使得场面相当冷清。

“看来不会再有人来了，七姑，上菜吧。”老人说。

“本来有人要来的吗？”

“少爷，你不记得吗？本来每年这天城里的颁奖礼都会在这里举行的，可是这几年来他们都不来了。他们既没有告诉我们终止，也没有给予我们任何指示，于是我们便这样继续下去啰。”

“这不是很无聊吗？煮那么多东西又没人来吃，都几年了，你应该知道他们已经不会再来的了，又何必准备那么多呢？”

“那万一有一年他们又要到来呢？我们怎样招呼他们。你还记得吧，几年前城里面的名人、观众把这里挤得水泄不通，我们为他们准备食物，准备设施，刚才你也看到，祠堂外面的空地都准备好了。”

“老实说这是毫无必要的……既然这样为什么不上城里去问问呢？”

“问什么？他们的到来从开始便不是约定的，某一天他们到来了，从那年开始所有的东西就像出于某种天职关系一直在进行着。我们要去问什么呢？要问关于我们是不是有一个约定吗？那一点意思都没有，甚至是相当可笑。没有人会怀疑自己的天职，从来就没有什么约定，我们只是默默地做着自己认为应该做的事情，然后因着每年那点点的虚荣，看着观众一年比一年多，我们感到很高兴。”

村民们在这时都点头表示赞同，但并没有发言，我并不理解老人家的话，因为那并不合逻辑。如果他不是我的长辈的话，我一定会反驳他。这时，我选择沉默。

"其实我知道，这几年来的人都越来越少了，可是我们都已习惯，习惯了那些来宾，习惯了对来者的招待，习惯了准备这个盛大的宴会。可是他们不来了。颁奖礼没有再在这里举行，我们像傻瓜一样还继续着可笑的动作……"

老人又好像在赞同我的话。他弄着自己的卷烟，我呼吸着那烟草的气味，仿佛过去的某个空间从烟草的气息中透出来似的。老人家把烟丝用烟纸卷好，点燃随后舒缓地吐着烟圈。

时间到底流逝了多少呢？作为生命过程中的一员，我好像已失去了计算的能力似的。从我们出生、长大到死亡，一切都好像了无意义一样，我知道每个人都需要把握一些东西，我知道每个在身边出现的人都有其特别的意义。但对于他们的消失，我好像一点感觉都没有，好像连一点所谓印象的东西都找不到。

"少爷，少爷……"老人家在叫我。

"对了，那些人去了哪里？"

这到底是对我自己，还是对老人家的发问呢？刚才大概我想得太远了，几乎又忘记了这里。然而这一刻，我觉得这个问题相当重要。

"我不知道。村里的人也不知道。老实告诉你，在你没有回来的年月里，多少年呢？不记得了，总之村里也是有变化的。如果你还记得，你小时候祠堂总是坐满村民和来客的，对吗？村里和城里的男女老少都众首一堂，吃着盘菜、干杯、拍掌、说笑……

老人的神采又一次震撼我，他就像一个时间的收录者。

"然而你们都长大了，城里和村里的孩子开始对这个节目失去了兴趣。宾客越来越少，剩下都是我们老一辈的。再过几年，城里那些老的大概也不好舟车劳顿，也来不了。我想时代已不属于我们了吧，典礼的主办人也更换了。本来颁奖典礼是很精彩的……”

老人又在回味过去的岁月。他花白的头发、黝黑的皮肤，还有那身破旧的深蓝衣服，总让我想起爷爷。在那十年没有回乡的日子里，他在某年离开了我们，甚至我连他出殡的那天也因为工作的关系不能到场。

望着这个冷清的祠堂，我面前的三围枱，几个和老人家差不多年纪的公公婆婆，还有几个穿着起了毛头的衬衫的五十来岁女人。他们同时散发着一种我熟悉的汗臭，仿佛世界已把他们遗弃的味道。

不，不是世界把他们遗弃。我感到闷热，从额头沿着发鬓开始流汗……

“现在的颁奖礼，甚至现在的奖项都和过去很不相同了。”我说。

“我们老了，完全经不起改变。于是正如你所说，这里好像一点改变也没有，除了破败和苍老。对不起，少爷。”

“那根本没有关系呀，人老了便是这样。”

“我但愿你真的明白与谅解。”

“我像那么不明理吗？”

“不像，但有些东西你一直迷失着。”

“是吗？”我不置可否，“村里的年轻人又去了哪里呢？”

“你看不见村口的酒吧吗？”

我并不清楚。

“他们都到那里去了。闲时便到那里消磨时间，和以前都不同了……”

老人不断地摇头，反复地说着“不同了”三个字。菜上来了，是很久没有吃过的家乡菜。我坐在长凳上，拿起了暗哑得好像上个世纪的筷子去接触残留在往昔时代的食物，很美味。

“那间酒吧什么时候开的？”我边吃边问。

“是城里的人来这里开的，几年前。”

我对这间酒吧产生了一些兴趣。在此之前，我想先解决一些问题。

“能告诉我为什么我要离开这里吗？”我问。

这个问题，甚至关于我为什么是少爷、我为什么会来到这个地方等一切问题都一直在困扰我。

“这个你自己才最清楚。无论如何，只要你还记得我们这班老的，有空回来便好了。我们并没有期望什么别的。过去的事便随它去吧。”

“我想，现在我要走了。”我想到酒吧去看看。

“还没有吃完呢！”老人和村民都显得很失望。

“我会再回来的……”我在想着村口的酒吧。

就这样，我站起来匆匆往祠堂口走去了。不知道什么原因，我并没有勇气转过头来向他们挥手告别。我知道自己一直在说谎，甚至这刻，我还在想着那个酒吧。

我再一次踏过门槛，就在那瞬间，我感到背后已半点声响都没有了，无声，死寂，好像这十年来村里的破落都和我发生了密切的关联。这是无声的抗议，一直的。我没有勇气回头望一望，我怕看到村民那些落寞的眼神。

我还是走出了祠堂，往村口的酒吧走去。我看见店里的青年人在嬉戏，他们在忘我地作乐，疯狂的音乐在里面不断地传出，只有我的背后，依然一点声音也没有。

我远远地往祠堂望去。然而这时，那个破旧的祠堂，已经空无一人，祠堂也似乎更加残旧和古老了。

我非常难过。我知道，就在我转身的一刻，祠堂最后的那点光，已被我冷漠的视线吸走。

五公里外的酒吧

在我的想象里有一间酒吧建在长长的公路旁，好像一个小小而不起眼的油站，逃过所有极速跑车的追捕。它隐藏于奔驰过后的尘埃里，像某座大厦的尸骸内一只在雾中航行的沉船。

那是一家静得接近于死亡的酒吧，穿着白恤衫和黑背心的酒保一言不发地用白布擦着玻璃杯。那些杯子清洁得像新磨的刀刃，一个个整齐地排好在吧台旁。里面只有几张棕色的矮小圆桌，残旧的枱面上大部分酒杯内的冰已经融掉了，而喝酒的人默不作声，只是呆呆地坐着。偶然会从唱机里传出几个古怪的单音，或是钢琴的、小号的、金属物的敲打互击，然后又归于静止。只有某种周期性的声响，好像心跳般隐蔽地重复着。

可能唱机也是坏的，那张 1967 年的黑胶唱片，从来没有换过，一直在那里转动。黄土和灰尘在外面，偶然随风吹进酒吧。窗以异样的缓慢速度摇动，好像躺在浴缸里割了手腕的身体般，偶然在移动中发出细微的金属响声。旁边的窗帘也早不知道是白色还是黄色的，在微风里沉重地摆动着。没有任何一个女子靠在窗旁去看什么，窗外只有泥黄的路和平地，真实得有点虚假的蓝天，还有几片邪恶的云。

就像达利的画。

我从远远的某个地方驾驶着破旧的泥黄色开篷火鸟战车一直在无涯的公路上走着，不知要往什么地方。我反复地问自己，到底我要到哪里？到底我的目的地是什么地方？后来不知道过了多久，我也不知道自己身在何处了。

我原是非常轻松的，出发的时候一只手倚着车门，一只手控制方向盘，收音机夹杂着沙沙声传来肯萨斯的老蓝调。可是不知道什么时候，或者说当我意识到自己已经忘记了出发的目的、去处和自己身处何方的时候，我便再也无法回到原来的心情了。我不断地调教收音机的频道，有时会夹杂一些人声在说话，连所谓音符的东西都没有。不同声调的男女好像在谈论些什么，我完全听不懂，而且后来这种噪音越接收越多，喋喋不休地在收音机里发作。

在路上，可以接收的就只有这些了。没有音乐以后我便更加害怕。我双手紧握着方向盘，四处张望有没有可以询问的油站。可是自从某一刻开始，我发现油站不见了，连同应该会偶然出现的同路的车也一起彻底地消失了。

我看着火鸟的温度不断升高、看着油罐越来越空虚，正当我绝望地想到可能就这样在路上死掉的时候，这间酒吧远远便出现在我的眼前，而且奇异地我还看到有尘土飞扬仿佛刚刚才有一辆汽车离开。那间酒吧，穿过尘埃站在我的面前。

我踩下油门高速地驶往酒吧的门外，拿着车匙和钱包便冲进这间酒吧。猛地推开像西部片的经典酒吧小木门，小木门摇了好几下才回到原位。酒保和里面的人全往我这边望来，可是不到半秒又回到他们原本的状态。

酒保继续擦着那些已经不可能再干净的酒杯，左边的一桌两个脸红红的男人继续面无表情地对望。右边一个穿着灰色毛外衣的瘦子望着窗，另一个比较胖的继续观看他的杯子。另外五个穿着黑色西装的男人分散在余下的三张桌子，他们坐在有靠背的椅子上望着天花板。那个独坐的西装男人坐在一把吊得高高的铜色吊扇下方，大概是看着风扇的转动吧。没有时钟，地板的漆也早脱得精光，我站在门前好一会儿，然后手上扣着车匙一步一步走向酒保，脚步声和钥匙的碰撞声异常的清楚。

“一杯番石榴特饮。”

走到酒保面前，我试着说。这句话在空气中扩散至整间酒吧，而且好像加上扩音系统一般，显得比原来更加大声。可是酒保、店里的人，都没有对我这句话做出反应。我看着酒保的背，他刚才转过头往后面的酒柜，这时好像正从大大小小的酒瓶中找些什么似的，而手依然顽固地没有离开那块抹酒杯的白布。酒保和白布仿佛成了非常重要的组合一样。

就这样，我等了有一分钟，开始觉得有点不耐烦了。正当我准备要再向酒保重复刚才那句话时，酒保转过身来，露出了一个决定性的笑容。当我的眼睛遇到这个笑容的时候，整间酒吧像变异般发生了重大变化。

“番石榴特饮吗？是怎么个制法呢？”

酒保非常诚恳地说，而且脸上浮出了非常寻常也就是一般酒保业务性的笑容，而从里面还可看出他并不知道自己曾经怠慢了我。便由这句话开始，店里的人好像开始……应该说开始正常运动起来了。大家突然开始拿起了酒杯，也开始有规律地你一言我一语地说话。那个有点胖的男人坐在椅子上开始猛喝。“再来一杯！”瘦子不再望窗，转过头来边喝着啤酒边拿出笔记本在写些什么。他们也再没有好像拍硬照般呆着不动，手和脚都出现“正常”的“动作”，那几个穿西装的男人虽然仍比较平静，但还是可以看到他们碰杯，小声地说话。独坐的男子偶而看看手表……而且在同一时刻，唱机已正常地播放着柔情的巴乐曲，皮肤也感到这里比刚才凉快，连他们杯中的酒也能感到是极冰凉的。

这应该是说开始，还是回到某种状态呢？在我到来之前他们一直是怎样的情况呢？还是因为某些原因，在某个时刻开始，他们集体地进入接近静止的状态？难道我的番石榴特饮有某种特殊的作用？

我开始向酒保简单介绍这种饮料的做法。

“三份一的番石榴鲜果汁，三份一的伏特加，三份一的苏打水，有没有问题？”

我总觉得这间酒吧有些古怪，可是以现在的情况来说，却又相当正常。酒保迟疑了一会，然后又拿着他的白布转过身去。我在想，这次他把脸转回来后，会不会整个酒吧又变回我刚进来时的样子呢？那不就变成了好像一二三红绿灯般的儿童游戏吗？

酒保第二次低下头在酒柜里找东西。这次只是略微等待一下，我又看到他的笑容了。

“你这么一说，我才记起店里面还有番石榴汁呢，算你走运。”酒保一边抹着番石榴汁的瓶子一边对我说。然后，他就开始按我的需要为我调制这杯饮品。开始有人进进出出，我却怎样也听不见外面有开动引擎的声音。我坐在酒保前一边喝着特饮一边玩弄自己的车匙。

“小兄弟，从哪里来的？”

“从哪里来？”我差点忘记了自己为什么要进来。

“先生，首先请你回答我，这里是什么地方？”

“这里就是酒吧。”酒保非常满足地说。

“我的意思是这间酒吧位于什么地方？”

“这个我不知道，这里的人也不会知道，因为对于外面的事，我们都没有兴趣啊。”我看见酒保有些呆滞的表情好像又要浮到脸上。

“没关系没关系。”

“我是真的不知道，而不是不想告诉你，是真的，是真的……”

“噢，请相信我，先生，我是信你的。”旁边黑西装的一桌好像留意到我们的话，有意地听着我们，而且表现得非常认真。

“那么你到底是从哪里来的？”酒保这个时候，突然以审问的口吻对我说话。

“我……我来自一个跟这里毫无关系的地方，请放心好了。”我开始害怕起来。

“说清楚！”酒保这么一吼，旁边的人全都聚到我这边来。他们冷酷地看着我，偶然还可以看到一些冷笑夹杂其中，就好像士兵看着俘虏一样。为了自己的安全，我有必要尽快记起自己从什么地方来，要不然，我不敢想象这班人会不会把我虐待。

“那么请听我说啰……”我装作镇定地说，还疑心他们看到我额角的汗。

我住的地方只是一个平静而带着几分典雅面孔的小城市，里面的人不喜欢争斗，一切都非常柔软，甚至连时间本身也变成棉花糖一样。说没有质感也可以，但人们还是相当喜欢的。在里面的我们，每个人都过着平凡的日子，虽说日子也不是常常那么好，但总的来说，正如我点番石榴特饮一样，对于好像闷热夏天的太阳般的世界，我住的地方算是清凉而与世无争的。我们和你们一样，对外界的事也没兴趣，也什么都不知道，不想知道，那好了吧。

他们一边想象一边互相讨论我乱编出来的地方。这时酒保最先开口：

“那么你为什么跑来这里？”

我为什么跑来这里呢？“我忘记了。为什么出发，要去什么地方，这些都不记得了。”

“忘记了吗？照我说，这里就是你要找的地方吧！”酒保斩钉截铁地说，他又转过身去抹酒杯。他一边抹一边对我说：

“我老实告诉你吧，这里不在东岸，也不在西岸，这里也不是美国，你明白我的意思吗？但只要活在世上的人，都无可避免地要到这里来。这间酒吧，也就是说你身处的这个地方，无论你住在什么地方，都会和这里关联起来。”

我完全听不懂酒保在说什么，但可见他或酒吧里的所有人都对我再没有怀疑了。

“很多事你都不想被波及吧，于是你便逃出来。过去你以为不看电视、不看报纸、不从别人口中听到各种的消息，便可以在你所说的那个城市里面健康地成长。可是后来你发觉不行了，有很多你以为完全可以不理会的事闯入你的思想，你发觉自己受到这些东西严重地影响……而且可能已留有伤口。想着这些东西，你常常无法笑出来吧？”

“这里到底是什么地方呀？！”

“你可以说这里是世贸大厦五公里外的酒吧，一间立在公路旁，好像毫不显眼的老旧酒吧。”

“为什么你们的话我一句也不明白？”

“这就是世贸大厦五公里外的酒吧的意义。像我们这些死去的人，是可以安心地留在这里的。可是你不行，对于你所感知的事，你不能装作不知道，你必须要有反应。现在，你应该回去了。如果你不想自己生活的地方变成像这间酒吧一样的话，你便应该回去告诉他们一点什么。”

“为什么我一定要这样做呢？”

“因为你遇到了这间酒吧啊，即使在五公里以外，也一样会被重大事件所波及的酒吧啊。你在我们这里找到了重要的线索。你不单要知道五公里外发生些什么，你还要非常关心自己的城市，就好像你进来的时候一样，仔细地留意这里发生的每一件事。”

说到最后一句话，酒保转过头用拿白布的手指着我，我看见他的手非常用力地紧执着，最后才渐渐地放轻。白布好像降落伞似的慢慢掉在地上，同时，聚过来的人群也以类似的速度，逐一回到原来的座位上。他们的身体越来越接近于透明，就像频度不稳定时模糊的影像般，连声音也都无法接收，最后归于雪花。

“我……”

声音再次好像被放大一样使人觉得异常吓人。不知道什么时候，吧台上方出现一个极大的吊钟，钟摆发出巨大的声响。当、当、当、当、当……就像拉动开关一般，时针和分针移动了沉重的一格，我想起，家乡教堂里传来的子夜钟声。在夜里，钟声响彻四周，扩散到每一个角落。而五公里外的酒吧，隐没在无涯公路上的浓雾里，在黎明来临前，消失于异国情调的尘埃中。

手机

有一段时间，我几乎茶饭不思，对身边的事情完全不感兴趣。我知道有原因，但不懂得解释。后来，我选择每天疯狂地睡觉，不理身边一切事，睡到饿了便起来吃东西，然后又继续睡。听说如果能入睡的话，正如在进食中的状态，人不会把过多血液分配到脑部——也就是说，你不会再胡思乱想了。

当我进入第三日昏迷性睡眠以后，有件事还在脑海中徘徊（胡思乱想），问题非常严重。

“手机。”我很疑惑地想起了我的Nokia8310手提电话，还附带了一些哀伤。

为什么手机没有响呢？为什么我无法忘掉手机呢？难道我正在等一通非常重要的电话？那个人是谁？他／她的身份是什么？为什么没有打给我？还是我因为过分使用电话而出现后遗症？难道是因为我昏睡太久，把事情搞错了吗？后来，我连是否真的要等待来电都弄糊涂了。反正自此以后，我便无法再疯狂睡眠。

我看着手机，手机也看着我。突然心想是不是手机坏了。“如果坏了的话，我总得要修理一下”，我心里这样说。于是我把手机放在手上打量，轻轻敲了它几下，检查有没有外伤。确定没问题后，我试着拨了自己家里的电话，客厅在十秒以后发出了电话的铃声。如果试电话的话，最好还是用家里的吧，如果打给朋友，结果又要花好长时间说些客套的话，问问你最近的情况啦、说改天要一起去喝一杯之类。而且有时候，也不知道该说些什么。

“如果有个人不来电，而我又一直在等待，那一定是某一方不知道要说什么了。”我想。

大概不知道该说什么的人就是我。

在这个手机没有任何外在异样的情况下，我决定再深入看看手机的核心部分。我打开了手机所有的保护壳，前面和后面的。把电池取出，确定过每一个部件：金属的接触面、按钮、天线……没有一个不对劲。后来我连内部的小零件都用工具拆开看过，完全没问题。

或者你会说，很多人就是因为这样，最后真的把手机弄坏了。我倒不担心这个。因为在很久以前，这种事已发生过一次，而我用同样的方法拆开过手机。可以说，对于拆手机我还是很在行的，只是我不懂得去维修而已。

所有可以看到的外部和内部都仔细检查过了——当然，也不会有任何结果。因为我没有上手机维修的课程，只看外部是无法发现问题的。最后我把手机重新安装好，拿着挂有史力奇（就是卡通《姆明一族》里面那个流浪人史力奇）小人像的手机绳，几乎以完全放弃的态度把它吊在手里。那时候，很久以前朋友给我的劝告，突然像在枯井里喷出的泉水一样落在我脑内那片快要干死的田：

“请不要放弃呀！无论将来变成怎样，如果你放弃，就等于认输。”

我说，是呀，“无论将来变成怎样……”这可是我常常默念的一个句子，这是关乎我以往一切美好回忆的咒语。

于是我又重新紧握电话，就像即使战到最后一刻断掉了手臂也没关系的那种程度。我想还是要再拨一通电话确定一下吧。最终我打给电话本里面第六个号码，我的一个朋友。我的电话本里面，只有七个号码。有一个我注视了十六秒以上。

电话异常迅速地被接了。

“喂。”

“是我。”

“小声点。”他以非常隐蔽的声音说，就像隔着墙壁偷偷报讯一般。

“怎么回事？”

“你不知道吗？”他非常疑惑。

“我是来测试电话的，不知道为什么，总觉得电话坏掉了。已经好长一段时间手机没有响过了。”

“你不知道吗？手机已经不能用了，如果被发现会被监禁啊，关起来毒打的那种。”

“为什么？”我到底昏迷了多久，我是不是已经睡了很长时间呢？为什么在短短数天里，很多事都好像起变化了，仿佛一对情侣突然性的冷淡和变陌生一般的情景。对于朋友的话，我好像局外人一样无法回应。朋友便以非常急速而带肯定性的口吻继续说。

“为什么？你还问为什么？都因为你啊，因为你还没有接到那一通关键的来电！”

这句话就好像击中核心般刺进我的心脏，是种直击性的痛苦。松了手，电话掉在地上。友人在话机的另一方还“喂喂喂”地呼喊着。到底我在等什么人的电话，为什么这一通电话足以影响整个世界的运作。对于小说的世界，这有足够成立的理由，但正如一般传统的读者，他们多半会无法接受地摇头。“都是乱编的小说嘛。”

“那通重要的来电是什么呢？”

在一片混乱的呼唤中，我苦思着会是一通怎样的电话，试图唤醒自己的记忆。在概念清晰的同时，又有东西极力抗拒那些印象，“在遗忘中过去，在苦思中现在，为了我们的未来。”突然便想到要这样说。

假如你问我，如果没有手机的话，日子会变成怎样？那么我会写一个关于爱上女孩的故事。同样的，如果你问我关于女孩的事，我也会和你谈论手机。在这个时代里面，手机的重要程度我们很清楚。有一次女孩问我：

“如果没有我，你会怎样呢？”我们躺在那张熟悉的床上，望着天花板良久。

“就好像无法与世界好好地沟通一般，整个自我都无法和别人再好好地联结了。因为如果我们是网的话，如果世界是网的话，我们之间是彼此交错连接的，只有这样，‘网’这个概念才能好好地运作。”

“你不觉得这种比喻很无聊吗？”她不喜欢诗，但她是有足够想象力去解读诗意的，我想。

“正因为我们之间想法所存在的差异和相同，就构成了网，而不是布。空心的地方和实在的地方，存在的比例与线条，这些东西一旦改变，便不再是我们了。‘网’也不能再运作。”

或者其实她明白我的话，只是我有时跟她说话，会突然不知所措，对于一些事情也会变得固执起来吧。我知道任何的说法都是错的。因为两个人在一起，为的是让对方快乐，为什么我非要用那些无聊的比喻去惹她生气？为什么我明知道这样做她会生气还要继续做比喻呢？我知道自己想说很爱她，但结果又说出了一大堆废话。

没有手机是可以的，但生活一下子就改变了，变得做什么都不顺心似的。因为世界没有手机，所以世界也跟着改变。没有是可以的，但会缺少，会不完整，就是这么一回事。什么是主体和客体，这些事留给故作高深的哲学家吧。我只知道，有好多事我要向你们，要向我的爱人说明。

想着自己所关心的事，预言般地手机响起了熟悉的铃声。是宇多田光的 *First Love*。

“喂……”

事实就写到这里了，以后的事，就留给风去回答吧。

黑校园

前几晚，两个黑衣男子把张教授蒙着眼绑起来，拖到学校附近一条暗巷。一个男人把刀架在教授的脖子上说：“你是姓张的教授对吧？你教的那些科目，最好不要有人不及格。有一个人重修，你就少一根手指头，明白没有？”男人用刀把他尾指尖端的肉给削出来了，教授痛楚地喊了一声。说话的那个男人把他身上的绳索解开，再狠狠地往他的胃踢了一脚。

张教授现在带两个班，一本科班一硕士班。第二天上课，张教授仔细打量了班中同学。他认为本科班那几个经常与他作对的男生有可疑。张教授经常在功课上为难他们，因为他们经常在课堂上质疑教授的能力。为了报复，教授几乎每一堂都会问那几个人艰深的问题，希望他们在同学面前丢脸。表面上，他说这是为了让资质低的同学多关心自己的学问。他也在怀疑硕士班那二十个人，在那班里面，五个人很少见，十五个人坚持上课。上课的人之中，有一半在睡觉或做自己的事，只余下一半的一半在听他讲话，能回答问题。他也只向那几个人提问。

他心想，读书而已，不用喊打喊杀吧。虽然他平常很严厉，实际上他也不过是想比较像样地混教席。除非你得罪他，不给他面子，否则教授也不会特别为难那些买学位的学生。对学生严厉，只不过是对学校的交代。

一周前硕士班的美女向男友说怕拿不到学位，要温习功课，不能陪他去玩。她说，学校姓张的教授那科目要求多多特别难搞，男友因为没有女人陪伴非常恼火，找两个兄弟给教授点颜色去了。这件事，报纸没有报道、警方无法介入、校内的人少有听闻，连美女自己都不知道。无辜的张教授，因为这件事人品越来越好了，与学生说话时越来越恭敬。所谓校园，有关校园的恐怖，我们知道的太少了。

同窗

期末考试最后一天，他在校门外遇到两个人。那年他十二岁，命运由那天开始改写。他在学校不受人注意，成绩普通，能写作和画画，也参加体育比赛，但从来没有拿过奖。学校推荐他的原因，除了因为他是孤儿，主要看中他外语阅读力和听力，但考试和口语测验却没有显示出来。他在学校也不多说话，很多同学对他的声线完全没印象。

那两人把他带到办公室，详细解释了他未来需要学习的东西。他似乎是最后一个知道自己已被挑选。高中阶段，他转到另一所学校。对于这个新同学，班里的人对他早有充分了解，但没有人知道那些背景都由专人设计。课余他继续接受训练，主要是语言、应对技巧、机械操作和资讯技术应用。二十二岁，他按照自己的意愿到一家公司服务。与他一同入职的有不少同届大学校友，但大家都说没有在学校见过他。“我整天逃课，遇不到是正常的。”他笑着说。然后他谈了一些大学期间的趣闻，没有人怀疑他四年来都没有在那家学校出现过。

经过十六年的训练，他在二十七岁开始为组织服务。那年，他服务五年的公司突然被勒令结束营业，政府用奇怪的方式遣散了公司所有人。他被安排到一个部门工作。十六年前在学校门口把他带走的那两个人，就坐在顾问室里等他。自此，他再没有在这个城市中出现过。

八年后的一天，报纸刊登一名男子在敌对国被扣留的报道，当地政府怀疑他从事间谍任务。发言人指，侦查发现其个人背景经人为更改，而且调查员自他入境开始进行追踪，发现他一直从事与身份不符的工作。望着报章刊登的疑犯照，我突然记得中学邻座的他，以及他送给我的一篇自传体小说。

分手无间地狱

这么多年，我们一直处在分手边缘，可是无论如何却无法断然分开，这当中有我自己软弱的部分，也有他努力的部分。这些年来，他使我在经济上有优越感，把我照顾得无微不至，我很感谢他。可是从很久以前，当我看过他如何对待自己的下属，当我看过他如何打骂家中的佣人，甚至是自己的亲人。也许我曾经爱过他，对他有希望。只是当我看清他的为人，了解他如何理解这个世界，我便再也无法回到那个爱他的世界了。如果他不喜欢我，如果有一天他抛弃我，他可以对我有多残酷呢？这个问题一直在我的心里，我从尚有一点喜欢，渐渐变成对他存有戒心，甚至感到害怕。每一个替他工作的人，每一个与他有联系的人，都把他称为帝，没有一个人敢逆他的意志，他财雄势大，他权倾天下。每个人都说我是幸福的皇后，怎么总显得那么闷闷不乐，还叫我应该惜福，不要总是想从他身边逃脱。

我有试过逃走吗？没有，因为我曾经是爱他的，是他把我从一段卑微的错爱中拯救出来。我曾经无家可归，一直渴望被爱。谁会知道我当初一切的遭遇，都是他刻意安排，借以试验我的内心，借以从一段英雄救美的幻象中建立他伟大的形象。我终于知道了。

那天，他把自己最有期望的其中一个助手又给打个半死，为的只是不同意帝所决定的一个公司发展意向。君子爱财，取之有道。人不能为了自己的野心，为了巩固势力就埋没良知。你的产业王国是客户带给你的，是你最忠诚的消费者带给你的，你不能为了稳住发展就无视他们的需要。帝一言不发，眼睛瞪得老大，他听着助手把他一向的狡猾、专制、霸权逐一数落，最后就来到了把我拿到手的这件事上面。他根本是一个人渣。

事出突然，帝还来不及让我先出去一下，我们之间的秘密便已经曝光。恼羞成怒是他的习惯，他让保镖把助手按倒在地，开始一脚一脚地往他的头上踢。我被吓坏了，除了哭和喊完全反应不过来。助手是按捺了多久才想要爆发？为什么他那天如此义无反顾？

半死的助手失去知觉，帝向保镖打了个手势，然后他们便退场了，只余下我和帝。他说，没吓到你吧，问题都解决了。他怎么可以如此冷酷无情？难道他的批评有错吗？连我那么一个只懂挥霍的女人，都知道这助手的爱与善，他怎么可以这样对待自己的左右手？我仿佛感到刚才被打至半死的助手在我耳边用最后的一口气说，走吧，后，不要再迷信他口中所谓的爱，再爱也不过是棋子，再美也不过是美瓶。一言不合，可以掷碎。你不过是用以建立他伟大形象的工具，你的美、你的纯洁、你的自由，都是为了缓和他冷酷和不近人情的真相。所谓天造地设的一对，都是由他一手策划的形象工程。

我要分手，我说，连眼泪都收起了。你走吧，他背向我，好像断定我一定撑不过回到一无所有的从前，依然那么的自信和决断。可是他错了，比之于他的为人，一无所有的日子也未免太容易承受。我就那么走了，第二天，地狱之门才终于立在我的眼前。

我开始轮回在分手的无间地狱里，每天都要面对分手那天的血腥和残酷场景，而且似乎无论如何都不会有任何改变，直至我真心诚意地告诉他，我放弃分手的念头。

第一天，我又回到了那个办公室，看到了那个助手。他在我和帝面前说，他说的一切都是假的。我说，我要分手。助手的问题，被解决了。

第二天，我又回到了那个办公室，看到了我的朋友。帝说，你是被这帮猪朋狗友煽动的是吧？我说，这一切与他们无关。朋友的问题，被解决了。

第三天，我又回到了那个办公室，看到了我的父母。帝说，你知道你的家庭幸福来得多么不容易吗？我说，不要牵连到家人可以吗？父母的问题，被解决了。

这分手的无间地狱无异于折磨，为的只是让我放弃念头，继续回到他完美和谐的版图内。他财雄势大，他权倾天下，我没有任何办法可以与他对抗，甚至保护自己。我杀他，杀不死。我自杀，他救起。我们早已经没有爱了，而只是一场意气之争。

帝，你是个可怜的人，这个世界只有你无法对我放手，因为根本没有人愿意留在你的身边。你害怕我的离开，会把你虚有其表的一切瓦解，那些软弱的人，将如我一样奋不顾身在你面前说真话。我已经不爱你了，你是个可怜的人，这就是我将每天告诉你的事实。

我已经是个一无所有的人，帝已经剥夺了我为之欢愉的一切，自由、快乐、个人意志，我的至亲、我的至爱，我喜欢的生活。那么，现在轮到我让他进入我蛋壳般脆弱而坚定的失恋无间地狱，听我说出真相吧，听那些你不喜欢的刺耳的话吧，我要你终于对我动手，要你终于禁不住封住我的口，要你无法再装善良优雅不得不把我解决，要你终于在人前一次又一次地露出你的丑态。

帝，面对现实吧，你是这世界上唯一没有人爱的可怜虫。

CLARA

在一宗交通意外中，女孩受了重伤，昏迷中的她被路人救起，送到医院。几天后女孩从熟睡中苏醒，她的伤很重，身体动弹不得。警察来了，女孩感到晕眩，警察未开口问，她便说什么也不记得。医生也说，现在什么都不要想，好好把身体养好。然后警察、医生和护士一起离开病房。她望着天花板，眼前空白一片，好像突然被悬浮在白云之上，女孩想起了她的男朋友和她的家人。

没多久，门打开了，男朋友第一个走进来。他说，你要快点好起来，我们在外面看到阳光、看到草地、看到影子摇动树叶，我已为你写好了一本书，记录我们的故事与名字，就等你来作序。我埋在树下，等着和你一起去到那个山冈上，开始生命的寻宝游戏。女孩很想抱着男朋友，但她只能躺在病床上。男朋友用手指抹去了她眼角的一滴泪水，轻轻地亲吻了一下她的面颊，轻得快要消失的力度，如像虚无的祝福与安慰。

男朋友离开不久，她的家人来了。妹妹带头，悄悄地把门拉开，但女孩听见了。妹妹做了个鬼脸，然后便把门全打开了。后面的妈妈和爸爸原本面无表情的，见到女儿却装着欢天喜地。“没事便好了，出事后爸爸一直都很担心你。”妈妈抓紧女孩的手说。爸爸在旁边看着，好像想说什么，却又最终不发一言，他只是长久地凝视着女儿。女孩往爸爸方向望去，爸爸的眼神却畏缩了，匆匆地跑出了病房。妹妹走到窗边凝视着外面的天空。

“妈……”女孩想说什么，妈妈却往嘴边伸出食指，让女孩小声一点。妈妈说，我们明白的，我们明白你的痛，生命每天都在挑战人的承受能力，很多事都是意料之外，但你会康复的，你要有这样的信心。

爸爸从门外进来，眼睛红了一点，样子突然憔悴了一点。“我们要走了，还有别的地方要去。”说罢，妈妈和妹妹走向爸爸，离开前，他们三人在门边再一次凝望着女孩。女孩望着门前的三人，又忍不住哭出了泪水。这时候门又打开了，一位医生与护士非常紧张地跑进来。

在一宗交通意外中，女孩受了重伤。同车的男友、妹妹及其父母当场死亡。在留院的日子里，女孩病房的窗边总有蝴蝶飞舞，如像抱着鲜花的天使……

键盘上的猫

那天晚上因为头痛得要命，文章实在写不下去，于是请家中的小猫帮忙，看看能不能代笔写写。小猫跳上我的键盘上按了一轮，然后蜷坐在我的床头问我，不用写的不行吗？好像用说比较有趣。我估计自己是生病了，只能有气没力地说，用看的方法也另有一番趣味，而我正好就是用写的那类创作人。小猫说，真奇怪，直接一点不就好了，我现在跟你聊着，然后用iPhone录下来就完成。小猫喵了一声，还说这种音效，文字表达便完全办不来。因为头痛得要命，脑袋不好使，我只能躺在床上随便点了两下头。然后我家小猫便又跳回到荧光幕前，在键盘上把余下的文章打好了。

第二天醒来的时候头没那么痛，看着小猫写的文章满不错的。我扫扫他的背说，小猫真厉害，这个故事很吸引人啊，不如这样，以后这个专栏由你来写，我省下来的时间还可以去做点别的事。小猫问，稿费是归我吗？我说是，都给你买猫粮好了。一篇可以买多少罐？你省下的时间要干什么去？我说我会用来休息，或者把小猫的故事拍成短片。

小猫说："我就说嘛，还不如直接拍出来方便，还写什么呢？"我说，就是因为现在的人都不太喜欢文字，所以我才要用他们喜欢的方式，鼓励他们阅读。准确的文字也有助拓宽人的想象力，可以让影像的创作更加传神。如果人不重视文字，那么大家用的词汇将会更贫乏，内容将更空泛，也就是会倒退到要靠图像来传达思想的地步了。到时候人与人、人和猫之间，不就能打破语言的界限了吗？这是进步，不是退步噢。小猫这样说。

因为我家小猫比我更能言善辩，每次遇上这类话题我总是选择投降放弃。回过头想，还有哪一点足以鼓励人们投身写作的行列呢？这个问题，我决定下次要给小猫做命题作文才行。

一个脑残的日常生活

他总想把事情做好，可是结果往往让他大失所望。他不能一心二用，只要稍一分神，事情就会被他搞得一团糟。他在想，是不是所有人都像他一样呢？他女朋友很认真地告诉他是他资质太低。他不明白为什么他总是活得那么吃力。同样的事情，别人看起来做得特别轻松。

他早上由于睡过头，换了衣服没刷牙就出门了。因为这样，在上巴士前他先到便利店买了口香糖，然后发现自己没有带澳门通。时间有限，他只能付现钞，正好可以换点硬币付巴士钱。他手上拿着刚够的硬币，一边咀嚼口香糖一边等巴士。巴士来了，他把味道耗光的口香糖，用糖纸包好丢到垃圾桶。丢下的一刻大叫一声。因为他把手上的硬币丢到垃圾桶，把糖纸留在手里。

巴士站附近看到这一幕的人都不好意思笑出声音，他也不好意思继续留在巴士站。然后他就一个劲地跑到办公室，汗湿了一身，一个上午过去就开始打喷嚏感冒。他告假看医生，离开医院时却记起没有付款拿药，于是又得折返。拿了药快回到家了，又发现忘了拿就诊证明生怕被公司扣工资。他带着病恹恹的身体又跑了医院一趟，终于向医生重新领了病假纸，汗湿了一身，一个下午过去了，病感似乎也全消退了。

他受尽折磨地回到家，时近黄昏，没多久女朋友也回家了。他把这天的经过告诉女朋友，被女朋友狠狠地喷了一顿。

女朋友说“那么白痴的事你还好意思告诉我”，然后整个晚上他便处于被鄙视状态。他想帮忙做点家务让女友消气，可是他不会做饭。女朋友说那么你给我清理垃圾和开机洗衣服吧。结果他们当晚便分手了。女友说她实在无法再跟一个想把衣服丢到垃圾桶去，然后开机洗衣服却忘记放洗衣粉的脑残生活下去。

这样的脑残，你遇过吗？你。

疯人院的午夜

其实他并没有精神病，可是他买通了医院把自己混进去，他说这叫作体验生活。年少的时候他就梦想过要那么做一次，终于长到足够大、有足够的条件，他就那么住进去了。他经常在喝过酒以后假装自己精神病发作，然后让医生给他做电击治疗。他说，这样会有种痛不欲生的冰冷死亡体验，他总是不断地要求自己有各种各样的新体验，无视危险和后遗症，无视对自己和对别人的伤害。几次电击治疗以后，他得了轻度躁狂，但他说自此以后，他的身体有种飘逸的感觉。

这是所非常高级的医院，住了各种各样住得起高级医院的人，这里面有真的疯了被家人送进来的人，有装疯扮傻只为逃避现实的人，有只想安静地独处的作家和艺术家，也有一些他觉得根本就是暗地里监视他们的正常人，他认为那才是全院里面最不正常的人。他说他一眼就能看出每个病人的意图，他喜欢那些真正疯掉了而且感到快乐的人，有些人疯了但不快乐，一直念叨着自己流逝的时光。有杀无赔、手刃仇人。冷天说暖、暖天说冷，有些人疯掉了会继续伤害自己伤害别人，而他却有种自虐的心态想要接近这种人、想要了解这类人，但每次失去耐性时他就会狠狠地扇他们耳光，直至他和他们一起被抓起来锁到隔离间。

在很多人眼中，他和他们根本一样。私底下，他跟其他病人做交易，他给他们带酒和迷幻药，每一个夜里那些没有疯掉的人在麻醉品的驱使下会脱下自己的面具，当一回真正的疯子。然而，他们只是一直的哭，像被家人遗弃在游乐园的小孩一样。哭声在廊道间回荡着，月色之下有的只是孤独和恐惧。这一群对世界完全失望的灵魂，他们在深夜的疯人院中以化学药品解除了自己的禁锁，回到他们正常的状态。

睡

他在下午 4 时 35 分醒来，家里安静得能听见空调吹出的风，轻轻翻起了案上散落的某页。他揉揉眼睛醒醒脑，小心地打开睡房门。大厅里面没有人，另外两个睡房开着，也没有人在里面。他一个人在房门外环顾这一切，发现一种久违了的熟悉感，就像回到了多年以前单身的日子一样。

他觉得特别的饿，看看留在酒吧台上的手机，没有未读短讯，冰箱门上也没有留下字条。他一边小便一边想，怎么会觉得那么累、那么饿呢？他记得早上醒来以后，他身边还有两个宝宝，他的妻子用耳语把他弄醒，他们一起吃早餐，散步逛公园。温度正好，风和日丽的一天，偶然有几片云飘过，吹来一点点的风，自他们冒着一点点汗的背后经过。

多么美好的一天。可是一觉醒来，一切又好像回到了最初的最初。好像结了婚的他只是一个梦，而他依然是个等待期末考试的大学生，是一个人在家无聊得只想午睡的宅男。

他打开冰箱把喝剩一半的一公升装维他奶倒满了一杯，翻翻厨房里有没有可吃的东西，他看到饼干、快熟面，还有土豆片、紫菜等零食，他知道这些东西不是他的，但因为太饿，所以自己煮起了一个韩风的辛辣面，一边吃面一边喝维他奶。这种日子，占据了他大学大部分时光。然后，黄昏时分他也许会上学，如果不想上学，他会约朋友打麻将、唱卡拉 OK，这样一直到深深的深夜。直至清晨时分，他用尽最后一分力气，便躺在床上完全忘掉所有地昏睡过去，然后再等待另一天、另一个黄昏的降临。

他在下午 4 时 35 分醒来，入夜以前，他喝了维他奶吃了快熟面，作为他的早餐、下午茶餐或者晚餐。也许下一刻他便记得这只是一段回忆，但当他睁开眼睛的那一刻，感觉还是十分真实。

文献展及作为爱情史实的她

这将是我最后一次书写她。历史往往是小说最好的素材，但记录历史太困难，以致我们所知道的每一段历史都不尽完整，客观也只能是相对的。我们在这样的条件下寻找空白的地方，书写我们的想象，寄托我们的思想。今天是最后一天了，地点是澳门大学*图书馆，展览是明清澳门历史文献展。你也许会到展馆中去然后遇上什么人。人生的转变来自偶然性，都取决于你的决定。

我和她没有合照，一张也没有，从我们结识到分手的短短两年间，我们相约到海边到公园喝咖啡逛花市去音乐会，竟然没有一次要拍照的念头。最后能够拿来纪念的东西，只有发给对方的短讯以及网路（网络）上的聊天记录，我把这些东西拿出来，还可能让人觉得我是因为生活太乏味，所以胡乱编个女朋友出来。现在她的电话号码已经打不通了，爱情的凭据越来越少。

一个星期前，我在报纸上看到明清澳门历史文献展在澳大举行。很抱歉当时我又失恋了，百无聊赖之下我坐上 22 号巴士，打算到学校去转一圈散散心。进入图书馆后我第一眼便看见她，我怕被她看见，躲到暗角看着她一步一步走上楼梯，然后才按照她的路线，紧跟到上面去。她似乎在找某类文献，难

---

* 文中所述澳大为原址，今澳大已迁进横琴。

道她正在读研究生？她还记得我吗？有那么一刻想跑过去打声招呼，可是想一想我失败的人生又突然打住了念头。

我拿起了手机，从远处往她那边拍了张照片。我说，总算有一张她的照片了。虽然这并不能证实我们曾经相恋，也许还让人觉得我只是个暗恋着她不敢表白的害羞宅男，但至少这一张照片可以让大家知道地球上曾经有过这样一个美丽的女子，而我曾经爱过她。这篇文章、那张照片，也将会成为珍贵的史料和小说素材，让别人继续诠释这段爱情的“史实”。

走了，还在

自从他走了以后，她一直闷闷不乐，有人告诉我，她已经连续一星期失眠了。你不睡觉不行，身体会出毛病，这样是会死掉的。有人劝说，希望她可以从悲伤中走出来，重回正常的生活。可是，我并没有特别想活下去，可惜的是自己又没有寻死的勇气。我就只能这样活着，活在一个没有他的世界，继续无法接受他突然离去的事实。她说。

她并没有失眠，只是不愿意入睡。因为闭上眼睛，她便看到他。每一次入梦，她便回到了那个有他在身边的世界。每一次进入深深的睡眠，她便不再愿意回到残酷的现实，每一次醒来，眼前的空洞便仿佛要把她活着的期望与期待彻底吞噬。有时候，人想要面对现实，闭眼睡觉往往有害。这如同离开和死去的分别，假若只是离别，人便仍有期盼。

死掉是永闭双眼，这并不可怕，甚至可说是种解脱。可怕的是疾病、是痛苦，是年复一年的思念，是夜以继日的悲伤。有他在的时候，会觉得时日无多，想要好好珍惜余下的光景。他不在了，我们才懂得怨恨岁月漫长，不知何时有终结。我想要告诉她这些话，并非出于安慰，而是想让她知道，有些人能够明白她的处境，有些人能够听懂她的心声。就像已逝的人，默默从我们自怜的镜像中浮现，用我们自己的嘴巴，抚慰我们自己的心灵。

他一直在心里，从没有离开过。只是我们再求不得相见、求不得一个简单的拥抱、求不得牵手散步于林荫小道，说文学、论字画，叹息同时人逐一地离世，感慨年轻人的早逝。曾经以为走得比别人迟是值得感恩的事，最后才发现没有迟早，匆匆地去难以接受，有足够心理准备慢慢地走，也是一种折磨。

对有爱的人而言，离开本身，就有着千万种痛。每一种痛，都带着遗憾。

如像结尾的一天，开始

我被手机闹钟给吵醒，我把手机丢得老远，它撞在墙壁啪一声倒在地上，屏幕碎了。那又如何？我闭着红筋满布的眼睛跌跌撞撞地荡到卫生间，我睁开眼睛在镜子面前看着自己。你听到我说话吗？你听见我说话吗？我对着镜中的自己说。我把头探进镜子，发现了另一个自己。他扇了我一巴掌，然后把我推回来。他叫我刷牙、洗脸。我决定不打理头发，因为我觉得这样很好，我对镜中的自己说。他说无所谓，你喜欢，反正无论如何我也不会喜欢你。我对着镜子说了一个以 F 为字头的英文单词，然后给他比了比中指。我们的中指一样长。

天气热得要人命的夏天，四季气候都已不适合人类生存。我穿上白色汗衣、八分长牛仔裤和人字拖鞋，打开家里沉重的大门。门缝透出外头烈日带来的光线。不出五十年减去十五年左右的时间，全人类便要生活在室内和地下。不再叫地球人，我们是地下人。我想象自己在未来离开地下到地面旅行时，穿上反紫外线恒温防毒衣，像登陆月球一样从塔石广场的地下隧道步出地面，炽热的阳光想要把我的瞳孔摧毁，我会闭上眼睛。整个世界已像加上滤镜一样被删掉了绿色，如像迷幻的 instagram 世界。

我接过当天报纸：病毒蔓延、飞机消失、恐袭让人失去外出的冲动。地球最后的失恋者在五层楼的天台上发泄情绪，然后一跃而下，压住了一个得了绝症的妇人。两者的血引来饥饿的老鼠和失去情感的人群。麻木的警察和清道夫接到工作指令。人潮散退，仿佛被扑灭的一场大火。烧焦的居室，死掉的人，都不再重要了。

那天，我被太阳晒出了汗和泪水，我跑到妈妈的办公室给她一个深深的拥抱，我打电话给所有我爱的人告诉她们我爱她们。我假设每一天都是最后一天，我才记得爱。

梅花茶会

在老城里，一株老梅花树快要死了，这一年开的花特别的少。有人说它不合时宜，打算拔掉换成另一些建筑。知道这个消息以后，人们纷纷表示关注，说到梅花与这老城之间的感情，但拔掉梅花的决定似乎没有受舆论的压力而改变。保留梅花的呼唤，没有人在听，眼看离别之日越来越近，一帮有心人决定站出来，为梅花做一点事。他们发起了梅花茶会，希望在与梅花分别之前，为它好好地书写和记录。

那是一个特别寒冷的冬季，人们拿起了笔和纸，为梅花作诗，为梅花画画，为梅花弹琴。梅花茶会的那个下午，人们早早围坐在梅花的身旁，开始展示和诵读着自己的作品。主持人为每一个来者泡茶、送饼，感谢大家的到来。有人说起了梅花树周边曾发生过的故事，关于青春与成长，还有关于老城的变化和人们的衰老。老梅花树默默地听着他们的话，远方大型机器的发动机升起了灰灰的烟，让她想起了古早以前用柴枝烧菜做饭的日子。茶会一直开至深夜，直到最后一个茶客都沉默了，主持人便向每个人送上一枝从远方买来的梅花枝，然后宣布茶会结束，人们便陆续散退。梅花茶会那天，还有不少媒体到来采访，记者回去以后，都带着很深的感情报道了茶会和梅花树的命运。

梅花茶会，是老爷爷离开以前告诉我的最后一个故事。当时还是小孩的我，迫不及待地问老爷爷，梅花树的命运最后有因为茶会而改写吗？当时，老爷爷只是笑看着我，一直抚摸着我的头发。直到最后一次看到老爷爷，他才终于肯把这故事说完。

“梅花树有没有改变命运已经不重要了，重要的是我们改变了读过老梅花树故事的人。梅花茶会看似是怀古，实际上是传承。这是老梅花树的最后使命，这是她给我们上的最后一堂课。她的枝叶，其实已在我们心中种开了。”

书写我城

自传

这只是一篇网志，你真的千万不要当真。

一

十多年前我还是中学生，那时候完全不用想赚钱养家的问题，升学就业也不是即时需要解决的事，大多数人像我一样，读书时代能快乐过一天就是一天，学校的功课过得去便算。在当时，最让人期待的是参加学界体育比赛，或者交个漂亮的女朋友，让她在我们每次比赛时都准时到场。我想当时的女生也是差不多的想法，交个运动健将高大威猛的男朋友，无论到什么地方去都无所谓。正因为这样，学界体育特别惹人注意，每次有重要比赛，学校的男男女女都跑到球场去打气，男的看女、女的看男，比赛的情况怎样倒不是很重要。

恋爱和体育比赛的满足感，直至今天还让人非常怀念。很多人都在运动成绩和恋爱成就这两方面的价值认同中一步一步成长。虽然看上去两者对我们的未来没有什么帮助，但以当时中学生的我来说，管它呢，日子就快快乐乐地过吧。

高中读了三年，不合格的次数和怪事一样多，很多第一次、很多破天荒，每件事总算有惊无险，回过头来想很多事情其实相当不可思议。

有年夏天，我把一双鞋放在校队储物柜，门是好好地锁着的，第二天鞋却不见了。我在校友网站发帖寻鞋，心想必定是某个仇家给我玩的恶作剧。过了几天我打开储物柜，是有双鞋子在那里，款式和颜色也一样，不同的只是从破球鞋变成新球鞋而已。此后，好几次在学校训练完，我都发现自己某些东西不翼而飞，然后又突然重新出现。

有一晚，有个女孩子打电话给我，问我是不是某某。我说是，她便说她的学生证在我手上，问我可不可以把学生证送给她。我问她送鞋给我和拿走我东西的是不是都是她做的。她说是。我便问她为什么要这样做。

她说，她喜欢我一边打篮球一边唱歌的样子。

"可不可以跟你做朋友？"

"聊聊电话，也没什么所谓。"

自从我把学生证送给她以后，我们几乎每天都通电话，一般是在深夜，有时候会聊到第二天清晨，这种情况好像持续了一个月。后来因为影响我上课和训练，情况越来越严重，我们才把通电话的时间缩短。

我大概知道她是哪个班，但那一个月以来，其实我没有亲眼见过她。我从电话中知道的，只是她的一些基本的生活情况，这可能跟我没有特别在意要知道什么有关。

她说她家住在当时仍被称为澳督府的地方附近。我住在北区，活了十多年，到南湾、西湾那边去的日子十指可数。她说她每个周末都会和朋友一起去唱卡拉OK，要不然就会到香港购物。我每周末要么是在篮球场度过，要么就当水客带些货物到拱北卖，然后和几个跟我差不多背景，手上没什么钱的伙伴吃碗酸辣粉。

我从来对有钱的女孩子都没有非分之想，第一家里穷，第二我不是那种样子看上去很讨人欢心的小白脸。我一身汗臭，也不是学校的读书精英。

我和那个有钱女孩的感情维持到我交了女朋友，后来听说她要跟新交的男朋友一起往外国读书。

其实故事是这样的。

开始聊天后的一个月，我因为好奇，想去看看这个有钱女生的模样。因为按照她给予的提示，绝对吸引所有男生：一米七身高，长发，皮肤白，记认是脸上有一颗小痣。于是，某天我在学校其中一节小息时偷偷在她班房附近留意了一下。果然出来了像她所说的那么一个人，我呆了一下，因为确实挺漂亮的，而且胸脯也发育得很不错。她发现了我，向我笑了一笑，然后好像有意地和姐妹们一起走开了。

接下来一段时间我的 ICQ 突然热闹起来，好几个自称是 A（即那位有钱女孩）的朋友的人，在网上加我为好友，主要是鼓励我有兴趣不如约 A 一起出去玩。我推说自己很多事情要做，要训练要比赛，而且成绩也不是很好，我的家人有意见。这当然一听就知是借口，某姐妹更说不妨一起出来温习功课，叫 A 请个补习老师就行了。

后来，也就是最后几次通电话，A 都说起请补习老师的问题，还说到过去她请的补习老师有多厉害。我问她为什么要对我那么好，不是很奇怪吗。她说她过去对待所有男朋友都是这样，而且我为人好，没有因为她有钱才跟她做朋友。她后来说了几个以前男朋友怎样骗她感情和钱的事。

因为请补习老师这件事，我借一次与她姐妹聊 ICQ 的机会，告诉她我没有条件追 A。

其实这种感情牌面很明显了，大家的生活圈子不同，一个人谈汽车，另一个人还在想怎样做兼职赚钱买电单车代步；一个人讲消费，另一个人讲开源节流，你可想而知那一个月我和她聊电话时心理有多不平衡。

当然，我也非常感谢她喜欢我，从来让人喜欢这种事，我都是来者不拒的。我从网上告诉该姐妹说：

“其实主要是我觉得我和她两个人站在一起不太协调，不太相衬。没有什么的，做个朋友没什么。真的要相爱，我怕是一件很复杂的事。”

“你是不是有意中人啊？唉，A一定很伤心了。”

“听她说的，她也有不少男朋友，不至于伤心吧？”

“那些都是闹着玩的。有时候一个人认真起来，真的可以非常认真。”

说这句话时我还没有找到女朋友，可是过不了几天有个不怎么特别的女孩子向我示爱，而我竟然答应了。A一定是看到我和那些女孩子在一起，后来便再没有打给我。我没有她的电话号码，好像从来就没有想过要给她打电话，于是也就没有想要她号码的想法了。而我甚至还没有当面向她说过一句话。这种事，来也匆匆，去也匆匆，一转眼我已经忘记了。关于A后来离开学校以及交了外校的有钱男朋友这些事，也是她的姐妹在网上告诉我的，真假无法判断。后来，她们也不怎么和我聊了。

数年后，大学时代我失恋了，有一晚喝了很多酒，宿舍内所有人都陪我醉倒在地上，我跑到厕所不断狂吐，头也几乎昏倒在马桶内。那一刻我竟突然想到了A，以及她的姐妹所讲关于“认真”的话。

一个人怎样才叫认真？

当时想到认真这回事，纯然是因为自己轻易被女孩子甩了。记得A，也一定是怀念起中学时代那么容易便交到女朋友的快乐日子。为什么我们好像越长大便越难获得快乐？早知这样，年轻时便应多骗几个女孩子上床啊！大学时代，我真的这样想过。

二

十多年后的今天，我遇上了经济很坏的一段时期，发觉自己不能像以往那么单纯地活着，不能像中学和大学时代那样一心只为快乐地过日子。我有很多事情要照顾，十多年过去，我从很穷到变成不怎么穷了，我似乎已经无法接受一无所有。不久前，我有一份不用太多学历、只要面带杀气就可以上班的工作。我的日子过得很好，我除了经常脸上挂着杀气，基本上仍保持我自己的人格，就是A所说的让人感到“人很好”的那种感觉。

为什么我又想到A了？因为这是一个关于A的故事，这是一个关于澳门这个城市一些极普遍的事的故事。

我这样一个好人，竟然在经济不好的时候首先被裁掉，这是什么世界。

我的那些曾经和我一样穷的伙伴们，他们都过着和我类似的生活，他们不少都在赌场上班。其中一个伙伴说：

“老友，你这个人不八卦，对别人的事不感兴趣，又不热衷于听小道消息，你这样子工作是做不大的。”

另一个朋友说：“你整天和我们这班打杂在一起有什么用，你去和上司吃饭喝酒去啊！工作是要做，但你不拍马屁，老板不认识你。大难临头，谁会帮你？”

我说：“我默默耕耘，认认真真做事，大家都好像很喜欢和我一起工作，为什么会这样？！”

朋友经全体会议，很老实地对我说：“你这个人真是单纯得要命，你多努力工作也没用，在澳门，你不多认识几个朋友便肯定饿死！我们这些人帮不了你，你公司那些好像很喜欢和你在一起的人，其实背后不知道说过你多少闲话。这世道你不认识几个有头有脸的人，谁也不会在乎你。”

我那刻才发现，我的那些过去和我一样穷的伙伴们，原来都在不同的公司、单位和部门，认识几个好像能说上几句话的人。我的那些过去和我一样穷的伙伴们，原来或多或少都有一些网络和情报渠道。我以为自己最先知道的事，原来他们一早便知道了，他们一早收到风了。说我对别人的事不感兴趣，确实没有说错。

我失业了大约三个月。在这三个月里，我投了超过三十封自荐信，按照报纸的招聘广告应征过不下三十间公司；伙伴们听说某公司缺人便告诉我，我按照他们的消息，也写过七八封几乎像乞求工作一样的信，可是情况依然黯淡。

我开始花费大量时间在上网，每天都待在 Facebook 社区上，写写即时状态，和不同的朋友搭讪，或者整夜在玩那些简单得有点低智的游戏。我也趁这段时间在 Facebook 寻找一些失联已久的朋友，看到个人头像比较漂亮的女孩，也会随便加为好友。在这个一切都是公开的网上社区里面，我的失业的惨况在朋友你一言我一语的支持下，得到了一些安慰。

10 月 2 日，国庆节翌日。我的即时状态：盛世澳门，失业青年。

10 月 3 日，下午 5 点。我的即时状态：刚刚醒来，醒来像睡着一样！

10 月 3 日，下午 6 点。我的即时状态：在澳门，唔“识人”真的会饿死吗？我好饿！

有几个内地朋友在即时回应中问我何谓“识人”，我说意思类似于“认识几个有点权力说话有力的人”吧。国内的朋友说，整个地球都是这样。

10 月 3 日，下午 7 点。我在网上说：人生是一张白纸，命运像碎纸机，很多条出路，每一条都步向灭亡！

那天晚上，我开始埋头在 Facebook 内写博客文章，详细介绍这三个月来找工作的经验。很多人留言，普遍的意见是：“现在澳门的环境是这样了，这段日子你一定要坚持。”大家好像又习惯性地开始谈论外地劳工和求职手段的分析上去。

我只是太无聊，上网写点什么，只是为了不那么寂寞。而且上网打发时间，其实最接近于年少时到球场做运动，都不用怎么花钱。

凌晨 12 点在房间的键盘敲打声中总算过去了，10 月 4 日清晨 4 点，我收到几个朋友清单以外的人发来的私人讯息，都是些鼓励的说话，加了这几个新的朋友，最后总算可以因疲倦而沉睡下去了。

三

事情在那天之后有了变化。

星期一，我收到一家大公司的电话，要我去面试。我按照过去每一次面试前同样的预备动作整装待发，再根据网友们提供的一些意见，在事前做了一些资料准备。

因为第二天便要到那间公司面试，所以整体来说自己的状态还没有此前到其他公司面试的情况好。而且说来也奇怪，自荐信发出了近三个月，现在才来电找我，确实也不合情理。面试过程也相当可疑。

面试当天会客室里面有三个人，其中一人一看便是“我说的才作准”的领导人物，另外一个估计是人事部的主管，最后一个话不太多，有点像秘书，也可能是管财务的。后来我知道那个人是该公司大老板的其中一位秘书。

谁都没有自我介绍。

领导人物说：“郑小姐说你这个人工作很认真，是个不错的人。你懂得做什么？你打算在我们公司参与什么工作？”后来我知道，这个人是该公司的执行总经理，也是大老板非常重用的亲信。

“郑小姐？”

“郑小姐是你的朋友吗？”领导人物问。

“我……”

领导人物有那么一刻露出了一个怀疑的眼神，但很快又好像突然想到什么般回过神来，就像从来都没有说过刚才的话般重新开始提问。

“那么你认为自己适合到我们哪个部门？”

“我之前在贵宾厅任职公关，过去也曾当过一些贵宾的临时保镖。至于任职什么部门，其实我也没有所谓，能继续当公关当然好，如果没有类似的工作，其实干什么也无所谓。家中有年迈父母要照顾，弟弟又刚上大学，最需要的是有收入，其他倒是其次。”

“求稳定的人。”领导人物说。“你先到秘书处去帮忙，工作也没什么特别的，希望你能做得开心。”

还没有上班便那么关心我，这个面试可谓完全没有压力。领导人物望了一下貌似人事部主管的那个人，回头对我说，月薪方面会按照我在贵宾厅时的工资付给我。然后人事部主管问我过去的薪酬。接着领导人物向我介绍那个公司秘书，说她将会是我的同事，她会在工作上协助我。

领导人物问我什么时候可以上班，我说随时都可以，越快越好。

领导人物说，那么明天就来上班吧。

就这样，我便离开了失业大军，回到了正常的轨道。

当时，我完全对这个姓郑的没有概念，后来我知道，这个姓郑的，原来就是A。

四

我发现这件事的过程十分漫长。

上班最初的一段时间非常无聊，奇怪的是若我没有主动去问有什么可以帮忙，基本上没有人会给我工作，也好像大家都不太敢叫我帮忙似的。大家都对我异常的客气，连秘书处的主管跟我说话，都是前一句“辛苦你了”、后一句“麻烦你了”的。

我开始像我那些伙伴们一样，试着到处听听八卦，学会了从同事的口中获得各种各样的流言和消息。

有人听说我是大老板女儿的好朋友，后来不知怎的，演变成了我是大老板的干儿子，反正因为大家都认定了我是大老板派来的闲人，所以大家都不敢招惹我，对我极其小心恭敬。

因此，我的工作没有压力可言。我想做的，他们不敢不让我做，我有困难，只要开口，他们就算再忙都硬着头皮帮我。我负责的工作，一般都非常小心地处理，但可以肯定的是，除非大错，否则做错了也不会有人怪我。

我按照我那些伙伴们说的那样，开始在这间公司建立自己的关系网络，因为“外面”都流传我是大老板身边的神秘人，所以无论是对内或对外的工作，其他人似乎都给我一点面子，处理事情时也比其他同事更得心应手，所以我便很快把秘书处的事情吃透了，开始负责更多事务。陆陆续续有人找我帮忙，有困难的事，他们就求我来出手，领导人物执行总经理先生也对我的表现很满意。

我按照伙伴们的建议，经常找机会和领导人物一起吃饭喝酒，渐渐也就成了他的一个伙伴。我尽量帮他做事情，协助他解决问题，他便越来越信任我。我是从他口中得知郑小姐就是A，以及A的其他事情。

有一天，领导人物说大老板想见我，要我到大老板的家去。领导人物让我把握这个机会。

从我进入这间公司直至往大老板家中，时间经过了三年。

大老板的司机开车来接我，那时候我已经可以很得心应手地找到办法，让这种事情很快成为公司中的一些八卦传闻，这样一来，我的“背景”也就让人觉得更加神化、更加可信了。

大老板是个没什么头发有点像笑佛的五六十岁男人，我向大老板问好，他确定了一下我的名字。

“在公司做得愉快吗？”

“托老板的福和总经理的关照，这几年都过得很好。”

大老板哈哈大笑，其实这种话，我也是学我那些以前和我一样穷的伙伴们说的。

“小A就经常说你这个人很会说话，果然闻名不如见面。小子，你和小A认识多久了？”

我可不可以说自己认识A呢？甚至我上班至今，我都没有见过她，也没有在电话或网上聊过一句话。

“最初认识是在中学时代。”

“对对，哈哈，她说你是她师兄。”

“最近小A失恋了心情很坏。小子，你不如去陪陪她吧。”

我突然又想起了一些事情。然后婉转地推说最近公司的事比较多，手上的案子也不少，而且近年（其实是从来都没有）很少与A联络。听着就是借口，惹得大老板好像有点不高兴。

“我的宝贝女儿常常在我耳边提起你，说你在学校和工作上的事。当年你失业，她来找我帮忙。若不是亲密朋友，她是不会开口叫我帮忙的。你们之间的感情到什么地步，我很清楚。公司的事你就不要管了，好好照顾我的女儿吧。”大老板也不客气了。

“过去很多小朋友从小A那里找好处，我也由得他们玩，反正大家都不是认真的。现在小A都二十多岁了，唯一一个还挂在嘴边的人就是你，我相信你们之间的感情不是那么简单。你也差不多到考虑人生大事的时候了，你应该好好想一下，你现在所得的一切，是否得来不易？我话就说到这里。”

我仿佛又回到了十多年前那班A的姐妹们怂恿我与A约会的情况。是不是在有钱人的理念里面，根本没有一个可以让她们信服的理由，给我拒绝和她们恋爱。我说成绩差，她可以给我补习老师；我说自己穷配不起她，经济也有困难，于是突然而来一份优差，突然出现一个很多人一辈子都遇不上的机会。现在我经济没有问题，身份也勉强可以见得人了。我是不是就可以忘掉过去的一切，用非常纯粹的心来和她恋爱？

其实，我只见过她几次。我们只通过电话。我们唯一互相了解的渠道就是网络社区。这些年，可能她都在偷偷地观察我，从网上了解我的生活。而我对她的认识，完全来自于她的身边人。

这个时代容许这种相处方式和了解方式，这个城市允许这种事实和现实，这个世界其实不怎么讲道理，极度人治极度任意。其实在这个城市混久了，我自己也就越来越不认真了，但这样一来，我却更容易接受、更不易难受。多考虑自己是否受惠，少讲究原则、公平和合理性。

不过，一个人从十二岁开始一直默默地看你、默默地支持你，也算得上相当认真严肃的事情，对吧？

“小A现在想必已成了大美人吧？”我笑说。

“小朋友，你就是一世够运。”

大老板笑着离开客厅。

网上的我到底是不是真实的我？别人口中的我是不是真实的我？是又如何？不是又如何？时间久了，网上的我留下的痕迹，传闻中的我留给别人的记忆，都将渐渐成为真实。我算不算证实了这一点？

新时代的人，用新时代的方式生活，只是这样而已。

其实谈谈没有感情基础的恋爱，也没什么所谓。如果两个人注定要在这辈子恋一次，最好不要逆天而行，只要好好掌握游戏规则，认认真真地做个出色的玩家就好了。简单事情复杂化，复杂事情简单化，命运和天意，特别在这个城市，一般只会优待活得有技巧的人。多和几个人好好交往，估计不会吃什么亏，而且绝对不会让你饿死。

离开大老板家前，发现A就倚靠在大门边，身上穿着睡袍。她和十二岁时一样漂亮，轮廓更加性感。我突然想到那时候自己和她那班姐妹团聊ICQ的时候，可能她也是这样靠在荧光幕旁看我们的对话内容吧。

嘻，看着她，我笑出来了。她也跟着笑起来，然后说了声“Hi”。

我说：“我走了。网上见。”

“好啊。”她用很快的语速说，然后便别转过头在偷笑。

这是她和我面对面说的第二句话。

回到家中，我登入Facebook，在即时状态栏说：

穿着睡袍的你很性感，可不可以面对面和你做朋友。

署名FTC Girl、个人头像为吉蒂猫的网友第一个回应。

“好啊！逛街看电影吃饭唱K，看你。”

五

开始，即终结。

终结，即开始。

故事，是从我点击那个署名为FTC Girl、个人头像为吉蒂猫的Facebook网友的联络资料开始的。

我和A的故事，我的生活与爱，还将继续写下去。

这一次，我一个人来到这里

四月是一个很特别的月份，我曾经和她，分享过四月天的天气，在电话中唱过歌，一同庆祝过生日。一转眼十年快要过去了，其实回过头想，澳门并没有太大的变化，这十年来我们走过的路、逛过的街、遇过的那些人，不过大同小异。一个时代人的记忆，大部分流转于这些小街小巷。开着小机车，在节日里看着闪着蓝光的灯饰，想起曾经心爱过的一些人，最后才会联想到那时代的大事盛事。个人的大事，最终被描划在宏大的背景之下，多添加了几分意义，却没法让记忆多添几分诗意。

我以前经常会梦见她，即使分手了一段时间后，即便是现实生活中已出现了另一些伴侣，但在梦里面，她依然存在着，并没有跟我拉开距离。

梦里面我们一起坐在长椅上，从午后一直坐到夜深。我们不断地改变自己的坐姿，有时合膝、有时半躺、有时互相依靠，累的时候她把头放在我的肩膀上，我有时则干脆躺下来把她的大腿当枕头。她一直抚摸着我的脸和头发，我一直闭着眼睛。然后，我张开双手，把手放在椅背上。她就在我的臂弯之间，我却始终觉得自己无法紧紧地把她抱着。有那么一种感觉一直存在于梦里面，我们只能把视线移向远处，很远很远的地方，从来没有勇气很认真地去凝望对方的脸。

很久以前某年的四月，我们就那样一直坐在长椅上凝望远处。远处的工地传来规律的打桩声，天秤支架在空中缓慢地运动着。眼前的一切都那么真实，却始终让人有那么一丝不确定。我无法说出“这就是我的地方、这就是我的城市”之类的话，正如我无法理直气壮地告诉别人，她就是我的爱人，我曾经和她心灵相交、曾经与她炽烈地相爱过一样。人间四月，总带着一丝梦幻，雾还没有散退，天气依然潮湿。这一次，我又一个人来到这里了。

板樟堂的倒数声

我们每年牵着手，走到人潮如涌的议事亭前地，在除夕夜迎接新的一年。和着人群的声浪，放声倒数。每到这个时候我总是非常厌烦，我对女朋友说：

“太挤了，莫非澳门人全都那么无聊吗？全都挤到这里来干吗？”

熊猫眼先生在表演台上指挥我们，告诉我们这一年还余下多少时间，来年还有几秒到来。板樟堂这一条大长廊就这样涌满了相恋、单恋、痴恋、失恋的人，还有一些工于心计把儿女私情抛诸脑后，或为报私仇也一早把感情放低的各式各样的人，都聚集在这里。

“三……二……一，Happy New Year！”熊猫眼先生高呼，烟花特效同时启动。

这是好几年前的澳门，和现在没分别，夜灯依然不停地照耀着这个城市，甚至可能更现代、更热更亮。而这里是板樟堂，你应该非常熟悉的地方。

如果说，大三巴和妈阁庙是给外来者记住澳门的话，我们自己最应该记住的是板樟堂、是水坑尾。我们或者终此一生在澳门生活，除了回家的路，走得最多的可能便是这里。我们逛街、我们购物、我们吃喝，一个人两个人或更多更多人。我们通通来到这里，然后在不同的方向分别。

我投稿《澳门日报》，从蔡高走上斜路，看着雅明对面的《澳门日报》门牌已经翻新，而这样步行的方式未变。几多人写澳门的爱恨情仇，你如何证实故事中的儿女曾经在澳门活过？

所以你看到，他们有些人在板樟堂相恋、在板樟堂失恋。他们在其中独行，静静地想着明天。一大班人在其中来来回回，路边有车飞过，黄昏6点，水坑尾依然有人行色匆匆。我们在其中写下了很多回忆，就如电梯上那些孩子的涂鸦一样，当你走过，你便记得。当你离开，你便怀念。

“好了，好了，可以走了吧！”

倒数仪式过后，我迫不及待地对女朋友说。这时的人潮仍未散去，我站着的地方已经差不多到玫瑰堂了，其实根本什么都看不见。

“这不是很热闹吗？”她还是很开心地说。

“你知道我不喜欢人多的地方。”

她没有回答我，依然探头张望。她到底在看什么呀，根本不可能看见。要听的话听FM100.7便好了。

乔捷，你不觉得在澳门这样的情景非常美妙吗？你有没有想过在高处望下来，那幅图画会有多漂亮吗？在细石地板上，一条站满人的澳门长廊。在那里面有澳门人、有香港人、有其他旅客，有黄皮肤、有红须绿眼，最重要是有我们两个呀。我们被两边老旧的建筑包围，好像正带着这些东西，一直通向前方一样。倒数就像是历史的回顾，我们在满带着历史果实和伤口的议事亭前地，看着我们自己。我们在澳门，又共同经过一年了。

女朋友这样说。我终于受不了，决定独个离开。我随着一些人往后退，在凌晨的路上，有人在热闹的街道上嬉戏，他们向认识和不认识的人说新年快乐，向我们抛花纸碎。女朋友跟了过来，一边走一边非常高兴地和那些狂欢者互相祝贺，然后闪避他们的花纸碎攻击，我曾经不屑这种笑容。

我双手插在裤袋里面，就是无法现出一点欢乐的表情。

“你就是不能投入这个环境……”

她挽着我的手，我能感到她大衣里面的热暖。我伸手牵着她，在取暖。心情有点混乱。

突然想到，最终，我们还是要分手的。

于是我提出分手。问题很明显，她喜欢热闹，我喜欢安静。就当是我不希望再在除夕走在喷水池，和我们那些无聊的同胞玩沙甸鱼游戏吧。

女朋友只管哭，一句话也没有。而我最怕听到人重提旧事，把以往的承诺通通拿来要求兑现。所以我决定在此之前离开。不过我知道她不会这样做，或者我只是怕一旦真的如此，自己不知如何打完场而已。算是和平地分手吧。

自此以后，我一次都再没有去过除夕倒数。后来我结识女友，都附带一条——我对任何的热闹场合都没有兴趣，特别是除夕倒数。有些女友会在那天陪我留在家中，不管做什么也好，反正就不要在外面和人家逼迫着一起。有些女友不会理我，她自会找些朋友寻开心去。

我倒是安心，因为清清静静也没什么不好。只是这样的感情都不长久，每个女孩结果也以同样的理由和我分手。

“其实你有没有真正爱过一个人？我觉得你从来就没有好好爱过我。如果你爱我的话，为什么不可以认真一点、专心一点、用心一点……”

我并不太明白，我只是按我自己喜欢的方式去生活、去爱。我不是你，你不是我，就是这样。

后来，喷水池已经没有倒数活动，地点转在旅游塔前的广场，舞台好像要比在喷水池举行时大得多。熊猫眼先生也会老，以后你会见到更多威仔、心仪做主持的节目。时光不断飞逝，风景不断转变。喷水池有了 Starbucks，Esprit 的大广告已经转上了另一张诱人的海报。觉得自己接受新事物的能力越来越低；失败多了，已经厌倦转变，好想用心维系一段感情。现在的女朋友，没有任何附带条件，只要爱我便好。

那一年除夕，现任的女友想我陪她一起去旅游塔倒数。

“没问题。”我点头。

好像已经很多年没有到现场倒数了。

那天夜里的天气真的好得不得了，又一年过去，好像预料着来年的澳门一样。一如所料，主持人在倒数以后的对白也跟我想的如出一辙。澳门歌手和邀请到来的香港歌手同台献技，澳门歌手有了自己的歌，唱得可人。

倒数快要开始，我们从妈阁海边，经过消失在黑夜的融和门往旅游塔走去。路边的行人和以往一样，都是多得要命，不过这刻倒觉得有点冷清。街太长、路太宽。澳门其实人不多，这样走在其中，好像变得疏远了，显得过于寂寥。我已经不再是中学生、不再是大学生，而路上满是初恋的年纪，虽然有着不同的打扮，但能读出那种目光，一样有着爱与未来。

身旁的女友，突然使我想起另一个人。天气有点冷，她戴上了时髦的冷帽。她眯着眼，抱着我的手，看着不远处停泊的船，然后看看高得有点可怕的旅游塔。

“时间差不多了，快点，要不然人会越来越多。”

“唔。”我们手牵着手，放轻脚步缓跑。

路上有贩子借着节庆卖些小饰物，女友看中了一个闪灯的心口针。

我为她戴上。

继续前行，两边的行人极速流过，突然被扭曲，显得异常的虚假。女友胸前的闪灯心口针不断地摇晃，画出不规则的线条。我又回想到喷水池的除夕夜，那些光与影，还有踏在石板路上的质感，老旧的石柱和木窗。这刻水泥地是如此地平坦，平坦得没有趣味，没有过去，没有回忆。新堆砌的东西，也只会读出假象，不会觉得是真的。根本就是这样，我知道问题出于自己。对于怀旧的人，世界是异己者。

“乔捷，你在想什么？”我那种在人堆中习惯性的苦瓜脸又不知不觉浮现出来。

“没什么。好热闹呀。”我试着投入这个环境，也试着投入我身边的伴侣。

“你以前有没有去过喷水池倒数？”

她望着舞台问我，身边的人已经越来越多，我们被人群迫在一起，成为拥抱。这样的问题，会引起几多心事呢？

“有。”

“好像在喷水池的时候气氛好一点，在这里倒数老是觉得缺少点什么。”

“是空气。”

女友不明白我的意思。这里的空气、这里的天空，和我们回忆中的喷水池的倒数又怎会相同呢？是气息问题。这里，这刻，至少对我来说，依然缺少了那种力量。过去我们被某种力量包围着，我们觉得和这个城市包围着一起，很亲近。我感到真实地被爱，在那种步调、色彩、气氛底下，空气是温暖甚至狂热的。天空会黑得特别晶莹，灯光也特别柔和，我们被某个世纪残留的浪漫所诱惑，然后成为诗人。而旅游塔被抛到城市的外围，缺少了某种凝聚力。

这刻的旅游塔，甚至一切新的景点，未带有历史和故事，所以会苍白。所以对于我这一代的人来说，就好像旅游塔的外墙一样，它显得僵硬、现实、平白、刻板。

人们以一如往年或前年的语调，倒数着一年的过去、另一年的到来。所有的恋爱就好像跳水或体操的指定动作般，不断地重复。你必须演得更好，更加投入每一个动作。我试着紧紧地抱着她：

“新年快乐。”

或者应该需要一个吻，来给这样的场景升温。可惜音量太大，呼喊声太响，而我的情感依然脆薄。我只能继续牵着她，随退潮的人群一同归家。

我听到很多人的评论，像我这样年纪的人，好像都比较喜欢板樟堂挤迫的除夕。

“我喜欢这个除夕，因为可以和你在一起。”女朋友以某个熟悉的动作，挽着我的手说。

你知道的，我其实并不喜欢人多的地方。我心里面重复着这句说话。

“我觉得能和自己喜欢的人倒数，比身处什么地方倒数都重要。因为你爱着他，所以你觉得一切都会变美。甚至当中的一草一木，都有了值得去记住的地方。所以你会投入当中的每一分每一秒，希望和身边的人分享这种快乐、分享这种气氛。乔捷，这是我们共同的时刻呀。”

“如果你本身就不喜欢这个活动呢？”我这样说好像让女朋友脸色沉了一下。

“就像你喜欢看足球比赛一样，伴在你的身边，也会觉得很安心。我会试着走进你的世界。”

女朋友如是说，我曾几何时有进入过别人的世界呢？未曾用心，未曾好好地爱过一个人。就如我从前无法复述自己对水坑尾、对板樟堂、对议事亭前地的感觉。即使我站在天桥上一整天，也不会有感觉的。因为我不曾用心去爱过这个城市，所以我不喜欢这里的任何事，不喜欢喷水池的建筑、不喜欢石板路的格局，不喜欢闲来无事走上信达城，不喜欢雅明，不喜欢这个只有一条路可逛的澳门街。

我觉得好闷好无聊。

这完全因为我没有爱它，因为我没有试着去发现她其他的好处。

“是呀，你说得对。”我非常赞同地对女友说。

爱一个人其实就是这样，不过不断重复某个动作，不过重复着爱这个动词，或接着的一大堆形容词或别的动词。中心是不变的，就好像我们每天只能走几条相同的路，相同的步调，相同的目的。

我们一直沿着老路回家，越是宁静，深夜的灯就显得越是明亮。能看到主教山上面投射的光线，至少会有半个岛的人，以它做焦点书写。女朋友好像已经累了，我背着她，走着余下不远的路程。她胸前的心口针，大概在热闹得忘形的某刻，早已遗落在倒数会场的地上。

现在回去捡拾恐怕已不必。已经不在了。

如果你问我，我喜欢在哪里倒数的话，我是否应该学着女朋友的口吻，回答你一个能够使人温馨的答案呢？爱情的刻度总是那么模糊，要到很久很久以后，拿出早已蒸发掉的水痕，才能找到答案。

我想我可以投入这段恋情的，正如我可以很爱自己的城市。只是，如果你也是我这个年代出生，曾经感受过年轻岁月的美好时光，曾经到过议事亭前地，感受过万人空巷的倒数，我想你会有自己最钟爱的倒数场景。你会有自己最钟爱的东西在里面，作为成长的代价。

那么旅游塔呢？当你懂得如何爱惜这个城市，当你懂得爱，我想你也会愿意投入这个新的景点，试着去喜欢她的。

事实上旅游塔也不错呀。我觉得过往的人生就好像离开这个城市去旅行一样，你曾经到过不同的地方见过不同的人，为的不是欣赏风光，而是要借不同的事物，去证实自己钟爱一个城市、钟爱一个人。后来，你可能在另一个地方停下来，落地生根，开始为那个地方而奔波劳碌。但你的心已经留在某处，永远无法离开。而你，会知道自己爱过的。

那已经很不错了。

我以为女友睡着了，轻轻转过头看她。她吻了一下我的面颊，然后紧紧地抱着我，口中哼着爱歌。

以后，我们将会在旅游塔，继续写下不同的故事。另一代的澳门人，也将会因为自己生命中各种各样的故事，而去爱这个地方。快乐总会带着淡淡哀愁好为幸福催化，正如我喜欢板樟堂的倒数，早已没有。而那片黑得晶莹的天空，却和今夜相同。

孤独与那年烟花

小伍今天失业了，连同他的女友，不知道是否惹上衰运，他们在同一个月一起加入失业大军。小伍并不特别难过，老板告诉他不再给他续约了，小伍没有询问原因就破口大骂："你个仆街！"其实他并不特别讨厌他的老板，只是他不知道怎样的离开方式才叫潇洒。小伍的女友其实在自己公司并没有做错什么，她的问题可能纯粹因为她的工作过于机械，老板说如果机器人和电脑能办好的事情，暂时就不需要真实的人来处理了。环境的改变，造就了两个人的衰运，他们生活在澳门，一切都不用质疑，事情发生了就是这样，不必深究内情。

失业的第一个晚上，小伍听说南湾湖有烟花会演，他和女友于是在便利店买了便宜的啤酒，一起驾着小摩托车，在烟花发放前到南湾湖附近走了一圈，从观音像延展的一段海边的路，站满了各种各样的人，突然让海显得那么的渺小，越来越渺小。水光泛影、霓虹齐放，不比烟花逊色。女友一直紧紧地抱着小伍，车速越来越缓慢，他们都很累。

后来，小伍把女友带到自己的家中，他们爬到天台上僭建的小蜗居，大落地玻璃窗外，远远望见新葡京的光，照亮了大半个澳门。他们没有开任何一盏灯，唱机播放着 John Coltrane & Johnny Hartman 的 *You Are Too Beautiful*，泛光的窗外、幽暗的密室，钢琴、色士风管和男中音，让澳门某时某地某刻的那两个人显得异常寂寞。他们紧紧地抱在一起，望着窗外似乎永不熄灭、不停闪动的霓虹灯饰。他们似乎可以把一些事暂时忘记了。他们没有难过，望着新葡京与旅游塔之间的微小夹缝，在那里，他们竟然还可以看见烟花盛放。盛世的礼炮声回响在半个澳门的天空，他们抱在一起，感到没有一天比今晚更快乐了。

东望洋时速200

——大话小城大事

一

我从来都不觉得写文章是怎么了不起的事，要不是八点鼓励我，可能我已经和朋友一样，做着一份不怎么伟大的工作，得到一份不怎么丰厚的薪水，过着一些不怎么有趣的生活。虽然说，在这个城市生活，一般都不会有趣，而且好像还特别多伤感。

八点是这样说的。

“我完全能体会这种伤感。”每当我说起自己失恋的事，八点总会像完全没听见一样，开始一次又一次地讲起自己的故事。

“我们还是分手吧。”九点这样对八点说。

“又为什么啊？！”八点读书不多，有时会比较激动，不过并不是说读书多的人就不会激动就不会有坏人。不过他说自己在车房里面是最温柔的一个了。

“我要开始到赌场工作了，你知道，以后的日子我们将会很辛苦。”

“你是不是有了另一个？！”

“你不要乱想好不好？我只是不想拖你，不想你每个夜里都一个人过罢了，你明白吗？”

我同意九点的话，老实说八点就是那种极需要安慰的人。要不然他不会常常在这间叫作失意的酒吧和我相遇。不知道是由于我常常一个人到来还是什么原因，反正第一次见到他，他就走过来跟我说话。我还以为他是同性恋。他会找人聊天，需要人听他说话，或者安慰他几句。“没事的，或者分开也是好事。”

我真不明白，为什么像我这种失恋的人，还要常常去安慰人。

二

文人多大话，通常大话连篇有两种内容，一是社会问题控诉，二是爱情故事。澳门人主要关心的社会问题是经济，这个问题早已交由我们伟大的特首去思考，而我们要做的，一如既往：默默地接受、默默地受惠；或者是：默默地接受、默默地受挫。于是，一部分澳门文人在疾笔社会问题，一大部分澳门文人在抒写爱情。

能解决爱情，我们就能得到一切。这是我所认识的一位澳门诗人、小说家、网路创作者、K歌之王的信念。他确信爱情是真理，犹如虔诚的基督徒左右两边脸任由耶稣抽打，他可以任由爱人掌掴他的情感以致心脏碎裂。然后，在自己的文章里拼合心窝。

哪里有这么多的爱情可以抒写？你要明白，文人不代表风流倜傥或风华绝代。实际上，文人都很寂寞，因此要创作，要别人的故事来衬托自己过多的失落。我所认识的澳门文人呀，最需要的是酒精和鸡翅，而不是四书五经纸笔墨砚。

有一个澳门文人，在酒吧跟我说喜欢我，然后消失了差不多九十天。九十天以后，他没有爱我多一点。在认识这位文人以前或以后，我也算是一位文人，偶意会投稿到《澳门日报》的镜海版。我写的多数是无病呻吟的散文，或者是少少病加很多呻吟声的小小叙事文。为了他一句喜欢我，害我九十天没有创作。如此真实的一句说话，我在九十天里反复把它想完又想，想得磨灭了一些语调和背景声音，剩下单独的黑夜和喜欢我的烟味儿。

澳门文人固然不只他一个，说清楚点，澳门文坛新力军不只他一个。和他类似的文人数目有如一个军团，人称西里军团，大概是很“犀利”的意思。澳门有诗意恰如澳门是赌城那样不用说，却有点让人难以坦然承认。我只能怪澳门太小了，澳门的美丽叫外来客人高兴的日子太短；文艺气息盎然时，总让人有画地自耕的怀疑。不管怎样，我就是喜欢上这位有诗意的澳门文人。

三

八点和九点最后还是分手了，以汽车修理员的粗性子，算是很和平的分手。我不记得我认识八点是在他们分手前还是分手后，不过话题你是知道的，男和男之间，不是感情就是钱。大概他常常会为经济问题烦恼吧，要用钱来结婚、要用钱来逗女朋友欢喜，很多感情和非感情的问题，也需要用钱解决。

“就像赌场一样，没钱的人在里面要做什么呢！他妈的，去死。”

“反正有钱就是比较方便吧，这个我可以理解。”

“如果我有钱，九点就不用做赌场过着那种日子了，我最憎恨他妈的赌场。”

赌场，好像很合理又很不合理。在爱情里面，一切都是出于偏见和爱好的。

不过话说回来，八点和九点分手以后，应该说还保持着一定的联系吧。毕竟他们都是爱着对方的，只是……可能这样说比较好，他们彼此都太爱护对方了，并不希望彼此过着痛苦的人生。两个人，六十分钟的距离。

问题不是出在他们身上，是故事设定时，他们的名字、社会的现状和种种因素构成的。我一般都不把责任推在情人身上。比如说，你可以假设，如果你是一个有钱人，情况会怎样？又或者，分隔异地的人如果不用分隔异地，情况又怎样？两个世界的人并不是不能在一起，问题通常出于作者我的身上。

“现在你能做的，就是努力赚钱，买一辆特强马力的跑车追上去了，等前面的人慢下来是不切实际的想法。”

最后一次，我意思是，在八点离开车房，开始拚命地为九点努力工作前，八点在酒吧里面对我说：

“乔先生，你们会写东西的人就是比较愉快呀。”

“只是兴趣而已，又不能挣饭吃。”

“你试想，人生中几多不如意的事在现实中根本无法解决，但你写的东西全部由你主宰，至少你很多曾经遗憾的、无法完成的事，在故事中都可以得到圆满。”

“就是说，如果你们无法在一起，但在故事里面，却可以过着幸福的日子，对吗？”

“对呀。乔先生，你说我和九点的事可以成为你小说里面的人物吗？”

“你想我写一个属于你们的故事。”

我大概明白八点的意思，有时我自己也会这样，把许多不如意的事书写成文字，从中得到慰藉，确实是没那么痛苦的。

只是，你认为人物真的是任你主宰吗？朋友，正如情人一样，我们无法控制情人，一如无法以一己之力去改变这个世界。你的人物是你的人物，不是你。

“所以说，会写文章的人就是了不起呀。”八点最后说，我答应为他们写一个故事，给他们一段美满的姻缘。

可是到现在，我还是没有写出一篇像样的文章，一篇都没有。但我却看到现实中的八点，好像已和九点拉近了距离。我估计八点是去当警察了吧，我是个很纯粹的澳门人，想法通常都是千篇一律也十分准确。他驾驶着那辆每年东望洋房车赛都拿三甲位置的宝马 320i，用他以前做车房时早已熟练的改装技术，使战车以时速 200 穿越层层迷雾，直指爱情终点。

现实是美好的，这篇文章本来是要写给自己，不过最后好像写给八点了。或者他并不需要一篇什么文章去成就自己的幸福。真的，即使再美丽的文章，我给他一个没有白天的小城，永远能在夜里和爱人幸福地在一起，不用过孤独的晚上——但醒来，他还是孤单一人。

四

九十天以后，澳门文人又在酒吧和我相见，不过不是同一间，显然他有意回避九十天以前的情愫。

“你认识八点吧？”他喝了三杯啤酒后的第一个问题。

“他女朋友叫九点的那个八点？”

“嗯，就是他。”

“和他喝过两杯酒、猜过拳，知道他叫八点那样子的认识。”

“我在为他写小说。”

“为什么？”

“找条出路给自己，整天都在写自己的事，读者会闷，虽然很多读者都想了解我。可能将来会开个类似夫人信箱的e-mail，叫读者写写自己的情事，我写写小说，收取稿费之余，再收个改编费。我在想呀，会不会有人用这个点子去追女孩。男孩子拿着我的小说跟女孩子说：你看，我们的故事呀！”

“你可以不回答，还是很想问……”我问。

“问啦。”

“你的感情稳定下来了？没有新刺激来冲击你啦？”

“八点也好九点也好，不过是个代号，难道身份证上面真的会写着八、九点不成？”

“你发生了什么事？突然变得这样现实我不太习惯。”

“没什么，失恋而已。”

“对，你也可以失恋的，差点忘记了。”

“你真蠢，陈奕迅《明年今日》都有唱啦：人总需要勇敢生存，我还是重新许愿，例如学会承受失恋。我当然可以失恋，为什么不可以失恋？”

“你喝太多了。”

“我呀，人生经历又丰富了一大桶。失恋呀，多大的一件事呀！多痛苦呀！你知道吗？想知道？看我的小说吧！哈。”

“我送你回家吧。”

“我没大碍，还可以自己开车，不过不送你了。”

“好，失恋时可以少一点绅士风度。”

“记得要看下一期澳门笔汇。”

那一天以后，过了差不多十九天，又跟他联络上。很不幸地，又碰到他的低潮。他的手提电脑出现故障，小城大事遗失了。他请我写写字，舒缓一下他的压力。我开始怀疑，假如他没有遇上我，他会不会失恋？假如我没有找他，他的电脑会不会有问题？我甚至怀疑我的生肖是乌鸦。

澳门文人呀，不是李白，大概都会喝点酒、被感情问题困扰一下，才会写出个好东西来。我们有幸避过革命动荡烽烟四起的时代，又是丰衣足食可以叫减肥美白的年纪，大概除了忧愁找不到月入过万赖以供养父母的好工作，以及消瘦为情困外，都没有额外的大事足以令我们动之以情赋诗一首。以前中学国文先生说，好文章在于情真，大概就是这样；就挑个属于自己真正在意的东西来发泄发泄吧。

既然澳门是一个小小的赌城，我们的大事理所当然是赌。就这样，我乐意赌他一个青春，赚他一段啼笑因缘。

五

这个城市创造出最伟大的一件事，不是娱乐带动的经济效益和就业带来的社会问题，我一般都不喜欢去想这种事。我觉得，城市最伟大的创作，就是不讲道理，一种像这个城市运作方式般不可逾越不可理喻而且真实的存在。像我们的情人一样，他们的爱恨憎恶，都不必讲道理，不必讲求理性分析。如果要问，也就太痛苦了，你如何去想象那些不合理的事情？不过正因为不讲道理，而又因之爱他，你反倒甘心奋力向前，不顾虑那么多腐败的细节，也不多问理由。在这个城市里，为爱情卖命，便是生活最大的意义。所以我到底已经不记得，我是为了寻找小城大事而想到了爱情，还是因为爱情，而想到这件小城大事。

小说家这样告诉我说，毕竟这个城市，能想出来的只是那些平凡而必须每天劳碌奔波的“大事业”——这种事，各位就请举一反三自己创作好了。

让宁静的西湾治疗我的忧郁

黄昏的微光中
忧郁试图把衰弱的想象
写成一部蓝小说
这样的下午，我来到宁静的西湾
在感染各种孤独色彩的人潮中
打听你的下落

——贺绫声

他和很多人交往过，到今天，他还记得那些对象的脸吗？有没有哪些剧情值得回味？他说：“做过的傻事很多，很多都不会忘记。”我说，情人节快到了，我想给女朋友一点惊喜，有什么建议可以给我？我告诉他，最近交了一个挺不错的对象，想跟她继续发展下去，碍于经验不足，没有过情人节的经验，所以希望听听他的意见。情人节前的两周，我们坐在西湾湖畔，像两个傻瓜一样。他被我称为老手，是一直看着我长大的叔叔。

叔叔说，还记得你们是怎样开始的吗？我说，就是同班一起上学，我经常问她借笔记抄，然后放学后死拉着要她跟我到麦当劳温习功课。这样几个月下来，这个假期前，便直接跟她说，要她做我女朋友。她就答应了。

叔叔在长椅上搭着我的肩膀，眼睛看着远处，好像在回忆某些事情，重塑着某些消失的风景似的。叔叔说，记得读中学的时候，他也是这样和自己喜欢的女孩子坐在这里一起聊天读书，他不确定自己的经验对现在的我有没有帮助。

叔叔说，以前读书的时候交女朋友可以很简单，每天写一封情信，告诉喜欢的人做过什么事，看过什么书，到图书馆翻翻像《青春语丝》这样老掉牙的爱情金句集，用文字告诉她有多喜欢跟她在一起，也不用特别说明什么。那时候的表白，并不像今天般直白，也没有流行情人节。到了圣诞，就送她一本在图书馆曾经借阅过、她喜欢的书，在扉页写上共勉的句子，她和我的名字，还有赠书的日期。

我开始随叔叔的故事游历往事，假想着这一切就是自己的经历。

美好的爱情，环境始终是影响因素。他渐渐明白了浪漫需要经济支持，死穷鬼配不上用情人节感动别人。后来，他再没遇上能一起看小说的文艺少女，他发现必须要为对方的生日付出很多劳力。试过每天放学当家教，只为给她买 Nokia 3210 手提电话；试过在麦当劳兼职，因为那时候少有女生能拥有 SONY MD 机，他想送给她。而他依然怀着一颗文艺青年的心，想要为她录一张 MD，里面有他和她喜欢的歌，还有他一段爱的宣言。

可是，他把太多时间花在兼职里，女朋友拿着他送的手机跟朋友约会唱 K 了，累得像狗的他也没有心力去练习电台播音员的腔调，给她录什么深情读白。那时候，已经开始流行西方情人节，那时候电台还没有离开主流媒体的阵营。他和她最初恋爱的时候，会在深夜一边听着电台节目，一边聊到清晨。分手前那一次情人节，他早早写信到电台，希望唱片骑士在当天能在大气电波中宣读他对她的爱情宣言。而那天晚上，很多男生女生都像他一样，打电话给电台点歌节目点了《唯独你是不可取替》，结果这歌被播放太多，第二天她说毫无惊喜。她没有想过，这电台热线有多难打通。

叔叔说，其实都无所谓。如果喜欢一个人，就努力去为她做一点事，即使到最后她没有和你有美满的结局。当时也许你会觉得痛苦比快乐多，但时间越长，你越懂得感谢这些经验。他说我们也许不会理解，因为现在社会经济比较富裕，像我这样，爸妈的收入不错，想向他们拿点钱买东西并不困难。但那时候他们的生活只是勉强过得去，要想做什么事情，都要靠自己的努力争取。

“那时候很多在学的女孩子，都被做警察或早早出来工作的大哥哥泡走，就像现在一样，其实并没有分别。经济上的优势会让你比较容易得到女孩子的欢心，但其实真的懂得欣赏你、真的喜欢你的人并不会这样看你。”和叔叔一起做兼职的同学，并不是为了追女孩才这样做，他们是真的有这样的需要，他们需要帮忙养家，还需要解决自己的学费和生活开支。叔叔说，他从那些人身上学懂了责任，学懂了不抱怨。

生活的方式，从来不止一种。正如爱情并不是生命的全部，所谓爱的定义，要比我们最初以为的更崇高一些。他说，差不多大学的时候，就不那么着急去找女孩子，他想认认真真地学点东西，他想要多交些朋友，听听他们的故事。

“男人最可爱、最让人喜欢的时候，往往就是他认真地做某些事的时候。”慢慢你发现，一些过于看重眼前浮华的女生会渐渐离你而去，但生活中女性朋友却不会少，朋友也不会少。那些与女生交往过的经验，从开始到结束，从执着到看开，让你慢慢领悟到与人相处的道理。你不再为爱情而活，眼中也不再只有爱人。

“叔叔，我想准备一份情人节礼物。”我有点后悔让老手开始回忆情事，看我没心神听他的个人恋爱史，他表示现在长话短说。

“乔捷，钱可以减少心思的花费，如果你没有什么好的点子，给她买 iPhone 或 Samsung Note，随便选一个她收到了可以在朋友面前炫耀的产品，只要证实你肯花钱就好了。这并不困难对吧？你要是想来个狠的，选个她喜欢的名牌，给她买一个新款的产品，这个也不用叔叔教你。任何一个女朋友收到都会开心的情人节化妆品，而且每年都会有品牌为你准备好新花款。要是你打算和她用这种方式交往，过情人节保证没问题，只是，你真的想要我这样的回答吗？你一定是想我告诉你一些特别的点子对不对？

“我曾经想方设法让自己喜欢的人收到惊喜，我买过睡衣、饰物、高级化妆品、电子产品，各种各样的东西，只要我从生活细节中知道她喜欢的东西，我就尽可能在节日里找一件，送到她手上。花了钱，花了时间。有时候，以为她喜欢的东西，原来她并不特别喜欢。有时候也会很顺利。你真的不用太介意结果如何，如果你真心喜欢她，真心为她做一些事情就好了。真正有价值的礼物叫时间，真正有意义的不是节日，而是耐心。”

他就那样一直地说下去，完全没有想要停下来的打算……

后来，我已经不会特别在意要不要在情人节给情人惊喜了，也没有很特意去买什么贵重礼物。我就好好地按照自己的意志，用自己喜欢的方式，在她面前重现我们在一起的各种美好时光。

但我不是说过吗？我做过的傻事很多，很多都不会忘记的。我自己买过的礼物，却不是全都记得住。我只记得曾经和喜欢的人一起看日出，那时候我没有钱，我只有很多时间，我不知道她是否还记得我们一起坐在长椅上共待黎明的经历。我也试过把我们的合照印出来，一张一张地剪辑成书本，一句一句地书写我们共同的故事。看看你自己 Facebook 的 Timeline，你会发现可供使用的东西很多，那些都是独一无二的东西，你可以好好利用。如果你按自己喜欢的方式，为她做一件事，她会为此而高兴不已。

我对叔叔说，我看过一个拍立得照相机广告，男主角拍下了一大堆女主角的照片，然后挂满一个房间，这样让女主角感动得要死。叔叔好像没有听到我的话似的继续说下去。

“不管你这次情人节用的方式如何，你要坚持这颗心，好好地做下去就是了。只有时间才能证明爱，你的耐心有多少，她对你的耐心有多少，你们爱的收获就会有多少。”

“你说的是那个铁达时手表的广告吧，Time Is Love，时间，让爱更懂得爱，我在Youtube有看过那几段短片。你说我抄那段文案送给Ivy，然后和她一起买那个系列的情侣表，这样好不好？”

我问叔叔有没有相熟的朋友买手表有折扣，叔叔终于转过头看我，然后突然笑起来。我现出一脸的自豪，连自己也几乎要佩服自己，一定是我的想法很不错了。我问，你今年会送什么礼物给婶婶，她又是不是你的真爱。

听我那样说，叔叔狠狠地用手勒住我的颈，挥拳就往我的头狠狠地敲起来。

“我要是用Yes和No来说明，就不是你叔叔了。该死的小屁孩也知道讲真爱啊！”叔叔又是一顿笑。

“爱这件事，要比你想的更复杂一些，我和你，我和她都在用时间和耐心来证明这一点。”

我一直装低能，只是想听他说多点他和婶婶的故事，因为那天当我问爸爸该送什么礼物给Ivy的时候，他告诉我叔叔曾在报纸上写情诗给婶婶当情人节礼物，这个点子既省钱又省事。我当时便怀疑他每个女朋友都是用情诗这招拿下的，但爸爸很确定地说，叔叔那些烂诗只有他老婆才会珍而重之，而且情人节献情人诗这种破事，好像就听闻那么一次。

可是，叔叔始终没有说到写诗这招大绝。他们那个时代的人，都喜欢到“天福”玩街机电子游戏，早期好像还没有大绝、秒杀这些字眼。突然想到我和 Ivy 都没有进过“天福”。爸爸有次经过的时候说，认识妈妈是在“天福”，她参加过第一届 DDR 跳舞机大赛。妈妈好年轻的时候就嫁给了爸爸。

“乔锋，你说写情诗给 Ivy 如何？”我一脸认真地对叔叔说，伴随一个狡猾的笑容，只是他又装作没听见，立刻转过头重新凝望着他眼前宁静的西湾湖。

我虽然有点失望，但看到他嘴角禁不住流露的一丝笑意，也觉得甚有惊喜。最后，我们就这样像两个年少无知的少年，呆呆地望着前方不发一言，开始沉浸在各自的内心世界，直至斜阳落下。

亲爱的 Ivy，如果你问我有多爱你，考虑到我的年纪和生活经验，我还不想那么早回答你。但我想和你分享我和我叔叔的故事，希望我们能像他和婶婶那样，一起用时间来证明爱情，让我为你做很多很傻很烂的事情。

随函送上我在书店“边度有书”买的新书《青春残酷物语》，叔叔说澳门作家寂然的书都很好看。我还顺便在楼下买了包 Starbucks * 的饮品券，可以让你约朋友一起去下午茶。

祝你情人节快乐！爱你的乔捷上。

* 当时的书店“边度有书”楼下还有星巴克，今已迁址。

殊途同归

——关于我们这个时代的精神挣扎

一

那一年，她未满十八岁。高中三年级，她面临第一次抉择：到底要选什么学科呢？她的父母并不特别在意她读什么，按他们的意见就是，反正赚到钱就可以。平常不怎么理会她的父亲，有一次和亲朋聊天的时候说，我的女儿不读书也可以，她理科的成绩好，计算赔率准没问题。她不知道父亲是怎样知道她理科成绩好的，因为她并不特别喜欢数学，也不喜欢计算；其实她比较喜欢打扮，喜欢到发型屋为长发做护理，喜欢身边的朋友赞她漂亮，也喜欢配搭衣服。反正，之后有一段时间，被派来的母亲经常会问她想不想继续读下去。

“想啊，我要当医生。”她坐在饭桌上，看着一则报纸广告随便回了一句。

“神经病！”她妈说，然后拿着手提包急急地出门去了。大门砰的一声关上。

升学还是工作，这个问题让她很头痛，她其实想说：“随你们喜欢吧，你们要我怎样就怎样，那好了没？”

二

几年之后，修读临床医学的Ivy，从国内一所不怎么有名的大学毕业归来。她没有特别感兴趣的科目，成绩不特别好，最初看到血会头晕。在大学交了个不怎么理想的男朋友，叫作初恋，Ivy说没什么印象，算是各取所需，既不特别快乐，也不特别痛苦。她说，当是开了个头，为未来探探路。和那个男孩分手前，最大的收获是她学会了一些比较扎实的骨科知识。那个男的后来往国外深造，其实听说也是挺能交女朋友的人。

回来几个月，欠缺人脉的Ivy写了不少自荐信，也很坚持每天看一份报纸，而且一字不漏，当作打发时间。不过城中两家医院似乎对她的履历不怎么感兴趣，据我所知除了有两个主管曾经拿过她的履历照自读以外，身体软过后的他们，无不叹息暂时没有适合的职位把这个人请进来；而且说实在的，请进来也不肯定她能胜任什么工作。按他们的说法，就是中看不中用的类型。我觉得他们只是没有足够的信心，也没有看出Ivy能干的地方吧。如果他们知道，那未尝不是遗憾。

Ivy接下来参与公立医院的入职试，可惜第一回合笔试没有达标。我猜如果她能进入最后面试的话，应该没有问题。既然考公务员不成功，她说那就开诊所吧。可是家里也不怎么有钱，她只能选个破破烂烂的旧唐楼开业，装修也不怎么样，简单来说就是没有装修，连墙身也没有重新刷过，油漆有点剥落。按她的意思，就是尽量用家具、玻璃等杂物配搭一下也就算了，都是暂时性质。

不过她倒是很认真地在诊所内设计了一个休息间。

后来诊所真的没生意，她索性在诊室放手提电脑一边上网一边等客人。据我分析，唐楼的位置还是可以的，附近也有不少医生开业，她的招牌看起来简单明白，大字是“女西医李丽嫦”，下面写着“骨科跌打　运动创伤诊疗所”。我后来告诉Ivy，骨科一般都是男人做，你的选择注定失败。你连拿机器的力气也没有，没有人会想找女人做骨科手术的。不做手术的外科医生，没前途。

三

我住在诊所楼上，大学四年级，读文学，在广告公司兼职，一个人住。由于是大学最后一年，课已经不多，工作也在四年级开学前找到——就是这份将会成为全职的“兼职”。本来打算在广告公司做文案，从事创意工作，不过广告公司说写作的任务其实不多，我的样子不错，问我介不介意兼当公关。我说无所谓啦，刚出来工作什么都试试也好。

所谓公关，有时候是要联络人、跟别人打哈哈，有时候就是为客人在活动中招待其他客人，都是些门面话，只要“不冷场就好”的类型。确实有点无聊，不过公司又真的没有什么要写，白收工钱也说不过去。所以我算是挺投入这项工作的，期间也认识了不少漂亮女孩。如果以这种心情当公关的话，确实是享受。

每天早上上课或上班的时候，我会看到Ivy坐在诊所里面，晚上如果她没有准时离开的话，也有机会见她一个人在诊所上网。有几个晚上在楼梯正面碰上了，楼梯很窄我得靠边站让她先下。我跟她打了个招呼，她笑了笑，不过好像有急事一样跑下楼梯去了。

我没有见过一个这么不像医生的医生，而且是骨医。当时我估计她有五尺六寸或七寸，一百至一百一十磅，头发过肩，身体有发精和香水味道。我一般会用迷人来形容这种大眼睛的长发美女，她后来说我用美女来形容她很肤浅。救命！

四

有天下午我留在家中，对着写不出一字的文书软件感到很郁闷。最近没有交到女朋友、写不出有趣的东西，这是最大的问题。楼下不断传来汽车的响号声，那些引擎好像把痰咳不出来似的，非常不爽。我也听得烦闷，一气之下就往外跑打算透透气。不过匆匆跑出去，把门关上才发现忘了带钥匙，气得我差点把脏话都说出来。而且，坏事总是接二连三的，“小弟弟”就是要在这时候不听话让我尿急。

我是不是该感谢这泡尿呢？反正穿着T恤牛仔裤和拖鞋的我，二话不说便（立刻想到）跑下楼按Ivy的门铃。Ivy单击遥控键把门开了。我跑进去只管找洗手间，戴着眼镜的Ivy从诊室走出来显得很疑惑，傻了眼地看着我的“行动”。我把事情解决了后，冲了冲马桶从洗手间走出来，面前就是Ivy。

“对不起，我是楼上住的，忘了带钥匙，借厕所一用。”本来想这样说，想一下好像不怎么好意思。

“不好意思，这位先生……”

“我是楼上住的，想看看肩膀。可能最近坐着工作时间太长，用电脑太多。”未等Ivy说完，我便开口，“刚才先去一下卫生间而已。”

“请进来诊室。”Ivy还是很疑惑，眉头还是放松不下。“请问先生姓名、年龄，还有出示一下身份证，我帮你登记一下。”

"乔捷。"我从钱包拿出身份证，计算了一下自己的年龄，自己笑了一声，"原来已经二十三岁了。"

"看你的样子不像那么年轻。"Ivy问我肩膀痛不痛之类的，我便随便指了几个位置说有点酸软。

"可能是劳损，让我看看。痛不痛？"Ivy往我指的位置附近按了几下，我通通都说痛，做了几个不同程度的痛的反应。

"你是不是想泡我！"Ivy慢慢回到座位后，望着我说。

我说不出话来。

五

"我知道，你经常从门外看我。"Ivy说。

是这样吗？连我自己都不怎么确定。

"你也不错，我有留意你。"Ivy把头上的发卡除下，松开了一头长发。除下眼镜以后，她整个人躺在工作椅上。

"啊呀，好无聊啊！"她双手抱着头不断摇晃，向着我这边大喊起来，看起来好像我完全不存在、不在场一样。

"喂，你要不要做爱？"

"吓？"我问。

"我问你，要不要和我做爱？"

我不是第一次做爱，不过听女孩子这样直接问我倒是头一次。以当时情况来说，似乎没有什么理由拒绝这样一个美女，但听她这么说首先还是吓了一跳。

我做了一个不置可否的表情，她没有等我回答便走到我这边来，吻了一下我的嘴，然后开始拉我的裤链。

六

她拉开他的裤链，慢慢把阴茎掏出来。

但望着这支勃起的阳具，她突然“叽”笑出声来。

她的外籍男上司以为自己的尺码让她惊讶。

“很不错吧。”他说。

七

她想起了那年回答母亲要当医生的下午，看着报纸时做起的一个白日梦。

为自己的前途去向迷惘的她，翻看着报纸小说。

一个刚毕业的女医生，在旧城区开诊所却没有人光顾。为了争取更多机会，诊所开业时间越来越长。星期一至日，每天开店到凌晨。

有一晚一个中年汉深夜求诊，见到女医生便立刻说她漂亮，很不错。中年汉要她口交，因为他以为诊所是卖春的。不过听女医生解释后，他说没关系，钱可以多付一点。女医生见多个月来没有生意，而且又是夜深，于是答应了。

反正都口交了，不如全套吧，中年汉说。女医生被中年汉压到病床上，没有说话。事后男女双方穿好了衣服，中年汉还给女医生说了句谢谢，问改天还可不可以再来。女医生说好，给了中年汉一张名片。

后来，女西医把招牌加上了电话号码，早上不开店了。除非医生晚上到其他地方“应诊”，否则诊所晚上生意总不少，有男人也有女人。到来的“病人”，似乎都按女西医的某些要求，穿得特别得体……

八

她看着报纸情色版的小说想了一下，人似乎真的要懂得利用自己的长处，最重要的是知道自己能干的地方。这种烂小说我也能写出来，反正读什么科目都好像没什么出路，我又不想那么快工作。去读文学看看小说也不错吧。

想完以后，她继续阅读情色版，渐渐禁不住把手伸向两腿之间。

九

四年以后，Ivy 总算顺利完成了汉语言文学系的课程，论文的题目是《男人性欲的进化论——中国现代小说中的性意识》。这是 Ivy 对我说的，她没有说她在什么地方读大学，也没有给我看过她大学的照片。

“反正你们这些不看文学作品的人也不会明白。”她说。

毕业以后，她选择的职业和她的大学学科好像没有太大关系，但既然是在度假村酒店当文员，写写公函倒是有的，拿去给上司签签字总是有的，也可以说和文字有关。公司的同事说她品格好，为人很纯粹。无论男同事还是女同事，和他们在一起，她总是笑眯眯的。

不过和她交往过的人，似乎又有不同意见。大家会同意用小野猫来形容她比较正确。人们对她的感情生活一无所知，她对和她有关的男伴也有特定的要求。只要你能满足她的要求，她也能够很好地满足你。

有一段时间 Ivy 和已婚的男上司在一起。她说情调对了玩一下，和我在一起以后心已经没那么野了。

“就是想起报纸小说的那一次，也是最后一次了。”

那之后 Ivy 被调到一个很安稳而且收入很不错的职位，她说是公司内部编制扩充。我怀疑是她向上司要求的。

“你不要老是那么阴谋论嘛。”Ivy 依偎在我身边说。

每次我们完事以后，她总喜欢和我谈起这几年发生的事，好像是很不错的回忆似的。

十

我是一名骨医，刚从美国回来。曾经在公立医院工作，后来自己开诊所。

那年一个在医院急症室值班的晚上，我碰上这位交通事故的伤者。

她盯着我看的眼神，有让人置身这个时代背景中的感觉，里面既疏离冷漠，又有几分天真，让人很好奇，有点害怕，又很想接近。大概每个人的生命中，总希望有几个这样的女子出现在自己的世界里面，让我们对生命有更立体的感受吧。

“不如留个电话，做个朋友。”

这话是我说的。

“泡一个正受伤的女人，你也够冷酷无情了吧？”

认识 Ivy 以后，我对她说，其实我对文学也很有兴趣，鲁迅不也是读医出身的吗？要不然，我怎能和你这样的文艺少女相处那么久。

“在这个狭隘的城市里面，所有的想象最终都殊途同归，回到相同的起点。”

每当 Ivy 谈类似的事情时，我会告诉她，我不喜欢以医生自居，因为我的挫败感不比别人少，感觉自己就像一个弱智女流，拿着重型机器正为病人做切腿手术一样，经常会有不知从何而来的无力感突袭过来，觉得好无聊。

“是空间和气息的影响。”Ivy 说，“乔捷，不要想太多，忘记所有感觉，好的、不好的，通通都忘掉。在这里，有人要你走，你便走；没有人理你，你便做自己喜欢的事。这个城市没有对也没有错，没有正直也没有邪恶，医生和妓女，也只是一种需求。有人要，你便施予，不是吗？”

听到她这么说，我又禁不住亲吻她的面颊，然后把她推倒在雪白的诊疗床上。

我觉得这辈子最幸运的，是我开了自己的诊所和认识了 Ivy。这两件看似巧合的事情，我觉得里面有某些东西，一直逼迫着我按照某个预设的计划进行。有人称之为上帝。

反正，那种感觉让我有豁出去的勇气。

“管它呢！”深夜时分在诊所内尽情地嬉戏的时候，我对我的天使说。

目击者

在那几下枪声以后，我觉得自己已经从孩子，完全过渡为成年的澳门人了。此后的日子，我的心总是忐忑不安不知道自己在想些什么，好一段时间完全无法正确地读取大脑的资料。直到那一个下着大雨的晚上，我和那个当消防员的朋友在“发夹弯”被一辆高速行进的私家车碰撞，我才开始回过神来。整架 FC 跑车被人撞成了废铁，或者脑筋就这样被撞穿裂开的额头唤醒也说不定。后来缝了十针，留了伤痕，一个月后，倒是没大碍了。难过的只是，我们被撞，还要给对方赔偿。

那个晚上，躺在急症室的床上望着天花板，某种与死亡接近的呼声不断地牵引我……

那天由于整夜的失眠，我很早便醒来了。我习惯在那种明媚的早上走到露台，看看楼下公园的风景。那个时候，女人们向着街市的方向走去，孩子们很早便上学，一辆辆巴士驱送人群，有穿着制服的赌场职员上班下班。6 点多 7 点钟的早上，好像还残留着昨夜的冰冷，总是要你多穿两件衣服去抵抗。

梳洗过后，在睡衣外添了件风褛，我到楼下常去的那家茶餐厅的露天座坐下来，点了热奶茶和云吞粗面，漫无目的地到处张望，已经有好几个每天都会出现的熟客在那里喝咖啡，其他的看样子都是些退休老伯、附近的街坊。餐厅的职员送过餐来，少有地抱怨：

“他妈的，明明大热天时，今天冻柠水我了……你的拉柴。”

我喝着送来的奶茶，拿着今天的报纸看看最近的新闻。撞车和烧车的事件总是梅花间竹地发生。

茶餐厅时钟显示 8 时 20 分（茶餐厅习惯把时钟调快，以免你快乐不知时日过），我看到那对差佬差婆夫妇从我们大厦中走出来。我常常有留意到他们的，因在电梯里面遇到他们和人聊天的话，总觉得他们以一种纡尊降贵的口气和别人说话。我是天秤座的人，对于公平这件事是非常认真的，看着会觉得不顺眼。有时老妈和他们打招呼，我都不会一起和应。

“黄生、黄太……”一个买菜回来的女人向着他们说。

“买菜回来啊……”

“是啊。”

差佬已经懒理那个女人自顾着走到私家车前，两个女人还在后面喋喋不休。

8 时 30 分，当那买菜回来的女人离开差佬有二十米左右，就在警察要掏出钥匙的时候，我身边的一个老伯走了过去，利落地在那个警察的头上开了一枪。“呯！呯！”差婆也无法幸免，第二枪在混乱的汽车防盗警报声中，送到了她的心脏。

那时候，我口中还拉着面条。实质上我什么都没听见，在这种过于突然的情况底下，我一般是失去意识的。到底当时有没有哗然地叫起来呢？到现在，只有那些每天听见的防盗铃声，不断提醒我当天的配乐。十秒，我的十米外。杀人者，已经坐在我的身边早有一个小时。我清楚地记得他的脸，还完整地目睹他杀人的经过。到现在，我还能够告诉你，他灭杀时冷静的模样，好像掉了东西往地上捡起般的平静和纯粹，不带感情和思想的下意识动作。

茶餐厅附近的人都纷纷找地方躲避，餐厅内的人则视若无睹。身边的侍应先生好像经验十足地拍打我的膊头。

“靓仔，不要望。吃。”

他捧着茶餐，若无其事地继续送餐。在他拍打我肩膀的同时，我早已反射性地把头埋在云吞面内，不需任何人的再警告，乖得连眼角都向粗面对焦。

那位老伯是怎样离去的呢？我只记得，有个不缓不疾的身影，依稀在我的身边经过。

茶客匆匆地结账闪人，我是其中的一分子。回到家中，我把这件事向老妈报告了一下。答案我是自知的。就好像小时候，在同一个地区，我牵着母亲的手走过小楼的巷道里，我看到一个警察向着一个女人勒索。我拉拉妈妈的衣角：

“妈妈，你看……”

“不要看，走。”然后抱起我向更暗的地方去了。

那天母亲又说起那件事。

“那个女人分明是无证居民来的，这种事你最好少理，免得惹祸上身。你记得吗？我两次被人抢金项链，哪一次是有人出手相助的，我也不能怪谁。”

后来，母亲都不戴金项链了，买了也只会放在家里。

“你呀，千万不要多事。”最后，我的母亲这样再一次叮嘱我。她知道我的为人。

但是我的心还是非常郁闷。第二天报纸里面有报道这件事，而且也希望有目睹案发经过的人和警方联络。好几次我坐在电话旁边，想着要做些事情。可是正如最初所说，脑袋空空的，好像被东西猛抽着头发无法向前一样。

最后，我还是拨了一通电话。

“阿石，出来喝下午茶。”接电话的是我一个当警察的好朋友。

我那几天都不敢再在楼下的茶餐厅吃早餐，我和石仔选在高士德的一家咖啡室喝咖啡。在谈论过女人、新玩意儿、汽车和做生意后，我忍不住要说出当天的话题。石仔想了一下。

“那种事你最好还是不要理会了，即使有了你的口供，这件案都不会有结果的。老板那边好像已经知道是怎么回事了。乔捷，听我说吧，不要……”

听到这些话以后，我都没话好说。我记得那时候，我和石仔一起被学校赶出来。不为什么的，只是我们都不喜欢读书，我们也不是特别坏的那种类型，反正就是读不进去了。石仔有些朋友当时已经在当警察，他也有叫我报考，但限于身体素质的关系，最终我选择了去琴行教钢琴。虽然我不是读书的材料，但我从来都不觉得自己是个没用的人。

我记得石仔当了警察后说起面试时的事。

“他问我，为什么我要当警察。乔捷，你会怎么回答？”

“一心除暴安良，做人民公仆。”

“这样答是必死无疑的。你要告诉他，因为澳门环境不好，家里又有那么多人等着自己供养，因为你觉得没有什么工作比做警察更稳定了，所以你一定要当警察，你很需要这份工作。你明白吗？”

“……”我当时不明白，不懂回答。想来，我有好多朋友，都因为种种的原因，辍学后当上了消防员或警察的。

现在或许我明白了，大家不过都是求个安稳。在澳门，我和你都不过求个安稳，很多事都可免则免了。石仔为了供养父母又苦于无其他出路，所以选择去当警察。如果无甚大事，也不求升职加薪，他的生活算是无忧了。又何必要为死掉的人而牺牲自己牺牲一个家庭？石仔叫我不用多事，也只是为我好。大家多年朋友，自然对彼此老实，不必装什么君子。

最终我把这件事像云吞般包起吞掉，第二天的报纸已都没有这件事的再跟踪。作过几个曲子描述过当时的心情，也去过几次酒吧消解不知道和这件事有无关系的郁闷。我从来不听关于破案率的事，我家的大厦再不会听到黄生黄太的声音。大家很快忘记了这件事，或者记得，但没什么必要提起。曾经围观过现场的后来者，没有好戏上演，很快便会退场……

后来石仔不知道转到了什么部门，和我喝下午茶的时间就更多了。我教他玩乐器，因为他说他很闷，没事可做。这种闲适的生活，又有谁不希望过呢？

几年后在很偶然的机会，我到内地徒步旅行时遇上了当天的那个杀手。我敢肯定是他，因为事件的印象深刻，而且他的眼神，是我见过的陌生而平凡面孔中最坚定和无感情的。那个时候的我，已经可以对很多事装作若无其事了。我和女朋友走进一间餐店，一进门就和那个人的眼神碰个正着。他盯着我看了一秒，我装作没看见转过头来和女朋友说话，不知道他有没有把我认出来。正好大概是他太太的人走过来叫他，他便立刻像变脸般擦去了刚才的冷酷，转过头笑着和他的女人说话了。

我想他是那里的老板吧，以至于那一顿饭我无论如何也吃不下。偶尔我也往他那边望去，在那种熟悉的笑声中，我觉得他和石仔、石仔和我、我和整个澳门的人以至整个中国的人，都已经没什么分别了。我们以很多无理由的罪恶来成就自己家园的快乐，用扑克完成小城，正如以漠视换取安全。我们以被杀的人而交换到自己需要的东西，既厌恶又纵容着这种事。追求幸福和快乐从来都没有错，但在他抱着孩子和太太享受温暖的时候，他有没有以冷眼偷看过我，又是否早已忘记某次的杀人？

那个和消防员朋友一起撞车的晚上，因为无人站出来证明我们的清白与无辜，我们最后只好交罚款。我知道，对与错早已没有了，杀与被杀那么接近，我们求的，只是希望幸运一点，受害的不是自己。在这个城市里面，原来我早已成为完整而成熟的一分子。

刽子手和目击者，在这里是一样的，我们进行集体的杀人。看看你是杀的，还是被杀的。是主犯，还是帮凶。

消失的圣母湾

一

一个作家以澳门回归十周年为契机，计划写一部关于澳门的小说，这种噱头，据他说，在他们道上是颇有些作用的。于是他来到澳门，找到了我。到底是谁推荐的我不知道。反正，我们就因为这个原因相约在咖啡店见面，我按照招待专业客户的规格向他收费。

我是个导游，严格来说是一个带专业团和贵宾团的自由身导游，这种人在澳门不多，因为必须要有比一般导游强的语言和应变能力，而且对某些领域的知识还得有充分的掌握。我算是比较幸运的一个，因为我真不知道自己在哪个领域有比较领先的专业水平。说我对澳门的了解比其他同行深吗？那也不见得。

总之，那是一次比我想象中要更漫长的访谈。

“2005 年 10 月 29 日晚上，在澳门东亚运动会的开幕式上，原本绿草如茵的澳门运动场变成了特大的舞台，八千多人踏足其上，以一次前无古人后无来者的大型演出，向全世界的观众介绍了澳门的文化和历史。十年过去，东亚运已被写进历史，当晚却有件怪事始终没人记下来。记得现场的花车中有一辆原是被装饰成大帆船的，其上有众多演员做水手和渔民的打扮，他们在扬帆、在打鱼、在迎击风浪，这想要表现的自然是澳门开埠之初的渔村背景，还有澳门人纯朴、顽强的精神。可是呢，就在烟花盛放的那刻，这艘船竟突然消失了，就那么一秒钟，完全地消失在人们的眼前，连同船上的所有人，像被空气突然融掉了一样，随烟花一起消散了。话是那么说，我跟别人提起这件事，竟然没有人说看见过这样的花车，还说我眼花。运动会结束后，我特别买了开幕式的影碟回家再看一遍，确实没有那艘大帆船。这很可能是被人故意剪掉的，只在于我不理解当中的动机而已。反正，我可以向你保证，那辆帆船状的花车是真的有参与表演，它是存在的。我知道其他人也真的看到过，我们是一起看着它消失的。”

因为觉得很重要，所以为防我忘记，我就说在前头。

“你似乎很有点成为作家的潜质，不过……”坐在我对面四十岁左右有点像姜文的作家先生说。

“你怎么好像不太相信我说的话？”

二

作家把视线从笔记本上移开，一边放下手上的笔，一边望着我说：“编故事的工作就留给我吧，这次来我想多听一点关于大三巴、妈阁庙的传奇故事，还有就是希望能了解一下华人和葡萄牙人之间如果要发生爱情，一般会在什么背景之下。要不然，如果你对赌场的情况比较了解，也不妨多说点给我听，毕竟我们不是本地人，对赌场的事情不是太清楚，现时买到的那些说澳门赌场秘闻的书我感觉都太假了。又或者你对汤显祖或庇山耶有没有认识？会不会知道什么跟他们和澳门有关的有趣事情，我想听一些更真实的故事，你刚才的东西似乎太虚了点、太个人化了点，很难让观众信服。”

“可那是真实发生过的、当下的澳门故事。”

“你怎么那么肯定有发生呢？”

我的眼睛禁不住往身前的原木咖啡桌上望去，双手不自觉地抚摸着桌子的边缘，仿佛这木头就是消失的大船上的一块残骸一样。

“先说一点别的吧。不如从你成为导游的经过开始，我也是头一回知道澳门有单对单的导游服务，先说点什么让我们把状态找回来。”

作家把身体靠向椅背，安静地等待着我开始讲自己的故事。

大家都叫我流川，这是读书时代同学替我起的这个名字，当时都在流行日本漫画《男儿当入樽》，而我正好和其中一位男主角流川枫一样，总是打瞌睡和迟到。到了后来上大学，甚至是做导游之初，每天早上我还是得跟闹钟战斗。早上匆匆忙忙，下午没精打采，一过了黄昏就异常兴奋，最后迟迟不愿睡觉。我也不知道从什么时候开始习惯日夜颠倒，可是另一方面，我又很讨厌日夜颠倒的工作。以自由身当导游，算是目前最能配合我生活习惯的工作。在一段短时间内高强度作业，然后停下来好好按自己的喜好休息几天。

我在读书时代其实并没有特别想过将来要从事什么工作，因为没有什么家庭负担，家人也没有那种传统父母望子成龙的过度期望。只有一件事父母亲总是不断地提醒我，不要存有歧视和偏见，从对方的角度出发，试着尊重每一个人。

三

后来，因为喜欢日本动漫和电子游戏，好像是为了能读懂原版书和游戏攻略的缘故，便突然有了去日本读书的打算。最初一年是到东京读日本语进修班，后来进入大阪艺术大学，读的是人物设计。我的毕业作品最终没有选择做漫画，而是和同学一起拍了部电影。说到我的设计，与其说我在创造一个人物，倒不如说那不过是我想要成为的某个自己而已。

2005年，就是澳门东亚运动会那年夏天，我回来当志愿工作者，负责带日本共同社的记者，第一次有了“也许当导游也很适合我”的想法。当时，我的工作就是帮记者做翻译、提供一些必要的资讯，再替他们和赛会做沟通和联络。也正因为这个原因，我有了在现场看东亚运动会开幕式的机会，就是花车大帆船消失的那个晚上。

运动会结束以后，没多久我便毕业回来，没有特别想留在日本，回来也没有特别想要干什么。当时澳门的经济环境相当好，应该说直到现在环境也是比其他地方好，对我们来说要找工作并不困难。因为并不急于找工作，也没有特别想干的事，朋友考虑到我在日本读书的背景，便鼓励我不妨先进修然后领一个导游工作证。于是，回来以后，我主要工作是到语言中心教日本语，闲来参加日本文化推广的活动，其余时间便到旅游学院参加考取导游执照所必需的各种课程。

班里面有很多不同国籍的人，我应该是最没有压力的一个。他们有不少正在澳门担任导游，而执照对他们相当重要。因为一旦考试不合格他们便无法继续留在澳门工作，所以大家都特别的努力。也许是曾经在日本读书，加上本身就是本地人，课程并没有我想象中困难，没有花很大力气就能顺利完成课程，顺利考到了执照，可是也有人读得很辛苦。记得课程结束前，不知说到什么事情上，也许我态度并不好，一个日本同学突然在课堂上发难，翻倒了身前的书桌，在导师和同学前指着我说：“像你这种没有生活压力、没有家庭负担的人，怎么非要来这里跟我们争。”

课程结束以后，我再没有遇见过这位同学。我一直把这件事放在心上，那是因为我总觉得在独善其身以外，我还有一种选择是可以去帮助那些有需要的人。

四

课程看似是平等地分高下，实际上背景不同，大家的起跑线是不一样的。很多朋友总是问我怎么老是爱去读书进修，其实获取知识倒是其次，有更多的机会与人接触，学会相处、学会待人接物，知道自己的无知，提醒自己要谦卑，那才是最重要的处世学问。所谓旅游业的待客之道，也大概是这样吧。

带我入行的朋友叫木成，行内人不是叫他成哥，就是叫他大麻成。我们从小学开始一起上学，一直到高中毕业，他既是我的同学、我的邻居，也是我最要好的朋友。从我认识他以来，木成便一直爱穿白衬衣和黑西裤，一直有种少年老成的感觉，样子总比他实际年纪要大上七八年。发型也是三十年来不变的平头，替他剪发的红星美容院的老师傅，第一次见他的时候应该还称得上是个年轻人。现在师傅和理发店一样的显老，木成比老师傅高上两个头，理发椅却依然是那些理发椅，手艺也依然是同样的手艺。

木成一直很努力，成绩也不差，可是他没有选择升学，中学毕业以后便出来工作。最先我以为只是经济问题，因为我知道他家境并不太好。虽然只是一街之隔，有电梯和没电梯、高楼和平房、穿的衣服和鞋子，这些连小孩子也是知道分别的。小学的时候第一次向父母介绍我这位朋友，一讲到住处的问题，他们就提醒我，千万不要做任何比较，不要在同学面前多提自己家里的情况。

反正，我最后了解到他选择不再读书，也许不是家庭负担的问题，而是看准了时机。他是一心想工作，目标非常清晰。自回归以来，经济和房价都像火箭升空一样。2005 年以前，置业从来不是梦，到我大学毕业的时候，短短四五年，住房的问题就变得越来越梦幻了。

这十年来，内地大力推动国民到澳门旅游，木成中学毕业后，便立刻进入旅行社带内地团。后来，政府有了规范导游的专业资格，于是他在自己进修之余，便鼓励我一起读课程领个工作证，当作是生活和工作的保障。到后面我拿到了工作资格，他看我还是没有什么特别想干，便把我介绍到他们公司去当实习导游。

五

我主要带日本团，他主要带内地团。刚刚上班的时候，他问我想不想多赚钱，如果想就跟他一起做内地团，反正我普通话没问题。钱倒没有特别想多赚，不过也可以先体验一下，看看自己适不适合。因为这个想法，让我有了第一次带内地团的经验，也是最后一次。

工作中的木成和我所认识的木成是两个人，他说对待内地团友不能把他们当人，像狗一样对待就对了，这是他多年累积的经验。“你要是没有把他们吃得死死的，他们就反咬你一口，根本没有人听你的话，最后准会乱作一团。”

看到他对那些团友的态度，我知自己是完全没办法下得了手的。骂人、喝令，动不动就对团友说脏话。骗他们收钱，每一件说好的安排都缩水，不断带他们到黑店购物，谁稍有不满意就先向他们发难。

“我们有没有收你们团费？你们他妈的就是贪小便宜。没给你们吃的？没给你们住的？去的地方有少吗？你以为大三巴他妈的有多好玩？十五分钟还不够？！给我滚回大巴去。”

出外旅游到底为了什么？我想象自己就是随团的旅客，便完全无法感受到任何快乐。回去后，大概都会说尽澳门的坏话吧？还是出于面子，让感受都变成了拍照美图一样，会再经过处理？

这一次经验，几乎让我放弃了继续当导游，要不是后来带过其他正常的团，我真会以为今天澳门的旅行团都是以这种方式运作。当然，有好带的团，也有不好带的团；同一个团，有好人也有坏人，其实和国籍无关，却和文化水平有很大的关系。

我经常有机会带贵宾团、公司旅游团和其他专业团，当中也有不少来自内地，但情况明显不同于木成带的那种团。另外也有像摄影师、画家或者作家之类，他们会跑到旅行社来找导游单对单安排行程，这些经常会由我来带，熟客越多，互相推荐，这种案子也接得越来越多。

木成说带内地团收入多，不外乎就是带他们去嫖、去赌，再收取店家的回扣和客户的打赏。内地团的旅客会比较多有这样的要求，像木成那样，还会帮客人换筹码，还有就是为赌输的客人牵线借钱，这些在行内都是被禁止的，然而像木成那样的人其实并不少。

六

我听从其他前辈的话，尽量不沾赌的那块，实证就是公司不少资深导游往往是因为自己染赌而不得善终。有些明明赚了很多钱，一把输掉了又得打回原形，妻离子散，到很老了还得在旅游业这道上混。

一如所料，没多久我便发觉木成一直有跟着客人一起去赌的习惯，“反正带他们去还得等，倒不如自己也玩几把消磨时间”，木成有次跟我吃晚饭的时候，是那样说的。他说工作压力大，又说对生活没什么影响，我的观察却是他心情不好的时候对客人特别的凶，心情好的时候又没心思上班，老是想去玩，一心延续气势杀下去。自从跟我坦白以后，每次跟他聊天和吃夜宵，他就开心地说尽自己赌桌上的喜怒哀乐，今晚嫖到什么美女，哪个陪赌女特别旺他之类。

有些事，因为犯禁、因为感到羞耻，即使我们都做过、默许过，还是习惯收起来不想让人知道。保持个人形象、保护行业形象、粉饰城市形象，并不是说他们说的就是假的，并不是说收起来的别人就不知道，相反，这一切更像是光影的正反关系。要有光的地方保持有光，黑暗的地方就必须维持它的黑暗，也许这就是我们这个城市的平衡法则。

唯有站在信任圈里面的人，我们才能直面他的影子，看到更立体和具体的他。木成知道我不会出卖他，就像我不会出卖其他同行一样。会跟我说心底话，不过是因为我不会对他的行为做好坏的判断而已。我也不是故作清高的人，偶然也会带客人去夜总会或按摩店，然而赌是绝不沾染，自己也没有嫖的心思。当然，我的坚持也许对谁也没有帮助，空落得遭同行揶揄“赚钱买花戴”，像我这种公子哥儿根本无法改变什么。就像那年考导游工作证，无论我努力或者不努力，别人还是会觉得我有“不应该”的理由。

当你懒散，他们会说澳门人就是懒散，有钱人家的孩子更绝对是这副德行；当你努力，人家反过来说你抢饭碗，不体恤其他的状况。

很多东西，本身就带着原罪。

七

其实导游的工作时间很长，要认真做起来根本没有什么私人时间，也就没有空去理会别人的评价了。工作忙的时候赚钱不少，可是也没有时间花。平时除了和木成吃顿饭聊天，余下的时间就是在家里睡觉，回家陪父母亲吃顿饭。能够遇得上的都是客人、同事和工作上接触的人，有时候根本分不清和他们是有缘分，还是被生活逼迫着接触的一种伙伴关系。我们口中说的朋友，连自己也无法准确定义真伪。应对的技巧学多了，对奉承话、甜言蜜语和别人的好意，都心存怀疑。

我爱过一个度假村酒店的前台接待员珍妮花，现在也很爱。她是个来自广州的劳工，因为我经常要处理入住的事情，跟她碰面的机会很多，每次碰上便会聊两句，这一天要带什么团，今天遇到什么奇事，带的团里面有什么极品人物之类，几次下来就相熟，变成可以在遇到突发事情时找她帮忙，而她会义不容辞地帮忙的程度。

她总是客气地以微笑来回应我的无聊话，并没有故意去找话题，每次都是点到即止。因为对她没有了解，这样反倒让人好奇，觉得有趣。像我们这种食无定时、工作时间特长的工种，实际上能够遇到的对象也相当的有限，酒店、餐厅的工作人员，同事和其他导游，要不然就是和随团的旅客发生一些没有结果的雾水情缘。我们的生活，只能是这样。

珍妮花是她为自己改的名字，家里人都叫她小花，她没有浓重的广州口音，说的就是很澳门的广东话，平日穿制服完全看不出来是外地人。到下班的时候把束起的长发散下来，穿起背心和牛仔裤，跟本地的女孩子完全没有两样。二十二岁的女孩，平日和几个类似背景的女生住在北区合租的小房子里，假期则坐大巴回广州和家人、朋友共聚。因为长得漂亮，追她的人很多，按人种和工种，如果这些人因为有共同目标而开设了网络群组交换资讯的话，这群组绝对配得上用“爱情联合国”来命名。

大概是我本身没有对任何事有很大的动机或机心，事情发展反倒是水到渠成。因为刚好在他们酒店下班，因为单纯想找个人吃饭，所以就主动约她去消夜。那是我们第一次约会的背景。

八

如果她没有答好，也许我的生活便没有了爱情这部分。也许会换上另一个人，也许我已经离开了旅游业，这几年事情匆匆而过，这一切的“也许”没多久都被埋没在事情高速发展的历史中。

记得第一次吃饭，我们聊的也是这些老掉牙的成长经历，如何成为导游，为何到澳门工作。她说她不是读书的材料，还是早早出来工作比较好。她说她希望有天能在广州开咖啡店，一边卖书、一边卖蛋糕。我说我并没有什么特别的爱好，有机会的话我可以投资到她的咖啡店，当一回老板。然后我们哈哈大笑，说起梦想中的咖啡店装潢，以及我大学时代读设计系的那些古怪的同学和他们古怪的设计。

因为第一次的约会感觉特别轻松愉快，往后一段时间只要我有空，都尽可能约她出去走一走。我借机会到酒店等她下班，两个人在酒店的购物中心逛逛，然后到附近龙环葡韵坐坐。我们沿着圣母湾大马路周边，一直走到地堡街和官也街。氹仔所有能找到的深夜食堂，我们几乎都吃遍了。

有一次，跟她逛到龙环葡韵，我们在长椅上坐下来，看着金光大道，她突然有感而发。

“在老家的夜晚，根本不可能看到那么多灯光，我是到了广州以后，才知道晚上可以那么美丽。到了澳门以后，才知道灯火里面是怎样的世界。”

“要是早十年来到这里，眼前的一切也许跟你老家没有分别。要是再久远一点，我们身处的一带更是汪洋一片，眼前不是湖，前面也没有圣母湾大马路，什么澳门运动场、奥林匹克游泳馆全部都没有，我们身处的正是岸边，看到的只有山和海，要想到路环，还得用船。”

这样一说起，我又讲到了那晚东亚运动会开幕式上花车消失的怪事。

“你比较喜欢过去的澳门还是现在的澳门？”

“都有它们可爱的地方，过去也不是没有痛苦，现在也不是好到不能挑剔，其实环境对我来说倒不重要，关键还是这里的人有没有变，关键是这里的变化有没有预留足够的时间让我们适应。”

“跟过去比，你觉得你有改变吗？”

“应该还好吧，我是尽可能按照自己的喜好生活，虽然也要为工作的事情烦恼，但基本上仍能按照自己的意志来行事，没有觉得好痛苦。”

九

“并不是每个人都像你那么幸运，有时候人的改变也是逼不得已，有很多事情逼迫着你妥协。”

“就像轮班工作那样吗？”

“这里面有多少人每天为这个城市、为这条金光大道卖命，他们有多少人是心甘情愿地做那些事？有多少事情是他们不认同的、不愿意做的？可是为了生活，他们勉力撑过去，默默承受下来。”

小花看着眼前的金光大道，好像在对着某个看不见的人说起这一番话。

“不单是你们，好多澳门人也一样，已经离不开这里的一切了。”

我看着远方被金光大道照亮的天空。

“人改变了环境，继而环境改变人，我们只能一边适应，一边提醒自己不要迷失在环境里面。”

那一夜原本是想向她告白的，原本是想告诉她我可以照顾她的。结果，我一句话也没有说，反倒是胡思乱想了一场，迷迷糊糊地各自归家去了。

自从十年前开始，那艘消失的帆船便反反复复在我的脑海中出现。跟小花在龙环葡韵聊天的那个晚上，我又梦到了那艘花车帆船。

我回到了东亚运动会开幕的那个晚上，坐满了 16000 人的澳门运动场，场中是 8000 名澳门孩子组成的表演队伍，各种代表澳门中西文化交融的主题花车，那艘巨型的大帆船也在里面。船上的水手，船下的纤夫，仿佛每个人都在使劲地让帆船向着某个未明的方向进发。烟花盛放，到处是雷动的掌声，花火过后的烟缓缓散去，那时候，观众消失了、表演者消失了、所有的花车消失了，连澳门运动场也消失了，眼下的土地重回到往日汪洋一片，留下的那艘大帆船在海上独自漂浮。船上的几十个人，随大船缓缓地离开圣母湾的港口，陆上的指路灯一闪一灭，远方的山在他们的眼中越变越小，他们渐渐没入雾中，消失于黑夜的海上。

对于我来说，2005年以来，一切就变得好梦幻，时间的行走速度难以把握。很多人总觉得澳门一直顺风顺水，那也不过是既定印象而已，每个人都有自己要面对的困难，十年下来也不是没有过低潮。

十

和小花认识没多久，由于又遇上钓鱼台争议，华人地区反日情绪高涨，受到间接影响，来澳门的日本团大量减少，澳门居民往日本出行的意欲也相对降低。我们做日本团的好长一段时间收入都不稳定。当然，这十年来，这种事也不是没有过，中日之间的争端，最先受害的往往不是执政者和富人，而是我们这些对他国并无怨憎、也无利益瓜葛的星斗市民。

每次遇上淡季、出现社会问题或政策改变，导游的积蓄和在行内的口碑就变得好重要。因为僧多粥少，竞争自然更为激烈，导游如果和旅行社或自己公司的关系不好，又没有相熟的客户关照在外接兼职，每个月的收入都相当有限。

我有积蓄，平日惯性的消费不多，也没有房贷的压力，日本团少很多的时候，因为还是有一定的工作邀约，日子倒还过得去。确实有影响的话，就是时间多了需要找些事情打发。有时候习惯了工作的节奏，一旦改变了还多少需要时间适应。当然，也因为这段日子，我也多了时间可跟小花相处。

然而，我有空不代表别人就要陪我。没多久，在网上聊天的时候，小花说最近有人想约她，好像喜欢上她了。知道她说的是木成，我便说他人不错、很进取。

“是吗？”

“不错的。”

“和你比呢？”

“他赚钱比我多，有车有房。我是标准的无产阶级，有一天没一天的愤青，哈哈。”

“不是能赚钱就代表好，性格为人品行好才是真的好，毕竟我谈恋爱是以一直走下去为大前提，总觉得他就是一身恶习会打老婆的类型，长得比土豪还要土豪。”

“作为认识他多年的朋友，我觉得他本质不坏，可能就是因为缺少爱情滋润，才变得不近人情。”

“你觉得我应该试试跟他在一起？”

“那得看你自己是否真的喜欢，不能因为我觉得好就随便试，毕竟跟他过的是你，不是我。”

“我在问你意见。”

“作为你在异乡最铁杆的朋友，我认为你可以先观察一下，不用急做决定。”

“不是青春有限，找寻幸福要趁早吗？”

“你的决定我都支持。”

“没有别的话要跟我说了吗？”

我看着手机的对话框，句子打了又删，删了又打。

“早点休息吧，明天你上早班。”

“再见。”

十一

认识那么多年，从未听过木成谈恋爱，我一直以为他对爱情或婚姻关系没兴趣，也怀疑过他的性取向。听到小花那么说，我先是觉得奇怪，再后来想也是正常。过去木成努力工作一心是为了改善家庭状况，现在家庭经济改善，他也算是事业有成，很有条件花时间干一点别的事。虽然对于恶习缠身的问题一点也不假，但我总相信人是会因为爱而获得改变的决心。

那段日子木成对小花展开积极追求，只要有空便主动邀约，上下班管接管送，因为他很少出外带团，所以只要同事到外面去，他都托他们在国外帮买奢侈品，向小花送礼物绝不手软。偶然会看到小花在网上发图片和分享动态，除了礼物的特写，就是各种暧昧未明的说话，总是搞不懂她的心思。小花会跟木成一起到高级餐厅吃饭，木成也因利成便经常送她酒店和娱乐场的优惠卡，供她到酒店消费。

有时候小花会约我一起去咖啡店喝下午茶，因为工作少了的关系，也少了到酒店去找他。见面的时候两个人多半是沉默不语地看杂志、听音乐，偶然聊一点新近的电影、新开的餐厅以及城中的话题性活动。

“最近你变得好像跟以往不一样。”

“连客人都说澳门变了，我变了没什么出奇的。”

“昨天他跟我表白了，说想我做他女朋友。”

“然后呢？”

“然后他亲了我。”

“然后呢？”

“没有然后了。”

“没有才怪。”

“真的，我还没有准备好。”

“没准备好怎么老是跟他一起出去。”

“你怎么知道我常常跟他出去？”

“你自己说的，木成说的，怎样？”

“我也常常跟你一起啊。”

“那不同。”

“跟你这样的人一起真的很烦。”

“因为我本来就是一个无聊人。”

“问你，如果你要向喜欢的人表白，你会说什么？”

“没想过。”

“好，下次见面的时候你帮我想想，然后回答我。”

我假装没听懂，自个儿在看自己的书。没多久，我就假装有客人要接，匆匆忙忙地走了。她其实什么都知道，什么都懂，可偏偏就是想我亲口说出来。而我，并不知道为何失去了那份说出口的勇气，她也不打算拆穿。我们就那样维持着好友关系，互相折磨。

十二

中日关系没多久又暂时缓和下来，可是旅游业的情况并不见得就风平浪静。近五年，那些来澳门采风找导游单对单带的人越来越少，虽然没有对我的收入有很大的影响，但却直接影响我的士气。如果工作对每个人都有某种意义的话，我当导游觉得最有意义的地方，就是向不认识澳门的人介绍澳门的美，就是从那些对澳门有特殊情结的人的身上，去发现一些自己不知道的澳门故事。然后，我又会把他们带给我的新故事和新景点，分享给其他想了解澳门的人。

那些特别来澳门找导游安排行程的人要求非常简单，只要替他们准备最为麻烦的交通和饮食，再按他们的要求带他们到想去的地方，然后介绍一些我自己认为有趣的本地人的食店和去处，他们就能心满意足。他们不要去旅游区，不要去旅游书介绍的店铺。

最近一次带的人是个来自意大利的摄影师，他定期会到澳门拍摄澳门的大街小巷，每一次都要求我带他去一些他没有去过的生活区，走居民寻常回家的路，行程结束之前又会要求我安排上主教山拍摄澳门的全景。

“以前我来澳门，你总是能带我发现一些不寻常的东西。感觉这几次来，似乎就没有了以往的味道，越来越没有吸引力了。”

他从主教山上远远地观望澳门的夜色，不无感叹地说。

“澳门就那么一些地方，都是那一些小街小巷，来多了确实很难发掘新鲜感。有时候，你们知道的景点比我们导游还多，要说还真的要感谢先生你们常常来支持。”

“没有吸引力，不是因为你们地方小，而是你们变得和其他城市越来越没有两样了。”

艺术家们的观点、他们想要的东西，总是与众不同，我们平凡人也许难以把握。可是，我多少能感觉到城市的精神面貌在一点一点地变化这点，从行走在路上的人的眼睛，从报章杂志听到的各种声音，澳门似乎在一点一点地失去原有的安静平和，逐渐有了一种大城市的气魄。

十三

2013 年底，中国大力打击零团费到港澳旅游，希望避免近十年导游与游客经常因接待缩水及威逼购物而引起的争执。那一年，澳门的旅游业大受影响，木成的情况可能最为严重。因为他主要带的就是零团费的团，那期间来澳门旅游的内地团数字严重下跌，木成每月的开支都很大，没多久就来找我借钱周转，希望短时间内情况能恢复过来。

“借钱没有问题，但目前看来你不能再像以往那样带团了，得想想干点其他别的事才行。”

“没事的，估计只是严打一段时间，钱我会很快还你。”

然而，事情并没有木成想得那么简单，因为严打零团费的时间并不短，为了增加收入，他开始找一些老客户牵线去当迭码仔，一边帮别人放高利贷，一边往内地各省市跑，找有钱人来澳门赌博。他请老板们吃饭消遣，带他们来澳门嫖妓，给他们放电影《赌神》。

“你以为人人都可以像赌神那样到赌场玩吗？是因为王总你是有身份的人，我们才邀请你，你是在为国增光。”据木成说，在二三线城市，说这种话很能收效，那些一夜暴发靠剥削同胞致富的老板，最爱就是这种恭维话。

我和木成的见面机会越来越少，可是他似乎仍然把心思放在小花身上。虽然并没有确定他们有男女朋友的关系，可是木成知道我和小花感情好，每次出门的时候都会叮嘱我有时间多关心小花，若她遇到困难要告诉他。

木成不知道我喜欢小花，除了小花自己知道估计就没有其他人发现这件事了。当然，这对于我当时来说只是一种想当然的假设，事实上也有小花根本就没有喜欢过我的可能性。

后来，有一天小花主动约我见面。那天，我感觉自己也有了向她表白的勇气，似乎可以把心里的想法告诉她了。晚上十点左右我便到了酒店，等她换上便装，便一起从酒店出来，我们在金光大道附近的街道上漫无目的地行走，两个人平排站在圣母湾的自动步行系统上，任风景自我们的身边经过。谁都没有先开口说话，整整四十五分钟，两个欲言又止的傻瓜，默默无声地又走到龙环葡韵，又再次回到那张约会过的长椅上。

十四

"很久以前，我问过你，如果你要向喜欢的人表白，你会说什么话。记得吗？"

"记得。最后你没有再提起过了。"

"现在，你有答案了吗？"

"小花……"

"我的劳工合约到期了，我不知道该不该留下来。"

"干得不开心吗？"

"只是没有什么值得留下来的理由。"

"留下来吧，我和木成都喜欢跟你在一起。"

"如果我不想再当劳工，或者说公司不跟我续约，你会娶我吗？这样我便可以留下来。"

我被吓了一跳，转过头呆呆地看着小花。

"骗你的啦，我要嫁也不嫁给你，一点男子气概也没有。"

"小花，我真的很喜欢你。只是，木成是我的好朋友……"

"你终于开口说喜欢我了，我就知道你暗恋我，我就知道，我就要听你亲口说出来。"

"只是，一直还没有准备好而已。"

"现在呢……"

"不知道。"

那是我们有史以来最长的沉默，我开始渐渐明白自己的犹豫。这一次，换到小花自己先离去，留下我独自望着那个永远不会再黑得死灭的金光大道夜空。

有些东西，仿佛原罪一样在扰乱我的思绪，我没有足够的判断力来分清真假，是真相还是伪装？总是因为怀疑而犹豫，因犹豫而错过决定的最好时机。

第二天，我们和小花失去联络。

我打电话找木成，木成也正想问她的下落。

“你知道小花被上司性骚扰吗？”

“我懂了，意思就是只能选择离职，而就算离职，在公司的威胁下也没办法在澳门找到其他工作。”

“我以为你也知道。”

“没有。”

“我说我可以和她结婚，让她领身份证，可是她不愿意。我告诉她如果回去了，我还是有办法让她再来澳门工作。我想应该只是因为离境了把澳门的电话停掉了而已。她会联络我们的。流川，你有没有在听？”

我答不上话，因为我所知道的小花、关于她的一切，都跟木成口中说的有偏差。

“真是个奇怪的人，要是其他内地女生听到有男人愿意让她领身份证，不知有多高兴。都考上大学了，为了弟弟和父母，跑来当劳工。明明很想留在澳门，可是她就是不肯嫁我。”

十五

我问这些东西怎么没人告诉我，木成还说以为我都知道。他说，小花一直不愿意接受别人示好，收到的礼物其实多半都退还给他。只是出于那一点点女生的虚荣，才偶尔上网发发图，也好吓退那些想泡她的人。

我从小花口中知道的她，和木成口中的她，几乎是两个不同背景的人，而小花没有说出来的那些底细，不正是我潜藏内心的犹豫吗？我们把国籍、民族、地域色彩单一化，是日本的都是鬼子，是内地的都是黑心产品，我们在既定印象产生敌对、怀疑，童话化的幻觉、妖魔化的形象，老人跌倒不敢扶，喜欢的人不敢爱，我们就这样失去了对人的基本信任，我们失去了对事物最天真和纯粹的判断力。最后，因为怕受伤而选择沉默不作，这就是善者被恶流淹没的第一步。

我们错过了什么？我们错过了一次又一次改变现状的机会。

一年下来，我们都没有小花的消息。

前不久，木成说要到广州找她，我当然知道那是骗人的话。这阵子经济不景气，木成又欠下了大量赌债，原先以为他只是单纯地跑路避债，谁知道他竟然在赌厅骗了很多客户的钱，手里面拿着过亿元现金跑掉了。虽然是这样，我总觉得坏的并不是木成，真正的问题并不在他身上。即使最后警察把他抓到了，在澳门依然会有一个又一个木成继续被环境所繁殖。

我又继续过我的寻常生活，只是经过这几年，今天我可以说，我学懂了多一份坚持，有了多一点信任别人的勇气。我已经不是菜鸟，觉得有问题的地方，我是会说出来的。

“我的故事说完了。”

在这个炎热的夏日午后，我在咖啡店把近年的经历告诉了一位作家，可是不知道从什么时候开始，他已经睡着了，即使没有睡着，实际上他也没有兴趣听我这种故事。

“完了吗？哦……说到哪里了？让我听听……”他拿起手边的智能电话，拨弄着录音的回放。

“预约的时间也差不多了，先生还有什么东西想知道？”

“这是什么破故事，我不是要这种东西，哎哟怎么只录到一半就停了。操他妈的李木成，还说什么好哥们儿，骗我收了介绍费找你这水货，现在人都不知道往哪儿去了。你们澳门人全他妈的是骗子！”

十六

作家在咖啡店睡了一觉，醒来精神抖擞地夺门而出，我们都忘记了给对方送名片，然后好好地说一声再见。

最后，他当然没有为澳门写出什么像样的故事，倒是以澳门为场景，结合翻历史书能找得到的史料，编出了一个抗日战争的好故事，后来还拍成了电影，说是在抗战胜利七十周年之际，以此片重塑了澳门在抗战中的历史地位云云。

以我的水平，他的工作我自然是做不出来的。结果我的故事，还是要由我自己来写，这并不需要任何理由。我尽可能如实地反映我生活的经过，记录在澳门发生过的各种事，让生活在这里的人，可以透过这些记录看到自己心路的变化，回忆起自己想要记得和不能忘记的各种生活细节。

最后，这是小花离开一年后，从广东一个叫作徐闻的地方寄来的一封信：

> 流川，好久没有联络，希望你们都过得好。我回到老家了，一切都很好。在澳门的那段时间，很感谢你和木成的照顾，特别是你，你让我真正看到了澳门的好。虽然，我没办法说得出不同在哪里，可是跟你在一起很快乐，那种快乐我没有办法从其他人、其他事身上得到，也许你自己没发觉，可是我很清楚。虽然觉得这样不辞而别并不好，但对于当时的我来说，也许这样的分别才是最好的结束。我很怕我自己最后其实只是自作多情，像你这样的人，选择很多，根本不会喜欢我，就算喜欢上了，也许没多久就会开始厌

弃。我从你们的身上已经获得了很多，也许你们并不察觉，虽然我知道木成并不如你口中所说的那样好，可是你们两个对我的好、对我的真，我是能感觉到的，我能在里面得到力量。

十七

人能够改变环境，环境也能改变人。我们以为消失的东西，其实一直在那里，从来没有离开过。

“记得你常常提到那艘消失的帆船，我想我是看到了。从你反复的叙述中，我的心里慢慢有了它的轮廓和形象。现在，我可以看到它从远方归来的景象，不在你们那个不曾存在的望德圣母湾，而是落户在我老家的海滩上。那些人在这里过着日出而作、日落而息的生活。他们在这里捕鱼、晒网，他们的孩子每天在滩上嬉戏，跟着大人学习各种赖以生存的技能。我每天呼吸着咸鱼肉饼和腊味饭的味道，我改变了开咖啡店的念头，依山食水，和家人在岸上经营起小饭店，用的都是新鲜的蔬菜和鱼虾。我想你知道你对我的改变，我想你知道我对你的信任。你并不需要说服所有人，因为那消失的帆，早已在你的心中扬起。每一个人，都将跟我一样，知道它的意义。”

小花在信中是这样写的。

今天，我在向着广东最南端的某个海湾的路途上，写下了这个故事的大概。

这个叫徐闻的地方，正是万历十九年汤显祖贬官落难之地，可正因为贬官徐闻，所以他才有机会旅经澳门，以及在后来写下千古绝唱的《牡丹亭》。据史籍记载，汤显祖在徐闻只当了短短半年的小吏，眼见当地荒僻落后，于是在公余主动办学创校，推动教育和文化，希望借此启发民智，改变当地人当时轻生自贱的风气。虽然汤显祖没多久便离开了，但他播下的种子，却最终对徐闻产生了深远的影响。这些，也许跟我写的澳门故事已经再无关联了。

也许吧。

2017

在 M 城里，到处的感觉都是柔软的
如大雨过后铺成的路线一样
有些事情发生了，却像一杯清水般易于令人遗忘
像我这个刚刚失恋的人，我是不愿强硬的
灵魂败坏地收在酒瓶里，板樟堂话语懦弱
灯光烂醉如泥。

——贺绫声《如果路过，请柔软地为我点击》

一　如果有一个地方叫 M 城，我将用这城市的方式爱你

2017 年 9 月 18 日深夜 2 时，我一个人躺在家里的沙发上，一边听着谢安琪唱的《喜帖街》，一边用手机上网在社交网站待着。好老好老的歌了。今晚没有特别想到要干什么，其实严格来说这样的想法已有两三年的光景，早上到公司上班，没有什么特别事情可以做，一直就那样待在荧光幕前。下班回家，如果处于单身状态，就随便吃点东西，然后往健身室、球场去。也没有特别想找朋友出来聊天，连去酒吧的热情也没有。回家洗个澡后便在网上待着，并没有什么想干，也没有什么想要分享，一直处于潜水状态，然而隐身于网路上这个不存在的

“我”，心里又好像在等待什么事情发生。

我就是一直处于单身状态，那些还没来得及确定关系便无力谈下去的感情，也不好意思再提及，我无法分清是不是真的有爱情存在于里面。回想一下，自己心里面说得上是记忆深刻的名字，也就只有两个人。

一个是初恋情人，另一个是 Ivy。

以前很喜欢在网上寻找旧情人的生活近况，知道初恋情人已经结了婚，生了小孩，结婚的对象是公司的同事，然后我便好像放低了一件心事，确定“这个人已经得到幸福了”，心里默默为她祝福、替她高兴。这种放下心头大石的感觉很好，网路世界一直为我留下很多寻找旧情人的线索，也许她本人并不愿意让我知道这些，也许她根本不想记起我，也许她一直想把我从记忆中彻底删除，像我们从来没有认识过一样，也许她本人在现实生活中能够办得到，然而记忆的储存库里面，并不容易删除东西，再多不过封存起来而已。

网路世界的东西，就像感情一样，一般人很难把它们彻底清洗。一旦你曾经进入过网路世界，分享过你的喜悦与悲伤，那些东西就永永远远地存在，必须有足够的技术、能力以及用适当的方式，才能把它们好好地清洗。

我们是活在网路时代的人，从小时候就一直这样生活，只要我想，我还是有办法重温我们任何一个阶段的经历。你们没法阻止我。

“乔捷，你这个人太可怕了。”

这是 Ivy 对我说的话，那时候我们刚上大学，说这句话之前，我第一次教她如何取得一个人的 Facebook 备份资料，如何透过 Google 的指令，寻找某个人的图片和网上活动记录，又教她怎样进入别人的主机，透过关键字搜索有用的资料。

“技术上可能是比较复杂，但是某些情况下，使用适当的关键字，其实更加重要，它会让我们的搜索过程更加有效率。”我说。

“那怎样才能确定关键字呢？”Ivy 问。

“很多时候只能靠尝试，不断地试，也可以使用机器和程式，如果是认识的人，可以凭借与他的接触和交往，尝试模仿他们说话的方式、思考的方式，那么就很容易找到你想要的东西了。”

我想，那时候的 Ivy 还是挺崇拜我的，我是个读文学的高才生，她喜欢看我的文章。平日，我自学很多资讯科技的东西，这些 Ivy 也都不太懂。我读书自学并没有什么特别原因，读文学是因为我喜欢写作，我有很多话想说；而研究，也许是因为我看太多资讯战的科幻电影，比如关于联邦密探、职业特工队或者黑客之类，这让我对破解、解读产生了很大的好奇心。除了这些，我便好像什么都不会了。

“那听起来太儿戏了，毕竟是电影，所以才有这样的巧合吧？怎么可能那么容易就猜到对方的密码轻易登入别人的电脑系统里面呢？”Ivy 这样说。

“我相信的是，即便是数百亿的交易，甚至是一个民族的命运，有时靠的就只几个人的意志，说儿戏也是相当儿戏吧。当然，那些企业和政府的资讯我想也并没有电影中写得那么容易取得，但以一般人来说，我们一辈子要记的东西太多，一大堆的账号、密码，各种各样的个人平台，真的那么容易记住吗？结果他们要做的就是选取简单的、统一的、易记的方式，又或者把一大堆的资料放在某个特定的地方。所以要锁定目标取得它们，也并不是想象中那么难。”

我不知道 Ivy 有没有听懂我讲的话，就当时来说，我是有点后悔把太多似乎不太恰当的东西、比较无趣的、技术性的东西告诉她。所以后来，我尽可能不谈自己工作上的事情，和她兴趣无关的事情也尽量少说。我尽可能听她说话，让她把她想说的话，按她自己喜欢的方式说出来。

她有什么喜欢的东西吗？到现在回忆已经很模糊了，也许是因为我有在让她说、我有在听，却没有很认真地记住。我只记得她一直憧憬到世界各地旅行，她希望过好的生活，不想过得太平凡吧。这样说来好像有点矛盾，但我很确定当时她就是这样告诉我的。这是我唯一能确定的东西。

二　整个岁月从板樟堂来回
板樟堂／用疲倦了的鞋子耗尽承诺

我们在 2012 年分手，也就是我们一起大学毕业后的一年。因为我觉得她已经不爱我了。

我一直希望毕业以后能从事与自己专业有关的工作，也就是以写作谋生。可以是记者或编辑，可以是文案，无所谓，因为我相信自己所写的东西是有价值的，我相信自己的能力。当然，结果并没有如我想象中那么容易。

Ivy 在毕业前找到了在国际企业市场部上班的工作，没多久就有很多到其他大城市出差做宣传推广的机会。

至于我，在努力地写作。我希望能写出一些像样的东西，好对得起自己，然而，她总是觉得我不够努力。那一天，我约 Ivy 下班以后到咖啡店坐坐，因为她的工作关系，我们有几天没见了。

我从下午就开始构思一篇关于新巴士公司经常发生意外的文章，很早就到了卡夫卡咖啡店找个角落坐下来，对着手提电脑在网上翻资料。Ivy 很晚才到，也许是工作上的事不太顺利吧，从玻璃窗外看到她进来，一直面无表情。

“乔捷，你有没有想过我们的将来。毕业以后你有没有老老实实地找过工作，你在等什么呢？我觉得跟你越来越无法沟通。你不爱听电话，不与人交往；就算与我联系，几乎都是用短讯。你觉得这样正常吗？我很累。”自从她出来工作以后，就觉得她的脾气没有以前好，看着我依旧对着电脑一言不发，她又不高兴了。

我没有什么话想说。这既是我作风的说明，也是我听到 Ivy 那么说时的感受。

“每次你都这样，每当我们谈工作谈未来，你就不说话。你说句话啊！”近来 Ivy 希望转一份比较舒服的工作，拚了近一年，虽然工作上有点成绩，但她觉得很辛苦，不想再干下去了。

“我有在努力，给我点时间。”

“我给你的时间还不够多吗？你每天二十四小时对着荧光屏，不是写东西就是上 Facebook，你觉得花时间做这些事会有什么改变？我们不再是学生，爸爸妈妈不会再照顾我们。你每个月领着那一两千的稿费，你觉得这样可以有将来吗？你有没有想过买房子？有没有想过开车送我上班？乔捷，我们有多久没有出去吃过饭了？我真的不想浪费时间了，好吗？”

“你想要的生活，我是可以给你的。”

“你知道我想要什么生活吗？你真的知道吗？我想我的男朋友可以让人觉得干净明亮，想他过的是正常的生活，有一份体面的、收入稳定的工作。我想我们像个普通人般有一个小房子，两个人住在一起。你看看你自己。”

“你的意思，就是当个高级公务人员，不必为世事烦忧，然后买一辆汽车，买一个两房厅的小房子，是这样吗？”我尽可能让自己能冷静看待她的抓狂。

“我只想你正正常常地找一份工作，让我觉得你可以照顾我。”也许是因为上面的对话过去已经发生不少次，Ivy 再说出来已变得有气没力，继而她开始在我面前饮泣。

咖啡店里面坐满了人，我身旁的一对情侣往我们这个角落看了过来。说是身旁，是真的非常接近的身旁。

“Ivy，你相信写作的力量吗？你还相信我吗？”

“不是相信不相信的问题，你是不可能靠写作养活你自己的。现实一点可以吗？去找份教师的工作，去报考公务员什么的，甚至你到什么公司当个文员，无所谓，就是不要再拿写作出来让我一直等下去，好吗？”

“你就不能相信我自己有一套计划，不能相信我们以后会过得很好？”

这时候，换到 Ivy 不说话了。我盖上了手提电脑，盯住低下头的 Ivy 看，身边仿佛所有的动作和声音都消失了，只有我和她。

“Ivy，我是爱你的，可是我们的想法差异越来越大了，我的节奏太慢，而你的人生已经全力开动。与其我们的距离被越拉越远，不如就在这里结束吧。希望你会找到你想要的幸福。”

三　失去恋人的狗，以及对行人的敌视

我站起来，抱起手提电脑，往柜台结了账，然后从大门走出去了。在打开咖啡店门时，我回头看到 Ivy 依然保持着原来的动作，完全没有改变，我便转身走在路上。那个夏夜没有风，气压低得让我透不过气，没走几步我已经全身湿透。我看

着手机的Facebook、WhatsApp、微信、微博都像集体死亡一样，连一个新讯息的通知也没有。我把手机关掉，不想回家，不知道该往什么地方去。我就这样走到海洋花园前的海边，呆呆望着对岸的灯火，直至天亮。

接下来我到底睡了多少天，我也记不得了，印象之中房东来过一次、妈妈上过来我的住处一次。我不饿、不难过、有点愤怒，余下就是觉得特别的累，只想拚命地睡。

其实不当打工族也是能养活自己的，写小说、写散文、写专栏文章，有朋友需要做采访专题的时候就帮忙写一些，又给各地的报章写介绍M城的稿件，再按照喜好经营网站集结同道中人，然后专门帮一些品牌推介他们的产品，完成后把收到的样品拿到淘宝卖掉，再看看市面上有没有便宜的产品，有的话便自己多买一些炒卖。当然这样并不可能大富大贵，过的也是苦日子，但是这样也并不愁钱，一个人过得逍遥自在，而且有些人确实是通过这种工作方式致富的。

所以，以当时来说，我毕业以后初步的计划就是那样，先碰碰运气看看，不行的时候再回到普通人的行列也不迟。可是我又懒得跟家人和Ivy说，因为以当时来说这种生活方式对于传统思想的人无异于痴人说梦，就像老一辈未能接受社交网络的运作方式，就像Ivy无法理解黑客们的破解技术。在他们的世界，依然是广播电视和报刊；在Ivy的世界，依然是月薪加提成。

我一直觉得写作能够帮助我，就只等一个机会而已。

不知道分手以后的第几天，我终于醒过来了。整个人像重伤多年有天吃过别人送来的灵丹以后突然痊愈的感觉，连自己也不敢相信。

打开窗帘，我看着窗外的阳光，感到自己鼓足了劲，体内的记忆体和硬盘经过重组以后，速度和灵敏度大大提高。我对自己说，从现在开始就加把劲吧。

重新打开手机，所有邮箱、应用程式内都有数个新通知、WhatsApp 的短讯，里面有妈妈和朋友的问候、编辑和一些公司市场部的邀约。里面没有 Ivy 的留言。

明明是我说分手还指望别人留言，我是有多么的痴心妄想呢？

我从 Facebook 的消息中，看到新的巴士公司又发生了严重的意外，同一天里有几个人被同一公司的巴士撞到，其中还有他们巴士公司自己的工作人员。有市民用手机拍下了巴士司机在开车时打瞌睡，也有他们停在一边求乘客稍等，上厕所、吃饭、抽根烟之类的照片。

我开始处理之前几天自己写下来的一些草稿和意念，打开电脑就这家巴士公司的各种管理问题书写自己的见解。

政府是付钱给他们经营公共服务，他们收的是纳税人的钱，但即使市民不满意，政府到最后还是会为他们的恶劣服务付账，那么应该怎样做呢？默默承受还是力争到底？我的结论是，不满意服务就不付钱，让巴士公司跟政府说去，公共服务是市民的权利，不付钱是一种态度，希望司机也一起参与。

我把这篇文章发给了相熟大报的一个编辑，编辑看到主题认为不错，把稿件收下了。过了几天他却打电话来说稿件不能用。

"前面的部分分析得还可以，后面的万万不能出，我这是保护你，你的结论已经不是批评那么简单，那是煽动啊。对你、对我们报馆都不会有好处，不如撤了吧。"

"好的。给我二十分钟，我给你换一篇别的。"

我从来不会跟任何人争论什么，过去也没有被退稿的经历。基本上只要编辑说需要如何修改，我就会按照他们的需要来修改文章。他们要删改我的句子和段落，我也从来不会抱怨。虽然说这种删改情况很少发生，但我是打从心底觉得无所谓，因为那是工作的一部分。而我自己亦非常清楚每份报章杂志需要些什么，文章要如何获得效果，所以我在撰稿人的行列中还是挺吃得开的。至少有工作的时候，大家也会想起来找我。

因此，这样的退稿及写作敏感话题的情况，也是头一次发生，我想编辑也觉得非常意外。你要问我为什么突然会写出这样的文章，我也很难确定地回答你。

是因为把分手的怒气发泄到文章上去？因为对于社会的各种不满已达到临界点必须借这样一个话题发泄到文章上去？又或者只是纯然的因为创作上需要一些新鲜的体验，为了用一些新的东西来观察身边事物的本质、来刺激人生起一些特别变化？我不知道，我只知道这样的一篇文章退稿以后，我觉得自己走对路了。

四　大部分的点击都是路过，一切都是路过

二十分钟之后我简单写了一篇关于营销学的文章把我原来栏目的位置补上了。

我在 Facebook 的即时状态里面写：

“你相信文字的力量吗？”

各种各样的回复，有正面的、有负面的，有积极的、有消极的，各说各的话。我回复说：

“说文字有力量，是因为有人会害怕。说文字有力量，是因为有些话说不得。在 M 城这样一个人言可畏的小乡村，文字是永远有力量的，只要有一个人听过看过你发表的东西，他们

就会衍生出各种各样的结果。”

这件事以后，我忽发奇想开始在网路时事论坛里发表文章，多半是时事评论，我亦自知自己骨子里有那么一些激进的思维，所以把一些过分的思想都写进自己的小说里面，小心翼翼地发表自己对改变社会的美好见解，轻描淡写地发表批评政府的各种言论，尽可能得体地提出各种有用的建议。与其说我做了什么新的尝试，不如说是我更专注地把自己的写作技能，发挥到关心社会政治和民生等问题上，用我过去那种不痛不痒写出来就算很烂也骗得了人，还可以消磨别人时间和生命的文笔。

我好像一个很关心社会、很热心助人的知识分子，但其实我根本对任何事都漠不关心，只是随手拿来，空发议论，说一些远在天边，即便不是在城人都能提出的苍白意见。这样，竟然有人会喜欢。

有一天我在论坛里面收到一条私人讯息，发讯息的账号说他是某社团的青年议政小组的负责人，希望我能加入他们，向他们投稿和参加活动。我问他有没有稿费，他说有但是不多。想到写这种文章并没有觉得很累，看到有些大人物的所谓议政发言，随便找些东西骂骂也能过关，那么我就答应了。最初是给他们指定的会刊、杂志和网站供稿，后来他们也会请我写一些以他们社团名义发表的稿件，稿费亦一直按我的要求，透过我朋友的一个支付宝电子账号接收。

他们一直不知道我就是写文章的乔捷，这是我故意的。因为我在网上留言都在用另一个名字，为的就是发泄发泄，一直没有打算把自己变成一个和社会时事有关的人。到后来，经过他们多次邀请我参加活动，而我又觉得与他们的关系可以继续线下发展，于是就去跟他们会面了。

那次活动也是一个议政的论坛，安排在下午，地点在一个大广场，没有很多人参加，大部分就是老伯伯以及看上去就是该社团成员的年轻人。由于我并没有很关心身边发生的事情，而且自己确实就是不喜欢讲话的类型，所以过程中没有发言，到场后发个 WhatsApp 短讯告诉邀约人到了，然后就只是尽可能躲到后排座位不让人留意，直至活动结束。

最后我就和社团人士相认了，握握手，总算露了个面。

他知道我是乔捷以后，就说自己是我的读者，看过我很多诗和小说，又说没想到我对于写时政文章也有一手。这些奉承的话特别容易在搞政治的人和商人的口中出现，所以我也只是笑笑。也许是他觉得相对于在网上对话，我在面对面时显得有点冷漠，所以他一时间也不知道该说些什么。其实我们年龄估计也差不多，他穿的白衬衣和黑西裤再配一条像法兰克福肠颜色的领带让我觉得他像中年男人，头发看起来也开始稀薄，并且有发线上移的迹象。

“乔捷，你本身是干什么工作的呢？”二十多岁的中年男人向着穿汗衫牛仔短裤和球鞋、二十多岁的我说。

“没有正职，你是有什么好介绍吗？”我试着尽量把自己的话拉长，好让自己显得不那么冷。如果我只说两三个字的回复，对方大概就会认为我不想和他再谈下去了。

“要不你也可以来我们这里，我们正好也在招聘全职的社员。”

“需要什么工作经验或者学历吗？”

“经营和维护我们社的网站，闲来发表下文章，刺激社员发表意见。说起来这份工作挺适合你的。”

“待遇如何？”

“具体得看面试和你提供的履历，因为……我说假如你真的对这份差事有兴趣，最后还得经过一个面试，由比较高层的社团领导来决定聘请与否，还有待遇等等。老实说，你的工作就是填补我现时的岗位，因为社里面另有任务给我。”

“其实，我一直没有做过正式朝九晚五的工作。”

“没关系，我们在网上认识也有段时间，其实具体就像你平日做的事情那样，虽然一样有固定的上班时间，但具体只要你完成安排给你的任务，余下的时间你依然可以做自己的事。对于我们这些全天候网民来说，是一份不错的工作。”

“好吧，告诉我需要些什么资料，我把履历发给你可以吗？”

中年男人貌似很热心这件事，在我要告别之前还再一次说收到履历资料以后，会尽快安排约见。自从和 Ivy 分手以后，我觉得自己做任何事都比以往看得开，什么都想试试看，以前倒是没有这种想法。也许是因为看到她朝九晚五、经常出差早出晚归的生活有点害怕也说不定。反而她不在身边，对普通人生活这种标签反而放下了戒心。

不过按原则说，中年男人介绍的这份差事，也并不算是非常普通的。这是一种相对新潮的、自由度较大的工作。

当时很想把这个消息告诉 Ivy，也确实打电话过去了，但电话那边传来电话已关机的语音。我再按进去 WhatsApp，看着她的名字良久，然后点进去看到她最后登录的时间是凌晨的 12:05，然后拨到前面我们的聊天记录，一行一行地看了两分钟，依然没有看到她在线。最后，我还是决定不要留言打扰她。

我想，毕竟已经分手了，而且是自己提出的，现在再找她，一定会认为我在耍她。

那天晚上我准备好中年男要我准备的东西，履历表、个人资料、近照，还有一封诚恳地表示希望获得在社团服务机会的求职信，第二天我便亲自往会址打算送到中年男手上。

五　霓虹灯此刻一闪一灭在释放忧伤／如我所喜欢吃的骨头，内里充满想象

社团的会址设在一个快将拆卸的十二层高的工业大厦里面，他们的位置在二楼。大厦地下有一条长长的上落货通道，有两辆黑色汽车停在远处。从大厦正门的标示牌可见，其他楼层几乎都是空置单位，一楼的健身中心和顶层的艺术团体有挂牌，但这两层从大厦外面看却没有明显的招牌标记之类。而大厦黄色的破落外墙，总让人觉得这社团的会址就像放置在被丧尸占据的死城里面一样，而它就是唯一尚有活人躲藏的最后根据地。

坐上旧式电梯到了二楼以后，反倒是灯火通明，整层的格局就像化学研究所一样，到处光洁雪白。社团的标志在电梯的右边，我走近玻璃大门时，后面一个有点像大学实习生的女孩给我打开了电锁。我进去以后她问：

"请问有什么可以帮忙呢？"

我说我想找中年男，有东西交给他，她便帮我拨通了内线电话通知中年男。

"部长暂时走不开，他说请你把资料交给我便可以了。"

我说有劳了，把应征的东西交给实习少女，转身便往门外走。正要按开电梯门的时候，我看见会址大门内出现三个穿着深色西装的中年胖子，其中一个身上夹住个小公文包，感觉就像是老板或首领之类的人物。中年男跟在他们的后面，然后跟每个人握手，并向首领鞠躬。然后，中年男为他们开门。

为怕要与他们同电梯，我在他们出来以前立刻缩进电梯往地下去了。

我走到了工厦的对街往会址所在的那层看，黄色的外层、茶色的窗，除了社团的标志以外，每一层的外观都没有特别的差异，如果没有标志，我很难确定那一层就是会址所在，当然也完全无法想象它们内部的装修会跟大厦外观之间有如此大的差异。

我在工厦对面大概站了有一分钟左右，刚才要从社团会址出来的三个人并没有从大厦出来。然后我便动身回家了。路上中年男来电跟我说资料收到了，刚好有客人所以没法请我到里面坐坐真不好意思。我说没关系。他便说会尽快安排面试，到时候社内的领导也许会跟我见面。我说没关系，告诉我时间就是。

挂线了以后心里面突然感到不安，有点担心自己在这样的一个工业大厦里面上班会不习惯。也可能是将要面对面试，以及准备过正常上班族生活的一种恐惧。我想，如果没有跟 Ivy 分手，她一定会为我踏出这样的一步感到高兴。我们分手，大概也有一个月了，不知道这一个月来她都在干些什么呢。

那天晚上我又打了一次电话给 Ivy，可是电话还是关着的。WhatsApp 的上线记录依然是上次我联络她时看到的时间。我开始担心 Ivy 是否出了什么意外。第二天早上，我试着到她家里去看看，我按了她住处的对讲机，没有人接听。我试着找一两个同样认识 Ivy 的朋友，大家都说最近没有联络。

也许 Ivy 还有什么更知心的朋友也说不定，可是我完全没有他们的联络方法，也并不认识他们。于是我在她 Facebook 的主页里面发了讯息。

“各位朋友，你们有知道最近 Ivy 去了哪里吗？”

自从两个月前，Ivy 的主页就再没有更新过，所有新讯息都是我给她标注的合照，或者商业账户给她标记的广告。没有任何人曾在她的主页留言。

看到我的讯息，有些朋友说也许她出差了，但多半人似乎对 Ivy 知之甚少。她根本就不像一个活在我们这个时代的人，她对网路交流没兴趣，工作上只是用电邮，WhatsApp 也是因为工作需要才使用，很多社交平台的账户也是我给她开的，她的生活根本就没有用到这些东西。

而我很遗憾地发现，除了网路上留下的东西，我对 Ivy 现实中的家人、朋友只有极其有限的认识。

我想如果她失踪了的话，她的父母应该会知道的，可是我没有她爸爸妈妈的联络方法和他们在珠海的居住地址，认识了那么几年，我与她的世界原来一点联系也没有。她一直只是住进我的世界里面，我则由始至终没有试图去了解她。

那天晚上，我开始试着去寻找一切可以找到 Ivy 的方法，翻阅一下我们这几年的私人讯息、网志留言、手机短讯及聊天记录。讯息量太多，以至于电脑和电话好多次死机。我发现自己只要在网路世界就会滔滔不绝，各种各样的想法，各种各样的创意和构想，向 Ivy 介绍各种自己喜欢的东西，她总是附和地给我发送类似“原来是这样啊，看来挺有趣啊”这样的回复，很安静，既不会影响我的思路，也不会刻意把话题转向到她自己的身上。可是重读的时候，你却没法通过那些句子来塑造她的形象。

相反，在我的记忆里，Ivy 只要在我身边，她就会开始不停地跟我说话，今天发生了什么事，遇上了什么人，和爸爸妈妈到了什么地方吃饭试新店。当我坐在沙发上看书的时候，她会跑到我身边说“抱我”，或者把头靠在我的肩上，让我一边可以读书，一边可以抚摸她的头发。

后来，我觉得我们见面的机会越来越少，也许是她忙，也许是我并没有特别创造这样的机会。好像从某个时候开始，我便越来越冷漠应对外界。如果当天她真的不爱我了，到最后也许我会发现，起因还是来自我自己。

当天晚上，中年男来电话，说安排了三天后的早上面试，面对的是他们社团的最高领导人，就是那个偶然会在电视和报章上露面的男人，相当有钱和有势力的人。我说请一个网站管理员不用那么夸张吧，他说就是循例性的见面而已，并简单告诉我一些必要的礼节性衣着。

“除了一件事，我再跟你确定一次，你是要接受我们这份工作了吧，包括了我们刚才说过的待遇和福利等等。你知道要请社团高层参与面试，如果你突然把之前的东西推翻了，我也不好交代。”

我说没问题，而且面试一定会出现，请他可以放心。他就说很好，他现在就准备文件等等，尽可能在当天把事情搞定。

挂了电话以后，我把这件事放下，又继续搜寻 Ivy 的下落。

六　如果路过，或者只是无心地经过

为了寻找 Ivy，接下来的两天我一直在我们常去的地方转，只要不在家里，我就不断往各种各样的地方行走，在她家楼下停留，在路边发呆，看着人潮经过，直至长街重归于清冷。我想也许 Ivy 曾经走过也说不定，但人总是会偶然错过。

第三天我穿上了正装，按时到达社团的会址，准备参加中年男安排的面试，可是我到达他们会址以后，只见中年男在会址大堂等着，然后说今天最高领导不来了，直接由他来完成后面的聘用程序，并邀我到会议室里面把所有手续处理掉。

“我就开门见山好了，合约里面所有薪金、福利和工作时间等等都写得好清楚了，只要你确定签字，事情就全部完成。

在此之前，你可以向我提问，或者告诉我还有什么要求。”中年男一边在开会议室的灯，一边跟我说。

我们坐下来，他从公文袋里面拿出合同给我看。

“工作性质就是网站讨论区的维护，上载社团相关消息，以及写文章。”

“对。工作地点主要就是这里，你会有自己的房间。平常这里就只有你和前台。”

我偷笑，因为实在太儿戏，并没有我想象中和阅读经验里面的严肃场面。

“其实为什么会找我呢？”

“因为没有什么特别的人选，我在网上也观察你好长时间了。你不觉得这些工作很适合自己吗？”

“应该不怎么吃力。”

“虽然相对其他私人企业的工作，这个报酬并不很高，但我相信这样你会有更多时间写作。”

“是啊。谢谢。”然后我就在合约里签字了，说可以下周上班。

中年男再花大概二十分钟时间，向我介绍一下社团的背景，他们的工作。

“主要就是关注民生的事情，如果是涉及社会时事的批评和建议的文章，你发现的社会大众在关心在谈论的事情，向我报告，这些都是有助于我们社团开展社会活动的重要基础。”

我很想说其实我并不特别关心这些事情，但为免我们的对话继续延长，我就尽可能同意他的观点，并且表示一下自己的热心。然后我就带着一份工作合同回家了。

由于距离上班还有四天，我继续四处寻找 Ivy。在这段时间，我不得不这样做，我到 Ivy 上班的公司证实了她已经辞职，什么都不要、什么都放下的辞别了。公司的同事说，她要去流浪。

我想如果是要离开，至少得再见一次面吧。也许，如果我能挽回一些什么，她就会放弃离开的念头。又或者，让她和我能保持联络。我想跟她联络。然而，我最后确定了她的WhatsApp 再没有上线，确定了她的 Facebook 再没有上线，确定了她的电话不通，确定了这一切一切。最后，我开始准备第二天上班的东西，虽然看起来并没有什么特别要准备。然后我开始觉得头痛，享受了一晚失眠。

第二天早上 10 点 30 分，在我准备上班出门的一刻，我给 Ivy 的手机号码发送了最后一条手机讯息。

“Ivy，我要去上班了。是一份很不错的工作。对不起，只想告诉你，我一点都不想分手。”然后我用英文告诉她我爱她，并希望可以再与她联络上。我明知道电话已关机她不会收到，但我想这个讯息还有二十四小时的期限，在这段时间内，它还是有机会传到 Ivy 眼前。

没有回音。我在路上一直看着手机，不同的应用界面依次是手机讯息、WhatsApp、Facebook、微博、微信、讨论区，然后再刷新一遍，手机讯息、WhatsApp、Facebook、微博、微信、讨论区。重复了大概有八次左右，我到了社团所在的工业大厦。我往所有社交网络上标记自己的所在位置，并写下了新的即时状态：

上班了。抱歉最近一直潜水，最近都在忙面试的事情。希望她也能知道，我想她会为我高兴的。

七　烟瘾不断让我追悔，在日历上那些纪念日

其实我并不很忙。

上班的第一天并不很忙，前台的实习生把我带到房间里

面，给我送上当天的所有报纸，告诉我中年男待会会过来跟我交接工作，然后就离开了。我一边读报纸一边等中年男过来。

“乔捷，欢迎加入我们的大家庭。今天人就我们三个先不庆祝了，等以后全社集体聚会的时候再给你介绍其他成员和庆祝一下吧。”

中年男把他每天的工作告诉我，教我使用公司的电脑和网站的后台操作系统，然后就说今天会随社内领导出去参与活动，有事互通 WhatsApp，来没多久就走了。

综合我每天要做的工作，包括阅读社团网站讨论区的所有新发表帖子，把好的置顶，把违反规定的删掉，适当地回应一些帖子，刺激别人发言。如果有社团消息，便要协助上传到社团网站，发送到报馆。也不必特别联系报馆和电视台，这方面另外有人会负责。然后就去运营社团的 Facebook 和微博账号，把刚才做的帖子和消息，重新连接一次到社交网络，和其他人分享。这些东西都完成以后，就换个账号，或使用自己的账号，发表和社团政见相符合的帖子，有些内容是其他人事先做好的，其他的我可以按自己喜好来发表，并没有特别的规则要求。接下来的时间就可以自由把握，当然也要经常留意发表的东西有没有人回复，回复的意见有没有什么值得记下来，有没有恶意的批评和破坏之类。

所以，虽然说这份工作时间很短很简单，但它同时也处于一种工作和生活混沌不清的状态，几乎除了睡眠以外，没几分钟我便习惯性地往手机或电脑荧光屏看，这个我已经极度习惯。

手机讯息、WhatsApp、Facebook、微博、微信、讨论区……我在留意网络言论，我在等待 Ivy 的呼唤。有时候看累了我会写点文章，可是自从 Ivy 失联以后，我写得极度缓慢，要不是工作要求尽可能写点什么，要不是工作要求我尽可能看点社会新闻，要不是我刚好接到这工作，我大概会一直待在家里，直至受不了随便找个方法死掉。我是有这样想过的。

现在我在社交网络基本只发表工作上的事情：政府工作严重缺乏效率，种种迹象显示新开发的区域存在官商勾结的问题，议会的讨论缺乏科学实证流于道听途说和谩骂，假咨询预设既定方案和立场，城市和交通规划无视市民反对，各种旧建筑旧城区在抗议声中被清拆毁坏。实际上我是投其所好，并不存在任何立场，实际上我只是客观把市面上发生的记录下来，所谓的"立场"就已经很明显了。也许是因为我的写作基础比较好，更可能是因为我并没有把这个任务当成工作，二十四小时在营运，像一个普通市民般反映问题，这样发表的帖子也得到不少关注，社团的官方账号和自己的账号都营运得相当理想，在短短一周里面，社团的网站点击人数便有了上升。

半个月以后，就是和 Ivy 分手一个多月以后，我在一个中午收到了 Ivy 的电话，没有来电号码显示。

"喂……"电话那边的沙沙声和风声断断续续。

"喂……喂……听到吗？"

"喂……是 Ivy 吗？喂喂，Ivy……"

"喂……我啊……我想说……喂喂……"

我继续对着自己的电话喂了很多声，但电话那头已挂掉了。我一直看着手上的电话，时间好像过了一个下午，电话依然静静地待在我的手里。过了半个月的正常日子，突然间又觉得自己待不下去了，那天晚上我一直呆呆看着手机，各种新讯息的提醒索引从荧光幕上弹出，没有一条是我想收到的。凌晨，我告诉中年男说身体有点不舒服，想休息两天。他有点不同意，但我说我会在家里面尽可能把事情完成，然后他就没说什么了。

前阵子那种被两只手狠狠地挤压心脏的感觉再次出现，呼吸困难，透不过气来。这世上那么多通讯设备、有那么多通讯渠道，想要联络一个人要有那么困难吗？

就这样在家里待了两天，一直躺在床上想，不觉得很饿，只觉得好累。

中年男并没有怎么特别发讯息抱怨，因为上班该做的事情我没有停止在家里做。第二天中午收到个陌生电话，刚以为是Ivy，一听是个男人，快递公司要给我送包裹。没多久快递员到来，送来的包裹来自珠海，寄件人是Ivy。说是包裹，里面只有一封信。

乔捷，只想跟你说声对不起，没一声道别就走，希望你曾经找过我，虽然你不会找到。想想过去的我们，我觉得你确实把我误会了，你的说话让我很难过。但这样，也让我不得不重新审视我的生活，我觉得我们一直的交往有问题，我说不出还差点什么。我已经试过打电话给你，没有力量再打第二次。我只想暂时离开这个城市，希望以后我们还会再见。我很好。

Ivy

八　有些事情发生了，却像一杯清水般易于令人遗忘

Ivy的信让我很迷失，最后，我感觉自己被人遗弃——就因为我不应说的分手。这辈子如果还有一次机会让我后悔的话，也许我不会再随便说要分开，原来这样对我自己的伤害更深，我宁愿有人直截了当地告诉我，我们的关系就在这里结束吧。

看完信，我像一座偷工减料的大厦遇上地震一样，身和心

都有塌陷的感觉。我重新回到床上，像被人用大铁锤狠狠敲中头颅，完全地昏迷过去。

我的意识开始变得模糊，无论是白天还是黑夜，都感觉面前的东西被隔着一层薄薄的纱。

第二天，我起床穿上汗衫和牛仔裤继续上班。我告诉中年男今天我上班了，他说好的请加油，现在的新媒体发展很理想，希望我努力干下去，做点成绩出来。我小心阅读每一份报纸的每一篇文章，我留意政府发布的所有资讯，小心研究每一个细节。我想应该是这样吧。

我好像记得我在工作的空闲时间，真的开始写小说了。我把每天发生的事情写到小说里面去，又或者把小说里面的情节慢慢当作生活，我已经不记得了。

Ivy 你好吗？我写的故事是这样的，一个叫作乔捷的人决定要去做一些和平常不同的事，本着一种反正已经没什么是重要的，于是放手一试的心态。

他在讨论区开始连载小说，故事里面主人公的朋友被两辆公共汽车活活夹死了。这是一家人所共知严重管理不善的公共汽车公司，主人公协助他朋友的家人索取赔偿，却没有得到友善的回应。因为他们一句“这是个纯粹的意外，有问题你不要找我们，去找政府”，让主人公极其生气，他开始主动寻找媒体关注事件，并且向政府部门求助，事情扰攘一段时间，他发现无论是主流的媒体或政府部门，都没有很热心地给予协助，无论是法律还是人事，都没有人站在主人公的一边。这个事件，也似乎没有到让媒体和政府部门高度关注的地步。

他的恼怒无法排除，为了帮助他朋友的家人，他主动设立网站整理公共汽车公司近年发生的意外，每次发生意外，都第一时间分享热心市民在网站上载的图片，他抵达现场尽可能取得第一手资料，在所有网上的、关注民生的团体刊物中提供各种评论。他走进政治社团，参加争取基层权益的宣传工作；他批评政府的不作为，辱骂官商勾结，指责利益团伙一直合谋夺取社会资源。他认为这个城市的核心问题是没有公义，他鼓励年轻人走上街头，为不满抗争。他提供各种可行的方案，各种非暴力表达不满的方式。

他在社团里面经常发现一些陌生面孔与社团领导见面，由于其中一个抗争方案，他得到与社团领导面见的机会，领导要求他完善方案，并且由他管理一个工作团队，协助社团进行各种社会活动。事情由原本的争取社会公义，变成扰乱社会秩序。他本着可以随时退出或随时死亡的决心，想看看自己的工作能让社会出现怎样的结果，然后就大手干起一些自己也不能断定对错的事情。

然后，他发现社团背后有一大财团提供资金，经常出现的各种衣着深沉面目模糊的人跟财团支持有关。往往领导在与他们见面以后，就会提出一些动机不明的要求，请主人公因应合适的社会事件、社会问题或者地方事务，安排游行或抗争活动的发生时间、地点、路线，考虑可能发生的冲突地点，并指示一些成员制造事端。

其时，政府发布因应某大型活动全城免费坐公共汽车三天的通告，三天以后一批青年同一时间在不同的公共汽车上，以“忘了今天公交不免费”为借口没付车资，随后开始发烂，坚持不付钱，并暴力威胁和控制车服人员，要求让所有上车乘客都不用付钱。青年以统一口径表示：“公共服务素质惨不忍睹，做不好，不付钱！公共服务应该是纳税人的福利。做不好，不付钱！”很多年轻人参与进来不付钱上车，年纪大一点的有畏缩，但几班车走过以后，无论是司机、车服还是乘客都似乎习惯过来了。

事件在早上上班时间发生，没多久警察就介入，把参与活动的几十个青年拘捕。主人公和他参与社团的几个负责人被请往警察局问话。主人公对事件一无所知。但警察们说，有理由相信事件是主人公在背后策划，并且把他以前写过的一篇文章交给主人公看，要求他解释。主人公说，他愿意和警方合作，希望他们相信，过去社团里面的一些游行活动是他策划，但这次扰乱社会秩序的事情不是，那篇文章也是早一段时间写的，并不是新近的东西。主人公大概已经知道这份稿件从何而来，他告诉警察会设法为自己和这件事找到有用的证据，希望他们先把他放了。警察对于主人公的回应感到满意，并表示已掌握了一定的资讯，希望主人公能进一步协助。

主人公知道看过这篇文章的人除了他自己以外，就只发送过给一位编辑。由于事态严重，他只有透过与编辑之间的通讯电邮，进入对方的邮箱，又寻找路径进入编辑所有连线的电脑及终端机中，寻找硬盘、资料回收箱及扫描所有已删除档案的痕迹。他从这位编辑朋友的一份邮件里面发现，这位朋友经常与一外地商会联系，也有不少来自于该商会的入账通知。他发现这位编辑一直在不同网站发布恶意讯息，宣扬仇恨和反社会行动。而且那些账号都是主人公所熟悉的。他甚至发现，他和他工作的社团有往来。

主人公把资料整合，输入了自己的名字和几个关键字，赫然发现自己进入这个社团也是这个编辑的安排和背后推荐。然后，他进入自己公司的系统，复制整个资料库，关掉手机、断掉网络，专心一意地躲在家里开始整理所有资料。

最后他发现编辑、社团和商会都是在收受某个外国组织的资助在进行活动，但事情远远超过他自己可以处理的范围。在确定事情的一切以后，他整理好资料，把有用的东西逐一打印出来，就倒头睡过去了。

九 像我这个刚刚失恋的人，我是不愿强硬的

我写这个故事用了多久呢？半年？一年？两年？那段日子发生过什么事我已经记不清楚了，只记得一觉醒来，就感到自己老了很多。我只记得那段日子里面，我没多久就会在网上搜一搜 Ivy 的讯息，看看从什么地方能发现她的踪影。有时候我觉得要找一个不上线的人其实并不容易，一旦东西变成没有上线的、没有数码化的时候，我们就变得束手无策。所以，恐怖分子才会改用最传统的字条、密码、口耳相传的方式来交付任务。也许是我们在依赖资讯科技以后，觉得一切都太容易了，忘记了世间万事万物都没有我们想象中容易、没有我们想象中简单。爱就像恐怖袭击，最不费一言一语的，才是最高明的杀着，他会深深地把你刺痛，让你无法防备。

我甚至根本不清楚，那一刻自己爱 Ivy 有多深。

故事伴随我在社团的工作结束而结束，也许再过一段日子我可以把话说得更准确，但由于我现在工作的关系，就只能说个大概了。人生有太多身不由己，有太多一言难尽。很久以前有人跟我说，观察人生毫无意义，写作的现实价值太低，其实是我们主动或被动地错过了很多东西，我们不去观察，就会一直对某些东西缺乏理解。记录下来的东西，经常酝酿和咀嚼，有一天总会派上用场。

离开了社团以后，有个政府部门也许是看上我写作的能力，主动和我接触希望我加入。有写作能力和一定的知名度，好处是他们比较好写建议书向上级请示，然后把我招进去，但

我的很多特别技能我想建议书里面是没有特别注明的，他们却是用这些技能说服让我加入。

到我进入了政府部门工作以后，我却发现自己根本没有什么事情可以做，也许是他们对我还没有足够的信任，也许是能力不足，又或者还没有用到我的时候，反正我就这样一直待着，做一些很轻松的工作，领着技术顾问的薪金。但因为工作关系，不能像过往那样随便上网发表什么了，慢慢养成了潜水的习惯，只看不说。

有时候太过无聊便会在公司整理自己写过的文章，写作的冲动越来越少。会重温一些大学时代和旧情人、和 Ivy 拍过的照片，整理和她们有关的网志，打印出来，然后剪贴成册。自那时候开始回归到用纸和笔写字的日子，闲来无事会给家人朋友写信寄信，笑说是让他们留下我的墨宝，将来我成名以后这些东西将会价值连城。

但其实我已经对自己没有希望了，我觉得人的一生是用爱累积出来的，我们爱自己的生活方式，爱自己的工作事业，爱自己的兴趣爱好，爱自己的家人朋友，爱自己所爱的那个人。而我的人生缺口很大，这几年，表面上我好像拥有了人们所羡慕的一切，我也有了自己的历奇，但我还是没有办法快乐起来。

我最期待的事情是有一天有人告诉我，我要怎样才能快乐起来。我的人生总是需要各种各样的人和事来确定自己的存在价值，我需要 Ivy 因为我一直觉得她是我的生命见证，我想要告诉她在我身上发生的一切。

十　收在酒瓶里的脆弱话语

2017 年 9 月 18 日深夜 2 时，我一个人躺在家里的沙发上，一边听着谢安琪唱的《喜帖街》，一边用手机上网在社交网站待着。我惯性地在临睡前在Google上搜索Ivy的名字：

给我喜欢的人

我希望每个月经痛时，会有一双大手为我服务。右手要放在我小肚子上，轻轻地压着，左手要抱着我的腰。不懂这个姿势会否太难，但在我的幻想中，这个画面很温暖。那时候，可以不吃药不打针不看医生。我也喜欢你呀。你从不知道这就是答案。当我吻你的时候，你要抱紧我，抱紧我，让我舍不得离开。

虽然大陆的风很冷，我欠缺这样的拥抱让我发疯。变老了，不是2012末日来临的关系，是眼泪流太多告诉我的。听到你声音我会描绘很多画面；毛巾牙刷的位置要按我的风格布置，我讨厌洗衣机上的风筒，因为它不听我指示。你抓狂的那天我也在打仗，告诉你，那一仗我打赢了，但我们却无法联系上。天秤空空的失重。看看镜子看看日子看看天气，月经又来了。我打算再买一瓶那个香港医生开的药，吃了效果不错。告诉你，女人要钱只是想告诉你她要安全感。

不知道我在诉说老了又老了的故事时，你在做什么呢？你又在哪里呢？只要你讲一声，整个画面又跳出来了。不管颜色和线条粗细我都可以描出来，这没有很难；从某个时期开始我和你一起长大，闭上眼睛就可以做得到。今天，我又看到你讨厌我时，默不作声的凶形恶相。

我和你的嘴唇都很厚，肚子饿时会变紫色，寒冷时会变白色，开心大笑时是最迷人的红色。如果交汇在一起时又是什么颜色呢？不懂，距离太近距离太远，日子太久时间太短模糊了想当初的记忆。我想你讨厌我是有原因的，连我都讨厌自己了。我没有认真地照镜子大概三个星期。突然想变成一只蝴蝶蛹，过一段时期再看看这个世界，再飞向你。不行，不可以飞向你，蝴蝶在寒冷的地方活不过来。再过一段时期呢？你会更讨厌我。

假使那延误的飞机又再延误，我会忍不住在机场大哭特哭，然后机服人员会走过来问我需要什么，我会回答说，我要打电话。延误的飞机没有再延误，电话我却打了。收讯有点差，收音有点杂。因为上帝为了拯救爱情，打断了天线。

2012 年 12 月

我在一个新开的博客搜到了这样一篇新发表文章，整个博客没有一个字和 Ivy 有关。但这里有我熟悉的东西，有我们之间的一些关键字。又或者只是 Ivy 一时大意在博客注册时使用了自己的名字资料。她是故意还是不小心，都无所谓了。

“Ivy，你好吗？我是乔捷。”我在文章下面留言说。

太艰深的东西我不会说，于是那一夜，我长长地写了这几年发生的事，把他们贴到了那篇文章后面，整理了自己的生活，才觉得所有东西并没有自己想象的坏，差别只在于我们还有没有希望，有没有看到希望。我只想告诉她，就因为那个叫作 Ivy 的女孩，我现在过得很好，给女孩子作为托付终身的对象也不会太寒酸了，我好想找个人和我一起过简单、平静、正常的生活，不必为世事烦恼，不必争论、争斗，让一颗绷紧的心能放松下来从容面对人间各种各样的事。

2017，人类还在。地球没有变得太好，也没有变得太坏，同样的这个城市，同样的一切。亲爱的，就让时间回到2012那年的咖啡店吧。

即使身边世事再毫无道理
与你永远亦连在一起
你不放下我　我不放下你
我想确定每日挽着同样一双臂
不必挑选我们成大器
当我两个并无冒险的福气
见尽了云涌风起
还怎么舍得放下你……

当陈小春唱着他的《相依为命》，iPhone里面最后的几首歌也快要播完了。我按下发送键，把所有所有的文字，都发送到那篇网志的评论页上。

十一　结束或未完的章节

好久没有这样通宵写作了，这里有疲倦而幸福的感觉。这刻，晨光渐渐从窗外经过大厅的沙发。一觉醒来，也许我书写过的一切将随曾经发生的一切消失在网海之中，也许相反。但无论如何，这个故事还将要继续书写下去的。

相信我，未完的续篇里面，Ivy还是会在那里的。

失明

那时候我并不清楚，为什么醒来后便再看不到任何东西，第一次活于漆黑的世界里面，我还以为自己仍在梦中，或者因过早或过迟起来而停留在无光的夜间。但那些都不是真的，我想我已经失明了。

我摸黑在床边寻找手提电话，家人说现在便过来看我。我跌跌撞撞地走出了客厅，深深地打了一个呵欠，心想如果现在再睡一觉的话，可能醒来便能回到原来的模样了。于是我就躺在沙发上，打算随便做一个不怎么快乐的梦，然后回到原来的世界……

眼睛越是看不见，人的听觉和触觉越是灵敏。我走在路上，感到莫名的繁杂和混乱，声音太多，很多人同时发表着各种各样的意见，似乎没有人愿意去聆听别人；他们只管说着自己的话，以各种各样的语言。

父母亲说今天的天气很好，要我随他们到大街上去。我在板樟堂的路上不断地被前方走来的途人推撞，父母亲在我旁边做了一个很微弱的叹息，可能他们以为我听不见。我说到底怎么了，在我两旁的父母静止了两秒，可能在交换着手语。

“只是周末人太多，感觉大不如前而已。”

我怀疑他们觉得我这个盲人太碍事，后悔把我带出来，但我什么也没说，只是继续听他们回忆过去我们一家有过的快乐日子。父亲说我小时候每到周末便喜欢跟着他们一起去喝早茶，然后到附近公园走走。现在似乎整个城市都比以往热，抑或全家都老了，我们已经不太愿意早上到外面走，特别是在周末往人潮汹涌的议事亭前地，老人家都怀疑那里已经不是我们曾经生活过的地方了。

“失明以后，每次外出我都能感到空气一天天变差了，老爸大概你也能感觉到吧？我想这里还是会继续变坏的，就好像我的眼睛一样，已经不会再好起来了。”

“别那么说啊，既然出来走走，就应该高高兴兴，先不要谈论这些话题嘛。”沉默了好久的母亲终于开口。自今天早上出来，她便一直紧紧地挽着我的手。

“你们所回忆的世界，我们之间那些美好的时光已经不会回来了。我不是你们曾经记得的那个健康的我，我会越来越不健康，我会一直在黑暗中，直至死亡。”

母亲又不说话了。为什么母亲就不好好地骗一下我，说我渐渐会好起来呢？但事实终归是事实，难过也终归是难过，所以我无论说什么，我的两位渐渐年老的双亲，也不会给予反应了。

我们继续朝着人潮中走去，三十五度的高温使我感到晕眩。失明的时间越长，我将会越不了解我身处的城市。

听本地电视新闻，这个城市每天似乎都有新的创造，那些熟悉的名字整天在电视中穿插，他们发表着对这个城市发展的各种见解，他们喜见这个城市出现新事物。

“未来五十年，这个城市还会在持续发展的道路上进发。”

“妈，听说我小学母校要清拆了，你什么时候和老爸有空，可以替我到那里拍一张照片吗？”我知道我对过去的记忆会越来越清晰的，因为未来对我而言并没有别人想象的那么真实。我只靠电视和电台的消息来构建自己的黑暗世界，我感到那些都不是真实的。但那些我曾经看过的、我曾亲身感受过的东西，我却越来越能理解当中的意义。

那个曾经坐满男孩的球场，只要听听皮球落地的声音，只要听到旁边观众的呼叫声，我便感到了力量。然而今天，那些球场上的声音一一退场，我没有眼睛去注视里面的一切。那些长大了的孩子、那些成长中的孩子现在到了什么地方呢？他们现在又到了什么地方嬉戏？

我的世界只有漆黑一片，每天在家中等着别人喂养，耳边听着的是此起彼落扰人的打桩声。将来，即使我有天能张开眼睛，再次看到这个我生活了超过二十年、超过三十年的地方，我还会认得吗？

有好几个星期父亲没有回来了，母亲说父亲死了，地盘的意外每天都发生。父亲的容貌依然保持在我失明前的模样，我没有感受到他的渐渐衰老，好像只是离场了、只是哑了、只是没有再热情地拍过我的肩膀而已。我问母亲最近身体好吗？她说没什么，以后将会到娱乐场做清洁工，所以接下来将会雇一个家务助理协助我的起居饮食。

我感到自己好像只是静静地呆坐在客厅的沙发上等死一样，以后便再没有外出了，母亲也不怎么来。从电视机传来的争吵越来越多，人们普遍对新的世界感到不满。我带着仇视在城外窃笑：就让那个我看不见的世界继续腐败下去吧，让你们与我的黑暗同在，与痛苦每天生活在一起。如果这个世界有值得让你们感到快乐的地方，为什么你们要不断地抱怨？那么直接来到我这边吧，因为在我这里没有所谓发展与未来，我只是停留在原来的地方，像死了一般没有改变。

我的暴力让我在后来好长的一段时间无法雇用家务助理，母亲每天几乎都把时间花在工作和照顾我身上，连她也开始对我不客气起来。

“你知道自己的情况，为什么你总是不和那些阿姨合作呢？你是不是想累死我，我真是命苦啊！你睁开眼睛看看我现在有多残、有多老。我和你已经没分别，累得想死了！本来我们一家好好的，你为什么要失明？为什么会有那么多不幸的事发生？”

“为什么我会失明？”我问。

十五岁的时候，我有一个很好的家庭，父亲是装修工，母亲在制衣厂工作。市道不好的时候，我们很穷但很快乐。我中学毕业便没有继续升学，我的收入比他们都高。他们为了过好的生活，去找了一份比过去工资都要高的工作。我们在赌场四起、自由行涌入前过了最快乐的一年。

又一所大型娱乐场开幕，一次又一次的烟花在我的眼前炸开。欢庆过后、爆破过后，太多让人沮丧的事情陆续出现。或者我们与澳门的繁华本来就没有关系，包括我们的幸与不幸。可能我们一家经历过太多贫穷和被别人轻视的日子了，到能一洗颓气的时候，已经失去了足够的理智。

这些我不想再记起了，就让我忘记这一切吧。这个城市的美好与丑恶，在我失明的一刻，已经与我再无关了。

Chez Vous

在家篇

一

在澳门，没有多少人像我那么傻，因为喜欢村上春树而特意跑到东京，只为找他开过的Peter Cat酒吧了。虽然，在澳门也许没有像我这种程度的人，不过我相信，宇宙间某个地方，一定有像我这样的人存在。这一点我可以相当肯定，而且我觉得像这样的人也不在少数。

我确信自己并不孤单，因为只要稍微把想象力倾斜到适当的角度，让我们把村上春树那发顶略见稀薄的头，换成张东健或者Michael Jackson的脸你们就懂了。然后请他们高举右手，让食指伸往初秋午后太阳的方向，再把那略为低沉的声线稍微调高一个八度，最后用麦克风对着舞台下的观众说：

“各位fans，你们好！”

想到这里，因为觉得自己将要跟村上春树相当接近，兴奋的心情让我产生了强烈的窒息感，呼吸开始困难。这完全跟宣传纪录片*History*里面那几个在偶像Michael Jackson面前号啕大哭，继而昏倒过去的女乐迷一样嘛。

二

我对于村上春树，村上春树对于我，大概就是相类似的存在关系。所以我才说，我并不孤单。村上春树把大量跟我同质的人集结起来，让我们能通过他和他的著作，再一次确定了自己“不是孤单”的这个存在状态。我一直怀疑，他本人一定是利用某种巫术来创作，最后才能产生这样的结果。从他于Peter Cat里面完成出道作《听风的歌》(《且听风吟》)这一点，我怀疑所有“村上春树魔力”的秘密，说不定就藏在那家店某个密闭的空间里面。

我必须解开这个谜。

于是我对妻子说:“跟我去一次东京吧，你想到什么地方我都陪你去，只要让我试着去寻找一次Peter Cat，我就心满意足了。”

为了让妻子了解我的心情，我告诉她，情况就像我们年少时与情人分手，在最后一次见面的公园里面，要求对方给一个最后的拥抱那样。就算明知道结局，有些事，至少需要有一个类似的、也许并无任何特定意义的仪式，作为一个句点，或新的起点。

Peter Cat，就是那个并无具体意义的拥抱。

说完，妻子给了我一个相类似的拥抱，然后不带表情地转过身，走进了书房。

“明天就出发吧。”

她拿出了我们早前像先知一样买下来的银色Rimowa旅行箱，然后把该带的衣服和日用品，像整理情绪和回忆一样，一件一件，整齐地放进箱子里。

三

由于决定得过于果断，那天晚上我和妻子都相当忙碌。

一边是妻子在收拾行李，决定到东京的天数。另一边是我在Google上搜集旅程和Peter Cat相关的资料，再确定住宿的位置和每天的行程。

村上春树与内人阳子结婚后，最先开的Peter Cat爵士乐咖啡馆位于东京西郊的国分寺。在大学时代只有两个朋友，其中一个最后还成了自己的妻子，说村上春树是现实世界的孤独怪也不为过，但我想这不过是朋友定义之间的差异，并没有写出来那么严重。

两个人早早结婚，然后一起开咖啡店，并因为爵士乐的超高品位已远近驰名。最后，生意好到要把店开到都内涉谷区的千驮谷，转营为音乐酒吧，并在酒吧开店两年后，凭打烊后的时光写出了《听风的歌》，拿下1979年的群像新人奖。1981年，也就是我出生的那年，村上春树把店卖给了朋友，开始他的作家之路。这次要去的地方，正是千驮谷当年那个二楼酒吧的所在地。

我这样向妻子介绍这次的目的地。那时候，妻子开始按照我要求的时间和地点，打电话给几个旅行社的朋友，请他们协助找机票和酒店。我这个突然而来的念头，最后总算在妻子的张罗下，得以顺利成行。

在深夜2点我们的家中，我打开电冰箱给妻子倒了一杯加冰的梅酒，放到坐在吧台前的她身边。从她安静的背后望去，看着吧台放着的各种打印出来的资料，一种像“突然打喷嚏喷出了鼻涕，又刚好身边发现纸巾”的心情，就那么离开了想象的世界，立定在我面前，鼓励我要往她面颊轻轻地吻一下。

“讨厌！”她回过头来，一边说一边配合着我嘴唇的吻。

1979年，打烊后的Peter Cat，会是这样的光景吗？不知道。

反正，2012年的那一个晚上，我选择以一个逐渐形成意义的拥抱，回应我的妻子……

东京篇

四

结果，一夜劳累的我，果然要跟纸巾为伴，真的感冒了。

因为在事前已经准备好关于Peter Cat的资料，加上有Google地图的支持，从成田机场抵达东京以后，我和妻子并没有很着急要到目的地。反正状态不佳，说不定也不会有什么收获，就先好好休息一下吧。妻说。

我们在黄昏时分到达酒店，由于正处夏秋之交，从火车站步出地面，天色让人觉得极其暧昧。妻把我安顿好，便到酒店楼下的药房买药。我一个人躺在幽暗的酒店房内，静看着窗外新宿街头无眠的灯光。不知道是因为我感冒了，还是已经接近夏天的尽头，那一夜，我的身体觉得特别的冷。没等妻回来，我便失去意识睡着了。

醒来是早上9时，妻已经醒了，她让我按其指定的分量把药吃掉。睡过一觉，感觉自己已经好多了，现在就开始旅程吧。把药吃掉以后，我这样说。

既然并不着急于探访Peter Cat，第二天和接下来的一天，我们就先去了两三个协商好的名胜。从Google里面输入要到浅草的雷门寺，确定回程要经过的东京铁塔、日本桥等坐标，然后按照电子地图提供的路线乘坐合适的交通工具。到了吃饭的时间，便根据澳门饮食博客老陈提供的线索，在银座和其他东京都内比较地道和有名的寿司店，吃由厨师安排的料理。

现在的旅行，说方便确实是相当方便，只是一旦网路出现故障，也许很多人跟我一样会产生极大的焦虑感。不过，我跟妻子还有把重要资料打印下来的习惯，所以万一世界又回到了十年或二十年前，从旅行这点来说也许对我们并没有很大的影响。这样一说，感觉我们只要两个人在一起，就算回到远古时代生活，也完全没有问题了。

五

我们花了很多时间逛百货公司和唱片店，试验各种咖啡店的出品，四日三夜的行程里面，印象最深的除了胃部无穷无尽的饱满感，就是每天大概四五个小时待在室内用来购物、听音乐和喝咖啡的时光。其实跟澳门没有很大的分别，只是由于回家的路程有足够的距离，我们暂时离开了自己生活的城市，身体的触觉似乎要比平日活跃。身边的每一件事，都被我们更为留心地观察着。

这大概就是实地观光和看名胜图片之间的差别——因为是人与环境在真实地联系和互动，所以总会有什么意外的收获。

第三天早上吃过早餐，我和妻子便经铁路从新宿往千驮谷去找 Peter Cat。由于从网路上已知道 Peter Cat 早已结业，该看的图片也看得差不多了，1979 年村上春树拿到新人奖后的两年，他把店转卖给他的好友——就是按照资料说，他实际上唯一的朋友。从 1981 年到 1996 年左右，那里仍然是以 Peter Cat 的名字经营。后来辗转易手，店的名字和装潢已完全看不到 Peter Cat 的原貌了。

在火车上，我把打印出来的图片拿出来，逐一在妻子面前翻阅，并开始研究起村上春树从郑浩南发型，变成短发小清新童颜大叔的过程，妻子没好气地说："大叔，你真的好无聊。"

既然都那么清楚了，还有需要实地去一次吗？妻子笑着问我。

我说，只是去确认一下也好，就享受过程吧。这时候，我们开始环顾车厢。车厢内的人不多，有几个游客和感觉像是自由业者的人。至于穿着西装的人出现在早上11点钟的火车上，这点我没有什么概念。我们所有人，就像收在刚买回家三天的电冰箱内的盒装饮品，仍然拥有各自适当的活动空间，各安其位。我和妻两个人，旁若无人地谈了五分钟左右，然后不知道是因为早餐吃太饱还是我感冒初愈，反正我们就那么倒过头睡了起来。直至突然有一个声音对我说：

"喂，到了！"

这样，我才迷迷糊糊地睁开眼睛，在广告牌上确认了所在的站台名字，然后把身边的妻子叫醒。

"喂，到了！"就好像在我体内，还有另一个我在叫唤自己一样。

六

我和妻子抖擞精神离开了车站，按照Google地图的指示轻松地到达目的地。说轻松，大概就是不需要硬着头皮问路，也不用怕因为看错地图走错路而迷失的程度。但其实只要从小路一直走就到的地方，结果我们却按照地图在大街上绕了一大圈，这样的情况在当时也是确实发生了。早上11点50分，两个穿着红黑格子衬衫和深蓝色牛仔裤情侣装、背着黑色NIKE背包的年轻夫妇，背部同时因步行而流出了一点略为烦躁的汗。

唔！是这里了。

到达 Peter Cat 楼下的时候，我总算能把眼睛从 iPhone 的地图上移开，抬头看一看眼前的事物。

我把背包放在地上，拿出了 Canon 5D 单反照相机，开始在外围拍照。

“终于肯拿出来啦！”妻说。这两天虽然我带着单反，却一直在用 iPhone 拍照。为此，妻子一直耻笑我，说我是希腊神话里面的西绪弗斯（Sisyphus）。

说起来，确实是挺傻帽的事情。我当作没有听见，嘴角却禁不住微微往上弯，就那样径自往店的楼下走去。妻跟着我，从后挽着我的手臂。

店在一个正方小楼的二层，由于楼梯和大门都外露于建筑物外，所以只要抬起头就能看到他们的招牌。楼梯口有个颇大的书报摊，守摊的老伯伯一直非常认真地看着我们。

靠近报摊的时候，老伯对着我们说了句话，除了 Murakami 这个词，其他我完全听不懂。听懂 Murakami，只因为那是村上的姓氏。

“Peter Cat. No Japanese.”我伸手指一指楼上的店。我用英语说我不会日语。

“No Peter Cat. Jamaica Udon. Murakami！Murakami Haruki！”他摇头说出了现在的店名，再指一指他的报摊。

我停下来看看报摊里贩售的报章和杂志，看到《朝日新闻》当天的头版是村上春树先生的寄稿。

自从读过村上春树“蛋与高墙”的演说，再想想他的《发条鸟年代记》《地下铁事件》等作品，“村上春树总是站在正义和善的一方”已经相当没疑问。年纪越大，越来越入世。这次看到导文里面“日中韩文化交流的影响、忧虑”等汉字，大概便知道村上春树是要对当时中、日、韩之间因领土问题产生的紧张局势，发表见解和主张了。

我买下那份报纸，然后用自己仅有几句说得上口的日语，给老伯说谢谢，接着便跟妻子一起踏上楼梯。

“Jamaica Udon，一级棒！”老伯在我们后头说。

七

Peter Cat 已经不是 Peter Cat，一如所料完全没有村上春树的气息在里面，不知道村上春树有没有到过这家店。这一点，可以发个电邮问一下他。总之，现在的 Jamaica Udon 就是以无国界料理为主打的咖啡店，也顾名思义，就是有点加勒比海风情。店主很有心思地把 Jamaica 的“ca”换成了同音的汉字“家”，这样只要通过名字想象，已可以知道这家店的格调既热情又温暖，虽然以村上春树迷来说，多少会因为他把原来Peter Cat 的装修完全摧毁而产生怨恨，但从另一个角度看，这个店主想必也是相当有品位和个性的人，而且某程度上还让人想起了以夏威夷为舞台的小说《舞、舞、舞》。

“好像海沙咖啡店，乔捷，你记得吗？”我们打开门，妻子第一时间说出这句话。

“就是氹仔马会对面，我们以前经常去的那间 Bossa 吗？”

“天空没有翅膀的痕迹，但我已然飞过。记得我们最后一次去那里，店门口贴着泰戈尔的这句诗，然后它就那样毫无预兆地结业了。”

“怎么我一点也不觉得像海沙？当时店里面的色调和情调跟这里很相像吗？”

“重点是你说过：海沙咖啡就像村上春树小说的入口，是现实世界通往理想世界的入口。当时海沙的老板，在旁边听你那么对我说，还走过来问你是不是村上春树迷。”

“确实好像有那么一件事，但如果你不说起，我完全没有印象。现在海沙的模样、老板泡的咖啡的味道，已经相当的模糊。余下的只有那时候送你到马会去学驾驶，然后在那里读《海边的卡夫卡》，还有你上完驾驶课以后，跟我一起在那里吃香草西红柿意大利面的记忆。关于海沙，除了跟你有关的事以外，其他东西我一点都记不起来。”

“那样已经很足够了。快进去，就用一起去海沙喝咖啡的心情，重温我们的村上春树世界吧。”

八

我们选了靠窗的角落坐下来，由于已到了午餐时间，客人开始多起来，其中大概 80% 为女性，日式咖喱饭的香味让我和妻子的胃口变得相当好。妻子点了西红柿意大利面和冰摩卡，我点了咖喱饭、一份沙律和双份特浓意式咖啡。

点过餐以后，妻子去了洗手间。我用手机上网找今天村上春树寄稿的新闻，那篇叫《灵魂交流之道不可一日阻隔》的文章在短时间内已由网友翻译成中文。

> 文化交换的价值，就在于它能带来一种即使言语不通，但仍能互生共鸣的认识。简言之，文化交换就是所谓供灵魂来回穿梭于国境之间的道路。……对于那些向我们慷慨招待劣酒煽风点火的政客们，不可不多加小心。
>
> ……若有报复，那么它就会成为我们的问题，对我们自身产生影响。若我们反过来抱以冷静的姿态，无论事态如何也不失对他国文化的敬意，便会产生让人值得珍重的结果。它同醉于劣酒相比，就如同电池

的南北两极。醉酒之人总会清醒，供灵魂来回穿梭国境之间的道路绝不可堵塞。这是一条众人经年累月呕心沥血所修建的道路，这是一条任何情况下都应该维护的重要道路。

读着文章，我想起了鲁迅、周作人和郁达夫。不知道过了多久，店员送来了冰摩卡。我指着报纸的头版试着问他关于Peter Cat 酒吧的事。

“彼得猫酒吧。村上春树。这里。”我想问他有没有留下什么村上春树的东西，但最后我只能用英语吐出这三组词。

店员摇摇头说 No，然后又噢了一声猛说 Yes。他指一指廊道的方向，好像想说明些什么。

是留下门牌或者纪念用的地板之类吗？

我带着背包走过去，因为是位于设置卫生间的地方，灯光比其他地方要略为昏暗，除此以外并没有发现什么。妻子这时候从卫生间走出来，刚好看见在门口的我，似乎把她吓了一跳。

“乔捷，你快进来看看。”

我被妻子一手拉进了卫生间，转身的时候，看到整个店的色调，从我选坐的那个窗角开始，陆续转变成微黄的紫红色，而且正一点一点地往外扩张。刚才指引我到卫生间的店员，已换上了另一间咖啡店的制服，向着我挥了挥手。

嘭！妻把我拉到卫生间里头，关门的时候发出了巨响。

九

“你看到外面有什么变化吗？”

“是好像有一点。”

“我刚才开门出来，整个店就变成了海沙咖啡，把我吓了一跳。我再从卫生间进出了好几次，结果依然是海沙咖啡。我还向你挥手了，你没看见吗？我不敢走太远，怕卫生间的门也会消失掉，怕没办法再回到原来的那个空间，所以我一直紧紧地拉着把手不敢放开。还好，最后你走过来了。”

“是海沙吗？这个我倒没看到，我是看到了变化，但感觉不是海沙。”

“老公，我好害怕。”

“因为你也把我拉进来了，所以，接下来只要我们紧紧地抱着，就算到了任何地方，我想我们都会在一起的。所以，已经没什么好害怕了，出去再说吧。”

“明明是你要来这里，怎么变成是我拉你进来。”

“现在不是争论这个的时候。我估计是这家店用了什么类似迷幻药之类的东西，想给客人一些不一样的体验而已。刚才我们看见的东西，都是幻觉，相信我，全都是幻觉。现在你闭上眼睛，我带你出去。”

妻子闭上了眼睛，但又不时想要偷看。

门打开，我第一个探头出去。没有异样，还是原来的Jamaica Udon。我转过身对卫生间里面的妻子说：

“没事了，出来吧。”然后便牵着她的手出门。

只是，当我们再一次往店前方看去，整个画面把我们吓得目瞪口呆。

“你确定已没有幻觉了吗？”妻说。

我牵着妻子往前走，迷惑地看着身边的一切。这不是任何地方，这是在澳门文化中心对面已经消失的咖啡酒吧“拉丁区”。深咖啡色的吧柜和高凳、枣红色框的落地大窗门、店内的各种大镜子、红色的靠墙沙发和紫红色的椅子。这些都不会有错。

“Ivy，你看到什么？”我问。

“拉丁区，澳门的拉丁区，你经常用来打发时间的咖啡店。”

“拉丁区，只要把自己的位置调整到适当的位置，在那里面就好像能看到各种各样的自己。在里面，就算只有自己一个人，也不会觉得孤单的拉丁区。到最后，你也在里面的拉丁区。”

我带着妻子，就像拉丁区临结业前那两年一样，坐在咖啡店的角落，吃着午餐，然后让她听我讲各种各样的故事。窗外，还能看到文化中心外的喷水池，以及疏落地行走在街上的人和汽车。

那时候，我们刚结婚不久，两个人在一起，一切都很美好。我们能按照自己的节奏生活，虽然收入不算高，但却过得相当惬意，没有任何无法应付的压力。

可是，后来的世界就好像被某个人按了快进键一样，所有的东西仿佛都以“×2”的速度在行进。没有跟上节奏、不喜欢这种节奏的人，只能被淘汰或自动消失。先是海沙，然后是拉丁区，最后是我们从议事亭前地走进板樟堂，一起消失在人海中的景象。

我们勉强支撑到今天，虽然日子还算过得不错，但也常常会感到疲累和迷失。是要多大的勇气才能丢下工作和生活，跟喜欢的人像这样出走一次？

在咖啡店内，我们回想起很多并非很久以前发生的往事，但说出来的感觉，却又像是一些很久以前发生的事。

十

“回去吧。”我说。

“就那样出去，不会有事吗？”

“一切都是幻觉，只要记住自己是什么人，只要知道我们身处什么地方。我想，只要抱着这个信念，应该就没问题了。”

我挥手示意店员结账。

“老公，你记得拉丁区的外文名吗？怎么念？”

“Chez Vous？你不会用Google翻译啊？”

“那这词的意思呢？”

“Chez Vous？你不会用Google翻译啊？”

Ivy用眼神赏了我两记想象世界的巴掌，我在想象的世界里被打出了鼻血。

“知道知道。Chez Vous，法语，是家，和你在一起的家。”

“一开始老老实实回答不就好了。”妻说。

Ivy那么一说，Chez Vous和Jamaica Udon，海沙和Peter Cat之间，似乎又确实有什么东西在互相联系着。

我和妻子牵着手，就那样随消失在现实世界的那些咖啡店，穿越想象世界的出入口，重新回到了东京的千驮谷。

下午2时，店楼下的书报摊没有老伯伯的踪影，变成了一个穿着红色格子衬衣、手臂穿上白色袖套的姨姨。我惯性地往摊上的货架看去，以村上春树为头版的《朝日新闻》报不见踪影，大概已经卖光。

“算是陪你走完Peter Cat了，接下来要怎样报答我？”

“不是一直在陪你逛店吗？”

“那么，现在是时候也陪我到韩国，找《绅士的品格》的Mango Six咖啡店了，Fighting！”妻一边说，一边装出为我打气加油的表情。

“啊！这根本就是个圈套嘛！”

我和妻，就那样带着恣意的玩笑，再沿彼此所能理解的最简单路线回到了车站。迎着那片不冷也不热的阳光，我们两个人，要往下一个目的地进发了。

十一

就这样结束？是的，这就是我所到过的 Peter Cat。

没有觉得可惜吗？我想，对于怀念消逝的东西和憧憬未知的未来，两者之间不应存在以“可惜与否”来衡量的情绪界线。有些东西会从现实的世界消失，进入想象的世界，然后再以另一种形式回到现实。只是这样的一个往还过程而已。

村上春树需要通过经营 Peter Cat，才能成为我们所热爱的文学家。

海沙咖啡店、Chez Vous 的老板，也需要在适当的时候，结束一种既定的生活状态，向着另一个未知世界进发。该结束的时候就结束，该回来就回来，这应该还可以归类为人生动力之类的东西。

有些东西消失了，确实不可能没有失落感。然而，更重要的是这消失，能否让我们对未来抱有更美好的期待。

因为，那些东西其实一直存在，它存在于共同经历过那些生活点滴的每个人的心里，并慢慢聚集成一个整体。只要我们能找到某条通道，新与旧的东西就能再次紧密地联系在一起，产生奇异的力量。

天空没有翅膀的痕迹，但我已然飞过。

Peter Cat 有被谁忘记过吗？

现在，他依然随着村上春树的步伐，每天流连于东京的街头。他会带你到海沙咖啡店，让你寻回消失的 Chez Vous。只要你能找到 Peter Cat，他就会带你去到心里念挂着的某个地方，让你在里面寻回最初的自己。

亲爱的，该回家了！

跑步情侣偶遇偷渡客

据说每一个以游泳方式偷渡来澳门的人，都是为了干些不法勾当，反正就是无法从正常途径入境了。当中，也有不少是为远近驰名的娱乐场而来的，应说是赌瘾甚深且特别爱澳门的人啦。地上和地下赌博场所多不胜数，他们偏偏就是爱澳门。“这是我的宿命，我来是为了跟澳门决一死战。”我和女朋友碰上的那位偷渡客，是这样跟我们说的。

那是个非常清凉和让人心情愉快的深夜，单车径只余零星几个人在跑步和骑单车。长长的一条直路，最后连一个人影也没有，只有蝉、蟋蟀和不知名小虫的求偶声吱吱作响，一刻也没有停止。我们一如往常以平稳的速度向前跑，听到岸边草丛方向有人说话，便一起探头看过去，两个全身湿透的男人这时候刚好从石栏边钻了上来。女朋友啊呀地大叫了一声躲在我背后，身型比较强壮的男人大喝一声闭嘴，然后我们果真便闭嘴了。

我们站在他们的对面，完全失去了跑脱的力量。另一个胖一点的男人以半咸不淡带点乡音的广东话说：

“你我萍水相逢也算是缘分，今天就行个方便当没看见对方吧。他朝江湖再遇，你们还可以叫我一声兄弟，我自会还你一份大人情。”

胖男人从口袋里拿出香烟，可惜烟和打火机都湿了。

“操！”

“对了！把衣服脱下来，我们交换一下。”胖男人打量了我们一下后说。像保镖的家伙便靠近胁逼我们照办。

“不好意思，这样好像跑起来会比较合理。我们赶时间。”

那刻，单车径像拍摄床戏需要清场般空无一人，穿起湿掉的衬衫和西裤的我和我的女朋友，就这样看着穿上我全身装备的胖男人和穿着我女朋友衣服的壮男，一起以跑者的姿态直奔金光大道上的某所娱乐场。

“今晚，要以生命做赌注！”看着他们远去的背影，风传来了男人最后的这句话，还有他爽朗的笑声。

我觉得，我是个发明家

最近，澳门好像在流行科学普及和发明创造，我想说，其实我也是个发明家，有过好多实用的点子，可是限于自己学业成绩比较差，没机会参加科学兴趣班，所以潜能一直没有发挥出来。大概是有潜能吧，反正老师就是说成绩不好，不让我参加兴趣班，先让我把正课的课业学好再说。老师说的话，当时总显得头头是道，虽说有点高压及不近人情，虽说没有考虑到每个学生的资质都不相同，但他的内心应该是善良的。他骂得我们这帮差学生狗血淋头，让我们几乎以为自己的人生已经没有希望，这也是为了我们好。骂醒一个人用这样的方法对吗？我也不清楚。见过有学生集体到校长室投诉一位老师吗？我真见过。

二十几年后，一如老师所愿我没有让自己的人生大放异彩，我的职业也没有让我跟科学家、发明家等名词扯上任何关系。如果勉强说有关系，那么我的工作也是需要搞机器的，但多半人喜欢叫我车房仔。我最初是做汽车维修，后来做二手车买卖，我和科学家、发明家等名词扯不上关系，因为我觉得说到底自己也是个小老板，我应该叫自己为商人。因为被老师骂惯了，我平常对客人都比较客气，也比较习惯忍气吞声，不过一旦客户说话过了火，要是像个老师一样侮辱我，有时候我的行为变得不太文明也可以理解吧？中学毕业后当学徒的那段日子，我的性格是挺火爆的。现在年纪大了，就变得越来越通情理。懂吗？我已经是个老板了。

我一直觉得自己是个老实人，做维修的时候从不偷工减料，卖车也不喜欢抬价。都是老老实实地干，以前会免费给别人换个小灯泡，洗洗车厢，花了时间换了好感，慕名而来的新客户也不少。可是做了老板以后发现，你越是老实，澳门人越是对你有各种各样的无理要求，让我越来越不想做老好人了。又抑或市道越来越不好，中小企业越来越站不住脚，房地产被集团垄断，赚的钱全都得花在租金上，连生活也成问题，所以我也连带着性情也变了？后来，遇上不太友善或者不懂车的客人，我也开始学会抽点水。

为了应付租金翻倍，车房是越换越小，但回收用以变卖的二手车却越来越多。结果，车房周边的时钟车位都放满了我车房的车。位置确实不够了，看到周边哪里有时钟车位闲置，我也会把车远远开过去，每隔两小时给停车位投币。反正，停车位就是相当紧张。再后来，发现没有警察来发告票，我也学会了见机行事，省得一块是一块。没多久，路边车位逐渐减少，想要街泊的汽车越来越难找位置，我也开始要想方设法，尽可能占据更多车位了。

一次偶然经过玩具店，我灵机一动，潜藏内心的发明家精神终于展现出来。老师一定没有想到，我终于跟科学发明沾上关系了。我利用变形金刚玩具的可活动支架的原理，使用最轻质的塑胶、旧轮胎的裁片和铝材，花了一周做出了折叠式车位占据器。平常占据器看起来就是个小胶箱，一旦发现空置车位，我就拿着箱子跑过去把里面的支架打开，扩展成一辆两座位的 Smart Car。这样，到有需要的时候，我就可以随时把自己的车停到车位里去，对业务来说是相当的方便，也减轻了人手的压力。

没多久，我的车房周边的车位，几乎都成了我的专用品。但你知道吗？在澳门，只有集团式垄断的经营者，才会被包庇。像我这种没有搞出什么名堂来，又不是在地位显赫的名门望族中出生的小商家，注定是一个要被市民投诉，而且被市民投诉后一定会被严肃处理的个案。要是我后面有人，也许只要搞搞门面功夫，没几天又可以继续通融，放任我继续占据了。可是，我断定自己不是这类别。没多久，开始有警察不停指我的汽车长期霸占停车位，给我每一台停泊超过两小时的汽车开告票。那段日子我做的折叠式车位占据器只有两个，而且总是有那么一两个警察在附近监视，我也不好揭露自己这最后的底牌。于是，也就只能请附近几个同行帮忙，把部分汽车收在他们公司，然后再以跳楼价迅速把没地方放的汽车卖掉。

我觉得，车房这个项目似乎是做不了了。经过这次发明，我在想要不要去申请下专利，让生活在这个车位奇缺、不动产奇贵的澳门的所有人，都能圆自己在家附近拥有一个私人车位的梦想。当然，你知道，这种东西就算成事，大概也就只能乐个几天而已。应知道在这个见鬼的城市，想要和某种看不见的力量抗争，那是比我的折叠式车位占据器更异想天开的事情啊。

旧城区故事

马妈妈今年四十岁，是我的邻居，每天晚上马妈妈的女儿睡着了，我看见马妈妈就立在门外抽烟，我看见好多男人经过马妈妈家门外都跟她聊天。马妈妈很健谈，她的女儿不怎么说话。也许是我耳朵不太好。

和马妈妈比较谈得来的男人，有时候会跟马妈妈进屋子里面详谈，谈完了便出来。有一天晚上，我看见马妈妈的女儿醒了，我向她挥手却被马妈妈看见。马妈妈招我过去，她说你给我下来。她的女儿没有看见我，我下去以后马妈妈问我有没有钱，我说我没有。我被她吓哭了，以为马妈妈知道我每天晚上偷看她的女儿。

马妈妈的女儿醒了，她看到我和她妈妈，我立刻跑回家不让她多看我一眼。临走的时候马妈妈说，有钱才可以进她的家，否则给她滚。第二晚我说有钱，然后马妈妈说了一大堆我听不懂的说话。进去以后我趁马妈妈关门，跑到她女儿的房间把情信放到她的房门外，然后把身上所有钱都交给马妈妈。马妈妈说乖孩子，送你一双丝袜。马妈妈招我到她的房间，我说不用了。马妈妈问我是不是来搞事，我说不是。我带着丝袜回家，临走的时候再顺手拿走了一双马妈妈刚穿过的袜子。

我用马妈妈的丝袜做了一双布鞋，想着等我再有钱进马妈妈家的时候，便送给她的女儿。不知道她有没有看到我的情信，不知道她是否明白我是真的喜欢她。最近她的窗帘都没有打开过，马妈妈也没有再站出门外抽烟。我只能把鞋子放在窗前，希望马妈妈的女儿有天能看见。

巷口被街灯染成深黄，我们身处的深巷重归寂静无声，隐身在小房子里面的世界依然在运动着，却似乎不适合缺乏经验的单纯爱情。对街恍似伸手可及的小唐楼，她的神秘依然是城中公开的秘密。

图书在版编目（CIP）数据

幸福来电 / 陆奥雷著. -- 北京：作家出版社，2019. 5（2023.2重印）
（澳门文学丛书）
ISBN 978-7-5212-0239-7

Ⅰ. ①幸… Ⅱ. ①陆… Ⅲ. ①短篇小说 - 小说集 - 中国 -当代 Ⅳ. ①I247.7

中国版本图书馆CIP数据核字（2018）第224164号

幸福来电

作　　者： 陆奥雷
责任编辑： 张　平
装帧设计： 棱角视觉
出版发行： 作家出版社有限公司
社　　址： 北京农展馆南里10号　　**邮　　编：** 100125
电话传真： 86-10-65067186（发行中心及邮购部）
86-10-65004079（总编室）
E-mail:zuojia@zuojia.net.cn
http://www.zuojiachubanshe.com
印　　刷： 固安兰星球彩色印刷有限公司
成品尺寸： 133×214
字　　数： 260千
印　　张： 11.875
版　　次： 2019年6月第1版
印　　次： 2023年2月第2次印刷
ISBN　978-7-5212-0239-7
定　　价： 45.00元

作家版图书，版权所有，侵权必究。
作家版图书，印装错误可随时退换。

第一批出版书目

王祯宝《曾几何时》
水　月《挥手之后还会再见吗》
邓晓炯《浮城》
未　艾《轻抚那人间的沧桑》
吕志鹏《在迷失国度下被遗忘了的自白录》
李成俊《待旦集》
李宇樑《狼狈行动》
李观鼎《三余集》
李鹏翥《澳门古今与艺文人物》
吴志良《悦读澳门》
林中英《头上彩虹》
赵　阳《没有错过的阳光》
姚　风《枯枝上的敌人》
贺绫声《如果爱情像诗般阅读》
袁绍珊《流民之歌》
黄坤尧《一方净土》
黄德鸿《澳门掌故》
梁淑淇《爱你爱我》
寂　然《有发生过》
鲁　茂《拾穗集》
穆凡中《相看是故人》
穆欣欣《寸心千里》

以上按作者姓氏笔画排序

第一批出版书目

曾几何时
王祯宝／著
Coleção Literatura de Macau
挥手之后还会再见吗
浮城
轻抚那人间的沧桑
在迷失国度下被遗忘了的自白录
待旦集
三余集
澳门古今与艺文人物
头上彩虹
没有错过的阳光
如果爱情像诗般阅读
流民之歌

第二批出版书目

太　皮《神迹》

尹红梅《木棉絮絮飞》

卢杰桦《拳王阿里》

冯倾城《未名心情》

朱寿桐《从俗如流》

吕志鹏《挣扎》

邢　悦《被确定的事》

李烈声《回首风尘》

沈慕文《且听风吟》

初歌今《不渡》

罗卫强《恍若烟花灿烂》

周　桐《除却天边月没人知》

姚　风《龙须糖万岁》

殷立民《殷言快语》

凌　谷《无边集》

凌　稜《世间情》

黄文辉《历史对话》

龚　刚《乘兴集》

陶　里《岭上造船笔记》

程　文《我城我书》

程祥徽《多味的人生之旅》

以上按作者姓氏笔画排序

第二批出版书目

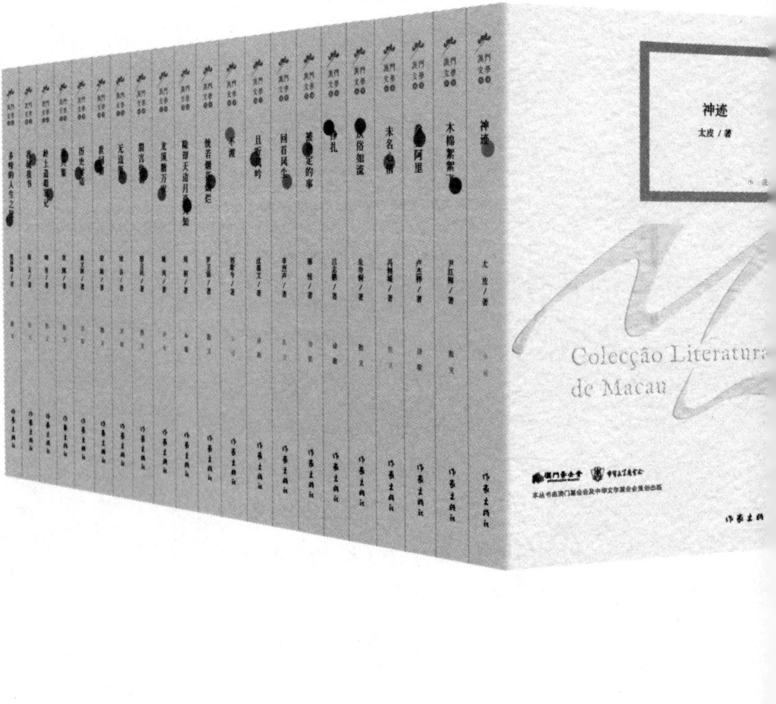

第三批出版书目

太　皮《一向年光有限身》

李文娟《吾心吾乡》

何　贞《你将来爱的人不是我》

陈志峰《寻找远方的乐章》

吴淑钿《还看红棉》

陆奥雷《新世代生活志：第一个五年》

杨开荆《图书馆人孤独时》

李嘉曾《且行且悟》

卓　玛《我在海的这边等你》

贺越明《海角片羽》

凌　雁《凌腔凌调》

谭健锹《炉石塘的日与夜》

穆欣欣《当豆捞遇上豆汁儿》

以上按作者姓氏笔画排序

第三批出版书目

澳門文學 丛书